白夜寻光

方飞飞 著

台海出版社

图书在版编目（CIP）数据

白夜寻光 / 方飞飞著 . –– 北京：台海出版社，
2022.10

ISBN 978-7-5168-3319-3

Ⅰ . ①白… Ⅱ . ①方… Ⅲ . ①长篇小说—中国—当代
Ⅳ . ① I247.5

中国版本图书馆 CIP 数据核字 (2022) 第 094410 号

白夜寻光

著　　者：方飞飞

出 版 人：蔡　旭　　　　　　　封面设计：刘　颖
责任编辑：王慧敏　　　　　　　策划编辑：薛　静　计双羽

出版发行：台海出版社
地　　址：北京市东城区景山东街 20 号　　邮政编码：100009
电　　话：010-64041652（发行，邮购）
传　　真：010-84045799（总编室）
网　　址：www.taimeng.org.cn/thcbs/default.htm
E－m a i l：thcbs@126.com

经　　销：全国各地新华书店
印　　刷：文畅阁印刷有限公司
本书如有破损、缺页、装订错误，请与本社联系调换

开　　本：800 毫米 × 1230 毫米　　1/32
字　　数：241 千字　　　　　　　　印　　张：9
版　　次：2022 年 10 月第 1 版　　　印　　次：2022 年 10 月第 1 次印刷
书　　号：ISBN 978-7-5168-3319-3

定　　价：48.00 元

目 录

第一章

初　遇

便衣捉贼

毛力申走进"下岗嫂馄饨店"的时候，天才刚刚放亮。

滚烫的热水在锅中"咕噜咕噜"地翻滚着，老板娘熟练地往锅中丢着馄饨，她笑着抬头，问起眼前一米八几的男人："毛队早啊，你这是刚下班呢，还是早起去上班啊？"

毛力申抬手闻了闻T恤上的汗馊味，笑着回道："刚值勤回来，都三天没合眼了……"

作为一名基层刑警，通宵值勤是家常便饭。上到追踪犯罪分子，下到蹲守偷狗贩子，哪里有犯罪，哪里就有他们的身影。

老板娘唏嘘："你们当警察的也是不容易。"

毛力申深以为然地点点头。

馄饨好了，老板娘例行公事地问了一嗓子："大碗馄饨加个卤蛋对吧？"没等毛力申回答，她就习惯性地从锅中捞出了最大的那个卤蛋，放进碗里，递给毛力申。

毛力申道了声谢，递过钱，自觉地端着碗坐去了最偏僻的角落。

这是他的职业习惯，蹲点的时候，选隐蔽的角落不容易被人注意，方便观察周围的情况。

"下岗嫂馄饨店"是这一带生意最好的早点铺子，皮薄馅多，价钱公道，虽然才凌晨六点，里头却已坐满了食客。

馄饨吃到一半的时候，有个眉目清秀的少女敲着一根细竹竿进来了。毛力申职业性地打量了一眼，迅速在心中做出了判断：两眼无光，行动缓慢，手里的竹竿在瓷砖上一搭一搭敲着探路，多半是有眼疾，不过也有可能是装的……

坏人不会直接把"坏人"这两个字写在脸上，毛力申亲手抓过的骗子，比他吃过的馄饨还要多。

他留心多看了几眼。

老板娘热心，迎过来大着嗓门问她："吃馄饨吗？"

少女怯生生地站在原地："阿姨，您这有肠粉卖吗？"

老板娘也看出来她是个盲人，好心地笑笑："姑娘，我这儿是馄饨店，不卖肠粉。"

少女似乎尴尬极了，脸憋得通红，把小竹竿紧紧捏在手里，好半天才不好意思地开了口："阿姨，我看不见，您能给我报报您这儿都有什么不？"

"多呢！清汤小馄饨，瘦肉小馄饨，我们家还有茶叶蛋，红豆糊……"

正念着，有人打断，过来结账："老板娘，多少钱？"

"十二块，扫码还是现金？"

"现金吧！"

窸窸窣窣的掏钱包声、递钞票声、数硬币声，声声入耳。

好巧不巧，那少女竹竿在地上瞎敲了两下，一个没敲稳，整个人打了个趔趄，眼看就要跌倒在结账男的身旁。好在另一位食客眼疾手快地扶住了她的腰，好心道："没摔着吧？"

这下少女的脸就更红了。

"没。"她慌张地站稳，像是受了多大的委屈似的。

这寻常的一幕看似温暖，可什么猫腻也逃不过毛力申的法眼——无论是少女摔倒前怯怯伸出的手，还是"好心"男趁机扒走结账男的钱包，他都看得一清二楚。

毛力申抹了把嘴，不动声色地站了起来，下意识地堵住了唯一的出口。他眉目峻冷，不怒自威，宽厚的肩膀堵在破旧的玻璃门前，就像是一块严丝合缝的巨石，连只苍蝇都甭想飞出去。

老板娘并不知电光石火之间小店里发生了这么多事，收完钱还和善地转身过来继续招呼少女："姑娘，我们家就卖这些，有你想吃的吗？"

"不吃了。"少女红着脸，敲着竹竿着急离开。

她不知，门口正守着猫呢——这可是一场猫捉老鼠的好戏。

猫，火眼金睛；老鼠，也狡猾警惕。

毛力申的站位和魁梧的身姿引起了偷包男的警觉，他眯着那双鸡贼的眼，悄悄打量着毛力申，分析毛力申是不是想多管闲事。一番掂量后，他扶住少女的臂膀，挤出来一点笑意，像极了做好事不留名的良好市民："姑娘，地面滑，我扶你出去吧，小心点走啊。"

趁其不备，他将偷来的钱包塞进了她的口袋。

少女隐约觉得不对劲，可手臂上的搀扶已经重到有威胁的意思了，她心道糟了，可惜势单力薄，只得硬着头皮探着竹竿往外走。

竹竿遇到了障碍物，柔柔软软，像是探到了鞋子？

一股淡淡的汗臭味飘然入鼻。

少女皱眉，竹竿又小心翼翼地探了探，对方岿然不动。

再探，依然不动。

少女一边被人胁迫着，一边遇到了堵路的，俨然受了严重的惊吓，声音比蚊子还要细："麻烦您让让？"

"交出来。"毛力申的话里是不可抗拒的威严。

"什么？"

"把偷的钱包交出来。"毛力申不耐烦地重复。

一瞬间，少女神色复杂，捏着竿，不知如何进退是好。

身后有人后知后觉地失声尖叫："我的钱包不见了！"

偷包贼眼见事情败露，迈开脚就想开溜，然而毛力申魁梧威猛，对付这种小贼易如反掌，三两下便擒住了他的肩，反扣住他的手，同时抽出一只手，从少女口袋中摸出偷包贼刚刚得手的钱包，铁着脸冲两人都吼了一嗓子："我是警察，跟我去趟公安局！"

七点整，毛力申押着偷包贼和清秀少女走进宁泰市公安局，将他们分别按在座椅上，很是不屑地冷哼一声，然后熟练地从抽屉中抽出笔录册，准备做笔录。

"毛队，小姑娘犯了什么事啊？"有值班同事走过来倒了一杯浓茶，是给毛力申的。

这种下班途中抓个人回来的事，他们早就司空见惯，见怪不怪了。

"盗窃，扒钱包。"

"有手有脚的，哪儿挣不着钱？非要去当小偷……"同事上下打量了清秀少女几眼，不由自主地惋惜着。

卿本佳人，奈何为贼……

可惋惜归惋惜，他们做警察的，成日里就是跟犯罪分子打交道，见多了走上歪路的少男少女，这人生的路一旦走歪，就很少有能再走回正途的。

毛力申深以为然地点点头，算是同意他这个观点。不过少女到底是不是贼，在这场扒窃中扮演的角色是同伙还是无辜的路人，还需要他审审才能确定。

扒钱包只是小案件，毛力申扔出一本笔录册，指着偷包贼差遣其他同事道："去两个人，带他去隔壁做个笔录，该问的都问清楚了。"

为了防止犯罪嫌疑人串供，分开审问是基本操作，同事心领神会地点点头，单独带走了偷包贼，将这间办公室留给毛力申。

办公室里突然安静了下来，连空气都静谧得可怕。

清秀少女紧紧咬着唇，没说话。

长这么大，她还是头一回进公安局，这种感觉陌生得很，惶恐不安，五味杂陈。

其实她五官清秀，瓜子脸，柳叶眉，完全是个美人胚子。

不过毛力申眼中从来都没有美丑，他只将人分为罪犯和百姓。

罪犯是他要抓的人，而百姓是他要保护的人。

毛力申连眼皮都没抬，指节分明的大手攥着一支笔，迅速地在笔录册上写写画画。

"姓名？"

"边小槐。"

"年龄？"

"23周岁。"

"身份证拿出来。"

"出门没带……"少女紧张地在口袋里乱翻着，"残疾证行吗？"

听到这里，毛力申手中的笔顿了顿。

"你真残疾？"

在馄饨店里时，毛力申就有些怀疑她是装的，可眼前的清秀少女当真从口袋里摸出了一本残疾证来。

毛力申看了少女一眼，翻开小本本，将上面的编号输入电脑。

残联网站中弹出完整的个人信息，还真是视力残疾。

另外，这个叫"边小槐"的盲女并没有案底，清清白白。

毛力申的指关节节奏分明地敲着笔，沉默了好半天，将边小槐的耐心都耗尽了，才不紧不慢地张口接着审问。

眼前的盲女，他什么都还没问，桌下的小腿就轻微地颤抖了起来。

"说吧，跟隔壁那个什么关系？为什么要偷东西？"毛力申语调不快，但不怒自威，有着让人无法躲避的强压气场，就像是命运的审判官，"坦白从宽，抗拒从严。"

边小槐被吓得一哆嗦，两眼一红："我……我不认识他。我没偷东西。"

毛力申声音一扬，加重了语气："我都看见你伸手偷了，进了公安局还想狡辩？以为自己赖得掉？"

突如其来的质疑和怒火瞬间就击穿了边小槐的心理防线，这还没怎么着呢，就突然崩溃得想哭，两次三番想张嘴解释，却都没能成功控制好自己的情绪，好半天才委屈地咕哝了一句："我真的没偷。"

不是没偷，是没偷成。

边小槐心中有愧，说话便格外地不自信。那么多苦日子熬过来了，她都没动过偷钱的念头，偏偏这头一回动了邪念，就被抓个正着——还是被警察逮住了。

她原本盘算着趁天不太亮，馄饨店里人多，好浑水摸鱼，可真到动手行窃的时候，她又有些良心不安，下不去手了。手，确实是伸出去了，可她连人家口袋都没敢伸进去，一犹豫，一哆嗦，又缩回来了，还差点摔个狗啃泥。

这下可好，现在被带到公安局里了，偏偏还被真小偷栽了赃，怕是跳进黄河也洗不清。

边小槐是真情流露真委屈，可毛力申最不喜审讯的就是偷奸耍滑这种类型，边小槐此刻的表现，在他眼里更像是一只狡猾的小狐狸，仗着自己看不见，指不定靠这点小伎俩坑蒙拐骗过多少人呢！

他狠狠瞪了边小槐一眼，继续说："你不交代也没事，等下你的同伙都招了，你这人赃俱获，证据十足的，照样得关个十天半月。"

刚巧有同事敲门进来陪审。

毛力申抬头问他："那边那个都交代了吗？"

同事心领神会，立刻点头配合："两三下就交代清楚了，一点没漏，等你这边审完就能结案了。"

边小槐一听，被唬得死死的，既怕那个真小偷栽赃她，又怕毛力申会草结案子，立刻全盘托出，溃不成军："我交代，我交代。您别关我，我要是留了案底，说不定以后就找不到工作了。"

毛力申手里的笔握正了，准备正式记录边小槐的口供："现在怕留案底了？偷的时候怎么不想想后果？赶紧交代！"

中途，有几个同样穿着便装的警察扣押着两个犯罪嫌疑人进了公安局，一个尖嘴猴腮，一个五大三粗。两人的嗓门又粗又大，人还在过道上，就听到两人不客气的叫嚷声："警察同志，我们都是合法公民，现场你们搜也搜了，查也查了，我们身上啥也没有，没证据总不能随便泼我们污水吧？"

毛力申听到，也不禁皱了皱眉，暂时停下记录，打开办公室的门，走出去看了一眼，同那几个便装警察打了个照面，道了声"辛苦"，在审边小槐的办公室门口稍作停留，过问了两三句抓捕现场的情况才侧身让他们过去。

被抓的是两个毒贩，他们中队追踪蹲守了好些天才蹲到的，毛力申这几天没回家，也是执勤蹲他们去了，没想到他前脚刚刚换班，后脚兄弟们就抓着人了。

人是蹲着了，可赃物并没有找到。据说现场搜了个遍，也没找到毒品在哪儿。

毛力申估摸着这两个家伙很难缠，决定早点把边小槐审完过去帮忙。

毒贩子可不同于寻常的犯罪分子，他们更狡猾一些，不管审讯的角度多么全面，他们都咬死不承认碰过毒品。

　　隔壁审讯室里的冷气嗖嗖地吹着，可室内的气氛并不清凉，反而有些火气十足，剑拔弩张。

　　五大三粗的那个犯罪嫌疑人随手将外套丢在座椅靠背上搭着，露出手臂上狰狞可怕的刺青来，不客气地嚷嚷着："警察同志，这局子我们是来了，该配合也配合了，要是找不到证据白白耽误我们工夫，这误工费怎么算啊？"

　　他的声音特别凶悍，不像是在公安局里受审问，倒像在街头吵架，那文满了牛鬼蛇神的花花臂膀似乎一言不合就会从身上抽出一把刀来。

　　有警察厉声提醒他注意态度，却吃了个闭门羹，被告知"老子嗓门从小就大"。

　　审讯室隔音效果还是不错的，可他们的大嗓门还是透过墙壁传了过来，虽然隐隐约约听不真切在说什么，但也足以让人感受到隔壁审讯室剑拔弩张的气氛了。

　　毛力申皱了皱眉，这几个犯罪嫌疑人又嘴硬又狡猾，不是好对付的角色。其实边小槐这桩偷窃案已经明了，不管是边小槐还是那个偷包贼，都老实招供不讳。边小槐承认自己一念之差差点偷钱，但是钱包却是那人栽赃嫁祸，而偷包贼到公安局里也老实了，既招了偷窃也招了栽赃。

　　证据、口供、目击都对得上，也大致符合毛力申的观察与判断，本应就这么结案放边小槐走人了，但毛力申顾虑得更深更远。

　　警察存在的意义不仅仅是消灭犯罪，还要预防犯罪。

　　边小槐这个盲女虽然只是一念之差，起了贼心却没贼胆，洗清了嫌疑，但是这个"念"若是不狠狠扼杀在摇篮之中，只怕以后会长出歪了根的苗来。

　　毛力申虎起脸来，准备再花几分钟"吓唬"边小槐一番，让她长长记性，下次莫要再起不该动的歪念头。

"你这虽然是没偷成，但要往严里算，也可以说你是协助犯罪。跟那个偷了包的一起，拘留个几天也是合情合理的。"

"警察大哥，怎么还要关我啊？"边小槐一听，急了。

此刻的她，就像是在考场上被老师抓个正着的学生，偷看答案的决心还没下呢，题没抄到，连坐的处罚倒是来得快。

她又急又恼，苦苦哀求，可她再怎么求情都没用，毛力申始终都埋头写着什么，毫不留情面，一副公事公办的态度。

边小槐突然斗胆问道："我要是能将功赎罪，你们能不关我吗？"

毛力申的头并没有抬："你能有什么功？"

边小槐压低了声音，用只有他们三人才能听清的声音谨慎地说道："也许我能帮你们找到毒品藏在哪儿……"

将功赎罪

毛力申最讨厌跟警察谈条件的人。

几个嘴硬的毒贩子而已，毒品就算没随身携带，多半也在哪个藏身之所里，人抓到了，不承认也没关系，回头用缉毒犬一搜，基本上就能找到毒品藏匿的位置。

警察跟罪犯做交易？笑话！

他冷着一张脸："缉毒犬也能找到。"

边小槐又吃了一回闭门羹，她不知接下来的话该说不该说了，可若是不说……她咬咬唇，下定决心主动说道："你们搜搜他那件外套。"

"刚搜过了……"另一个警察脱口而出。

"不是那种程度的搜一搜，我是指，你们搜搜他外套左边，仔细搜一搜，不行就拆了，看看有没有夹层什么的。"

她的提醒，突然让他们惊醒。

炎炎夏日，穿个外套本来就很不正常，说不定里面真有什么名堂。

"毛队，你看着她，我去搜搜就来。"另一个警察性子急，低眉耳语两句，便三步并作两步离开了。

边小槐摸着手上冰凉的手铐，心里七上八下的，从未如此忐忑过。

毛力申站在她身后默默地盯着她，仿佛想将她的心挖出来好好看一看。这姑娘，你说她聪明吧，她却偏偏动了个蠢念头，你说她蠢吧，偏偏她在自身难保的情况下还能找到突破口曲线救国。她都看不见，竟能察觉到那外套有异常，这份洞察力，可不比自己局里某些训练有素的特警弱……

三分赏识从毛力申的心底不知不觉升起，只是她蒙没蒙对，还需现实验证。

几分钟后，只听隔壁惊喜的声音传来，紧接着就跟上几声粗俗的咒骂声，以及乒乒乓乓的打斗声，似乎起了不小的冲突。

不一会儿，离开的那个警察就抹着头上的汗，回来给毛力申报喜："毛队，找着了，真在外套里，这几个鸡贼的，竟然把毒品全部用最小号的密封袋散装了，每袋只装一丁点，分散缝在了外套里，也不嫌麻烦。你都不知道，刚刚外套一拆线，里面密密麻麻露出来好几十袋。"

"什么类型？有多少克？"

"冰毒，数量还没统计。"携带、贩卖毒品按照类型、数量的不同有着不同的量刑标准，说到这点，这警察就道，"反正是至少要吃十几年牢饭的量。"

"那个，警察大哥。"边小槐颤颤巍巍地打断了他们，举起手上冰得瘆人的手铐，道，"我帮了你们，这够将功赎罪了吧？"

毛力申张了张嘴，还没发声，就被同事抢先问话："你怎么知道

10

他们把东西藏在外套里了？"

而且是确确切切地知道毒品缝在了外套的左半边，一点也没错。

"我眼虽瞎，耳朵再不好使点，怎么过日子啊？"边小槐自嘲道，"空调吹在那件外套上，左边下摆摆动的幅度听起来比右边小很多，不太正常，肯定左边藏有东西。"

她的话音刚落，毛力申就皱眉道："你在馄饨店也是这样判断别人身上的钱包在哪儿的？"

无比嘈杂的环境下，却能靠耳朵听出来衣摆的摆动幅度有所差异，并能敏感大胆地推测出里面藏有异物，这耳力、这心思，若是不好好约束管教，真在歪路上走远了，日后定成祸害。

边小槐完全没想到他会又提偷钱包的事情，神色尴尬地解释："我当时真的是糊涂了才会……"

话说到一半她又憋屈得厉害，后半句话怎么都吐不出来了。哽塞了半天，才抬手，试图去拉毛力申的便装下摆，强忍着眼角的泪花，低声下气道："警察大哥，饶了我这回好不好？我保证没下次了。"

没有人留意到，她伸手的时候，手都在轻微地颤抖。

若是换了别人，多半要被她这楚楚可怜的模样打动。可偏偏毛力申准备好好给她一个教训，于是脸上依旧毫无波澜，冷着脸道："吃几天牢饭才长记性，别想在我这里耍滑头，没用。"

边小槐闻言脸色一变，那两只空洞的眼珠子恨不得能喷出火来。

边小槐脑袋空空，她从小到大都没这么憋屈过，直到毛力申亲自说出"放人"两个字，她还仿若活在不切实际的虚幻里，觉得这一切是假象。

"还不走？等放饭啊？公安局里可只有牢饭。"

这个玩笑一点也不好笑，边小槐在公安局里才待了一个小时，就谈虎色变，听到警察的声音都害怕，一听又不关她了，立马起身伸着双手往外摸索，连走路的家伙都忘了拿，还是毛力申好心递了过去："竹竿不要了？"

同事在毛力申身旁哧哧地笑。边小槐接过竹竿，落荒而逃。

等人都不见影了，那个同事才小声嘀咕："毛队，她也挺惨，又没真偷东西，何必那么吓唬她呢？"

毛力申挑眉："根歪了就要扶正，听点教训又不会耳朵长茧，我若是直接放了她，恐怕才是真的害了她。"

他的眼神坚定不可移，跟单位门口宣传栏上的人简直如出一辙，刚正不阿且一身正气。

毛力申说："有空你查查那个盲女的住址分属哪个居委会，让他们多关照一下她。"

"好嘞！"

一个月后，宁泰市环球影城。

成双成对的小情侣们趁着周末的大好时光，你侬我侬地牵着手、搂着腰出来看电影，售票处排成了一条长龙，爆米花机和可乐机都在疯狂地工作着，红票子不断地递进，电影票不断地递出。

大厅立柱的电影海报下，站着一位打扮入时的妙龄女子，手里捏着两张电影票，非常不耐烦，显得与周围甜蜜的气氛格格不入。

她要看的那场电影已经放了半个多小时了，可她要等的人还没有来。

突然，大门口跑进来一位行色匆匆的男人，高大的身材，立体英气的五官，吸引了不少女人的目光。

只见他环视大厅一周，将目光锁定在海报下的女子身上后，便立刻三步并作两步，跑到她的面前："抱歉，局里临时有点事，耽误了。"

应约前来的人是毛力申。

小城市里的家长总是格外心急，但凡子女过了二十五岁还没对象，就会被当成"剩男""剩女"打包送进相亲市场。

毛力申已经二十六了，连个正经女朋友都没交过，他不急但他妈急，三天两头拜托亲戚给他物色靠谱的结婚对象。这不，刚刚物色了一个女老师，模样周正家世好，和他约了看电影。

可这第一次见面，毛力申就搞砸了……

女子气鼓鼓地站在那里，根本听不进毛力申的解释，只觉得对方是在故意怠慢她。

"不想处对象就明说，不带这样羞辱人的，让人家像个傻瓜一样在这儿等，像男人做的事吗？"女子越想越生气，纵使看着毛力申帅气的脸蛋，也难以抵消心中那口怨气。

要知道，她听说毛力申个头很高，特地穿了双恨天高出门，还是尖头的那种，站了这么久，从脚指头到脚后跟，哪哪都疼。

"别生气了，电影都开始这么久了，我们先进场吧？"毛力申自知理亏，也不啰唆，伸手接了票就要往里走。

这就更让女子生气了。

作为男人，不该先哄哄她？还惦记着什么电影啊！

"还看什么呀？"女子一把夺过电影票，愤愤地将那票往空中一撒，任那票无声地飘落在大理石地面上，彰显着她此刻的愤怒。

毛力申有点心累。

原本他记牢了时间，换了新衣，还特地吹了头发，是按时出门赴约的，可偏偏走到半路局里叫他去救急。

自从那两个毒贩子人赃俱获之后，毛力申所在的中队就忙活了好一阵子，顺藤摸瓜挖出了不少"瘾君子"。这段时间，大家忙着抓人，加班加点都是常态。

办完事，毛力申就以最快的速度赶往电影院，可还是晚了太久。

相亲他也相了七八回了，有嫌弃他工作危险的，有嫌弃他收入不够高的,还有颜控富二代问他是否愿意不当警察去她爸公司上班的……

他倒是不排斥相亲,只是终身伴侣总得找个志同道合的吧?

"都是我的错。"毛力申耐着性子赔笑,只不过他面对犯罪分子严肃惯了,突然挤出点笑来,看着既不自然也不真诚,倒有点减分。

他蹲下身来,屈膝去捡电影票,想再试着挽回挽回,却只得到一声更加愤怒的抱怨。

"我一定是瞎了眼,才会出来见你!"

说完,相亲对象就毫不留情面地蹬着高跟鞋,甩脸走人了。

毛力申叹了一口气,屈着一双大长腿,小挪了两步,伸手去拾那张飘得有些远的电影票,却在摸票的一瞬间,和另一只四处乱探的苍白细手触碰到了一块儿。

麻麻的触电感,从指间传来,毛力申不自觉地收回了手。

这只手他记得,并且印象极其深刻。白的女人他见过很多,可很少有人的皮肤苍白到这种程度。

"是你?"毛力申震惊。

少女一听这个让她恐惧的声音,也立刻将手缩了回去,慌慌张张撑着竹竿站了起来,可那张电影票却被她紧紧地攥在了手里。

上一回在警察局里,她被他吓唬得可不轻。

毛力申一见便皱了眉:"你又要偷东西!"

虽说上次的偷盗事件边小槐是清白的,毛力申该教训提点的也都说了,可眼下看来,上次的事并没有让这个盲女长教训。

"我没有偷东西!"

"那你手里是什么?"

"我没有偷,是她不要了我才来捡的……"边小槐努力辩解着,她指间微微颤抖,心底有一丝卑微的期盼,期盼着这个男人能大方一些请自己看这场电影。

反正他都被女朋友甩了,不是吗?

她是真心想看这场电影。

可边小槐等来的只是毛力申的愤怒与说教："你哪里看到别人不要了？偷东西可耻，能不能有点廉耻心了？"

"我……"

边小槐的心立刻碎成了玻璃渣。

是，她没有视力，她看不见别人的喜怒哀乐，她只能靠耳朵去判断别人的情绪。

这种被讽刺被误会的场景，从小到大，她经历的还少吗？

边小槐平静地攥着那张电影票，站在那里，就像一棵风中的槐树，一动不动，宠辱不惊的脸上看不出任何的情绪。

不过，很快她就把票塞回了毛力申手中，然后嘴角上扬，骨感的侧脸在灯光下显得特别清冷，所有的自卑都被毫无痕迹地掩饰好了，一张嘴就是毫不犹豫的反讽："警察大哥，你有闲工夫在这抓小偷，不如好好反思一下女朋友为什么生气吧！"

失踪案件

当边小槐身心疲惫地回到家中时，李姐对她的早归非常诧异："怎么这么早回来了，没看电影吗？"

李姐是边小槐以前的街坊，后来边小槐分到了廉租房，就拉了李姐过来同住，生活上也好有个照应。作为一个三十多岁的中年妇女，李姐务实且朴素，不太能理解有些电影为什么那么火爆，尤其不理解边小槐根本看不见，为何还喜欢"看"电影。

"没捡到票……"想想那个警察，边小槐就来气，一张电影票而已，至于那么小题大做吗？

"真喜欢就买票看呗，哪有那么好的运气回回都能遇上吵架扔票的情侣啊？"李姐又气又笑地摇摇头。

"太贵了，好几十一张票呢。"

边小槐摸到床边坐下，将那根竹竿小心地收好。

"听说有个什么软件买电影票特别便宜，街上到处都是广告，什么九块九看大片，你下载一个看看？"李姐絮絮叨叨着，"你那么喜欢梁朝伟，就为他花回钱呗。"

"再喜欢也不值得我花九块九。"边小槐摇摇头，"都够我吃碗牛肉面了。"

"也是……"

穷人的孩子早当家，一个子儿也要掰成两半花。

两人聊了会儿天，说说笑笑，从梁朝伟说到找工作的事，不一会儿分针就在墙上转了一整圈。

"当当当……"门突然被敲响。

"今儿怎么都这么早回来？"李姐还以为是自己女儿提前放学了，赶紧起身去开门。

门一拉开，两个一身制服的警察冒了出来，吓了李姐一大跳。

"警察办案，请问这是边小槐的家吧？"其中一位警察亮出了警官证，例行公事道，"有个案子想麻烦边小槐提供点线索。"

李姐有点蒙，这还是她头一次和警察面对面接触，两位警察都进了屋子，她还晕头转向的，差点忘记关门。

警察进门后，她就一脸担忧的模样，不断朝着边小槐瞥眼色，像是在怪边小槐招惹了警察。

边小槐则一脸平静地坐在床上。

似乎她最近跟警察八字犯冲，头一回干坏事就遇到警察，好不容易出去想看场电影也遇到警察，连回到家里坐着警察都会找上门来。

两个警察居高临下地站着，李姐小心翼翼地陪在一旁，狭仄的屋子里气氛有些说不出的紧张。

"今天下午四点钟左右你在环球影城吧？"

"嗯。"

"我们接到报警，有个孩子失踪，初步怀疑是被拐了，监控显示，孩子失踪之前，跟你撞上过，还泼了你一身可乐，再后来孩子和他母亲去了洗手间，之后孩子就失踪了。"

"这跟我有关系吗？"

"没有关系，只是你在现场，算是目击证人，想问问你有没有线索可以提供。"

熟悉的声音突然插入，边小槐恨得牙痒痒。

又是他！

她咬着唇，"不想配合"四个大字几乎就挑明写在了脸上："我又看不见，能目击什么？"

"请你仔细回想一下，监控显示你一直站在洗手间入口处附近，你有没有听见什么异常？"毛力申皱眉道，"边小姐，请配合警察办案。"

边小槐耳力过人，又心思细腻，若是周围有异，毛力申笃定她会有所察觉。

"如果我不配合呢？"

"配合公安机关调查是每个公民应尽的义务。"

毛力申的眼睛非常具有震慑力，每当遇到特别狡猾的罪犯，他都会紧紧盯着对方的眼睛，给对方施加压力。可这双震慑人心的眼睛对上了那双空无一物的眸子，就像是火焰烧进了一潭死水。

"哦，那我什么都没听到。"边小槐不慌不忙，淡定应对。

"真什么都没听见？"

"真没听见。"边小槐的嘴角勾了勾，意味深长地补了一句，"你们不是有警犬吗？狗会帮你们找到的。"

环球影城里羞辱她那件事，她还堵着气呢！

"你……"毛力申说不下去。

刁钻的人他遇过很多，可如此刁钻之人，真不多见，偏偏她的话里还挑不出毛病，既能成功地惹怒他，又让他无计可施。

边小槐看不见毛力申的愤怒，可李姐看得清清楚楚。

她担惊受怕地拉了拉边小槐的衣角，暗示边小槐少说两句："小槐……"

边小槐拍了拍李姐的手背以示安慰，高高昂起的脸蛋依旧波澜不惊。

"警察大哥，你们天天抓这个抓那个的，很忙吧？既然我也帮不上什么忙，就不耽误你们的时间了，慢走，不送，记得关门。"

边小槐今天心情很不好，她不想跟别人吵架，尤其不想跟那个警察吵架。

当晚，本地电视台便循环播报起这起离奇的"人口失踪案"。

据称案发时母亲带孩子出来看电影，孩子想尿尿，母亲便陪同着一起前往电影院的洗手间，孩子进了洗手间，母亲站在小隔间外等着，可左等右等孩子都没出来，也没动静，母亲便出来四处寻了一番，并叫了电影院的工作人员一同进洗手间找孩子。可当她返回后，将所有的隔间门都打开寻找了一遍，却都没有找着孩子。电影院的洗手间刚好连着大厅和消防通道，两边都能走，两边都有监控，然而不管是哪边的监控，都没录下半点蛛丝马迹，只有孩子进洗手间的录像，没有孩子出洗手间的录像，孩子似乎就这么凭空消失了。

孩子的母亲一口咬定孩子是被人贩子给拐了。

可人贩子是谁？又是用什么手法变走了活人呢？

据报道称，孩子的父亲愿意出十万块钱来寻找丢失的孩子，媒体放出了孩子的照片，并呼吁热心市民多加留意，一有线索就立刻联系警方。

"光天化日之下就敢拐孩子，还有没有王法了？"李姐一边看电视，一边胆战心惊地感叹着。

"还没破案呢，未必就是人贩子拐了孩子。"

"那你觉得是谁拐了孩子？"

"不知道。"这案子太过蹊跷，边小槐想不明白这个孩子是怎么凭空消失的。

如果说是人贩子拐了孩子，那总该有动静吧？她被那熊孩子撞上之后，就一直站在洗手间靠大厅的出口，那出口顶上有个冷风机，站了没一会儿被弄湿的衣服就干了。后来边小槐听到旁边有情侣拌嘴，心中一喜，便摸过去想捡个漏，看场免费的电影，哪知又倒霉撞上了那个警察。

按常理说，要是洗手间有异常，她应该能听到动静才对，可偏偏她什么都没听到。

"小槐，你在电影院真一点动静都没听到？"李姐欲言又止，"你不会是记恨前阵子警察关过你，故意知情不报吧？"

"我有那么小心眼吗？"边小槐也不气恼，淡淡道，"我是个苦命没妈的，遇上这种孩子被拐的事，怎么会不知轻重？"

"也是……"

李姐是个老实巴交还胆小怕事的小老百姓，一想到孩子有潜在的危险，就担心得要命："这真是太危险了，从明儿起，我还是去接送乐乐上下学，辛苦点就辛苦点。"

乐乐正埋头写作业呢，一听她妈要接送她，立刻扭过头来大声抗议："妈，我不要你送，我跟同学一起走！"

"大人说话，小孩插什么嘴？你作业写完了吗？我求爷爷告奶奶地托关系送你去上好学校，你每次考试就考那么点分，对得起我吗？"李姐本来只是训孩子，可训着训着，平日里的委屈全一股脑儿上来了，忍不住就红了鼻子，开始抹眼泪，"我省吃俭用，都图个什么啊？"

每当这个时候，边小槐就不知道该怎么安慰李姐才好。

她爸妈死得早，没体验过被父母逼着学习是什么感觉。准确说，她根本就没念过几年书。

她从记事起，就在社会上混饭吃了，书上的大道理她不懂，可这生存之道她比谁都清楚。

小时候，她脏兮兮的遭人嫌，经常被人"小瞎子""小瞎子"地呼来唤去的，她也不生气，反而会趁势伸出小脏手，仰着可怜的小脸求叔叔阿姨们给点钢镚买馍馍吃。

再大些，懂廉耻了，不好意思讨饭，就四下求好心的老板收她做工，实在没活干的时候，她就敲着竹竿去街上捡废瓶子，不过她看不见，一天到晚也捡不了几个，饥一顿饱一顿是常态。

其实她是羡慕乐乐的，李姐虽然离异后过得辛苦，可从不亏待孩子，不管是吃的还是用的，都是尽自己所能给乐乐挑好的买，自己倒是省吃俭用，一件多余的衣服都没有。她甚至为了让孩子不输在起跑线上，咬牙给乐乐报了宁泰市最贵最好的私立小学，只可惜乐乐的成绩总是在班上吊车尾，没少惹李姐生气。

自己妈长什么样？对自己好吗？边小槐记不清了……

记忆像是一条长长的河，水一旦从上游淌了下来，就再也回不去了。

边小槐在脑子里拼命找寻着那些散落的记忆碎片，想把它们重新拼凑起来，却怎么努力都是徒劳，只惹得头痛欲裂，脑袋嗡嗡作响，连那乐乐在一旁嚷嚷着"妈你再逼我我就去找爸爸"都听得不太真切。

爱是什么？

她不懂，却想懂……

不期而遇

眼下这个年代，儿童在公共场合失踪却没有留下一点线索，简直是诡异。

宁泰市的老百姓茶余饭后都在讨论这起离奇的失踪案，舆论让此案的关注度空前高涨。

接下来的两天，警方更是发动了地毯式搜索，直升机、警犬、天网……能用的资源全用上了，甚至连护城河都打捞了一遍，那个失踪的孩子依旧杳无音信。希望似乎越来越渺茫，孩子的父亲更是挂卖了自住的房子，将悬赏金额直接提高到了五十万。

不过边小槐不关心这些。

她连肚子都填不饱了，哪有心思关心社会热点？

最近，运气特别背，先前的老板因她无故迟到开了她，之后省吃俭用找了好久的工作，才有家 KTV 肯收她打工。

这工作听起来简单，就是等客人退了包厢之后，进去擦下茶几，倾倒垃圾桶，等到凌晨环卫车开来时，再把垃圾拖出去倒掉。但做起来，可并不轻松。

KTV 是通宵场，边小槐晚上八点上班，得不间断干一夜，客人才会全部走完，等她拖着半人高的黑色垃圾袋，疲惫不堪地站在路边等环卫车时，天已经放亮。

环卫车熟悉的"突突"声传入耳朵，边小槐使出了吃奶的劲儿，奋力提起黑色垃圾袋。

突然间，手上的重物轻了不少，似乎是有人帮她抬起了另一头。

明明大清早被好心人帮助是件值得欣喜的事，可边小槐却像小狗一样吸了吸鼻子，一种有些熟悉的气味扑面而来——直觉告诉她，这是危险的气味。

垃圾袋被轻松掀进了环卫车里。

突然,边小槐打了个激灵,想起来那是什么味了,是混杂了男性荷尔蒙的汗臭味!

她转身就跑,可没带竹竿出门,眼睛又看不见路,没跑几步便狠狠摔了一大跤。不过她顾不上腿疼,几乎是连滚带爬地逃回KTV去。

直到她关上了电梯门,才拍着胸喘着气,双腿止不住地颤抖着,差点就发软顺着电梯壁滑下去。

又是他!

每次遇见那个警察,都准没好事!

边小槐不知道自己为什么要逃,可她就是没由来地怕他,就像老鼠见了猫。

KTV外,毛力申摸着下巴,有些捉摸不透为何那个盲女见着自己就跑——不对,她又看不见,怎么会知道是自己呢?

北城一号KTV是宁泰市出了名的高档消费场所,出入的宾客都特别舍得花钱,一掷千金的大有人在。与消费水平成正比的是服务水平,这里管理森严,每个员工都必须小心谨慎,不能越界。

比如边小槐的工作是清理茶几和倒垃圾桶,那她就只能碰这两样东西。

每个包厢客人离场后,前台按响卫生房的按钮,告知可打扫的包厢号,由边小槐先去清理一轮,等茶几和垃圾桶都清理干净了,会另有服务生统一彻底地打扫包厢。

边小槐搞不懂为何要多此一举,直接让服务生打扫包厢不好吗?聘请她这个什么都看不见的,做慈善吗?

不过这饭碗来之不易,边小槐把疑惑都揣在心里,绝不多问。

一到晚上霓虹灯亮起的时候,大堂里就会有很多的陪唱女孩站成一排迎宾，等到客人们进包厢点人陪唱之后，那道靓丽的风景线就会越来越短，到了十一点左右，大堂就会彻底空了，而包厢里，则是彻夜欢歌。

当边小槐红着脸走出电梯的时候，又撞上了陪唱女孩小乔。

"小槐，你没事吧？怎么脸这么红，发烧了吗？"小乔见她两颊通红，一反常态，便关心地问道。

边小槐伸手捂住脸蛋，冰凉凉的手指触碰到火烧一般的脸蛋，不但没有降温成功，反倒让两颊烧得更红。

不待边小槐回答，小乔就伸手去摸她的额头。

"也不烧啊……"小乔顿悟，压低声音神秘兮兮地冲着边小槐挤眉弄眼道，"不会是哪个男人揩你油，占你便宜了吧？"

KTV 这种场所，有人想占便宜的事情太过常见，小乔见她脸蛋红红，难免往那方面想。

"怎么可能？我就是干活干热了而已。别在这说话，万一被经理看到了，肯定要挨骂。"边小槐心虚地找了个理由打发小乔，就慌慌张张躲进工作间。

自从她遇到毛力申之后，心就一直"怦怦怦"跳个没完没了，即使将自己关在狭小的工作间里，也无法平复心中的涟漪。

不过，她猜得没错，几分钟后，大堂里就响起了 KTV 经理高亢的责骂声，不用听她都知道，肯定又有陪唱女孩挨骂了。

出来讨生活，挨几句骂都是轻的。

边小槐叹了一口气，脱掉身上的工作服，摸索着挂起来，又摸着走到角落里，找到她的竹竿，准备下班回家。

她觉得吧，一次遇见可能只是偶然。

可是第二天，边小槐倒垃圾的时候又遇上了毛力申，这次，她觉得他是故意的。

"你在这里上班？"毛力申像是老朋友一样，故作轻松地跟她搭着话。

"我们很熟？"边小槐说。

差点拘留，没齿难忘，边小槐释怀不了。要不是他，她也不至于到在 KTV 里倒垃圾。

放完狠话，边小槐便转身又要往 KTV 里钻。

"一回生二回熟。"毛力申见她拔脚就走，也不拦她，只是不慌不忙地从裤子口袋里掏出手机来，拨了一个号码，便听一串悦耳的手机铃声响起，是边小槐的手机响了。

边小槐气得牙痒痒，回头质问道："你什么意思？"

上次在警局，边小槐就留了手机号，所以毛力申有她的号码，一点都不奇怪。只是他连着两天大早都出现在这里帮她，还给她打电话，这就很让她怀疑动机了。

毛力申正色道："女孩子在这种地方上班，小心一点，若是遇到麻烦，可以求助警察同志。"

边小槐道："不用你假装好人！"

下班的时候，边小槐为了避开那个警察，故意从 KTV 的后门溜走。

边小槐刚刚走上通往后门的那条走廊，就不小心碰倒了一个花架，清脆的瓷器落地碎裂声响起，边小槐立刻停下了脚步。

正当她纠结着是绕过去还是回头喊人来清理一下时，经理已经带着保安赶过来了。

"搞什么啊？"经理阴着一张脸，劈头盖脸就骂。

"对不起，经理，我不是故意的。"挨了骂的边小槐一点也不意外，她镇定自若地举了举手中的竹竿，小心解释着，"我看不见路，才不小心撞碎了这个。"

"做事机灵点！毛手毛脚的……"经理恶狠狠地瞪了她一眼，回头冲着身后的保安道，"去叫个人来清扫干净，快。"

边小槐以为自己这就可以走了。

可偏偏经理利落地处理完碎片的事，又反过来刁难边小槐："一个花架五百块，赔钱吧！"

边小槐差点脱口而出："你抢钱吗？"

不过她没有。

事关饭碗，又是自己有错在先，边小槐态度良好地协商道："经理大哥，我真没那么多钱……再说了，我听只有花盆碎了，这架子应该还能用吧？其实就是重新买个花盆的事，能不能少赔点啊？"

"店里的规矩你没学吗？入职的时候怎么告诉你的？"经理成天在客户面前点头哈腰，对 KTV 里的员工却格外凶，他堵着边小槐出去的路，恶狠狠道，"店里所有的东西都明码标价，谁要是不小心弄坏了，甭管是客户还是员工都得照价赔，五百块，一分都别想赖。"

边小槐审度了一番，让了步。

她这才入职几天，要是因为这点小事就惹怒了经理丢了饭碗，那就得不偿失了。

"经理，能在工资里扣吗？"她妥协。

"不行，必须现赔。"

"可我身上没钱。"

"手机转账啊。"

"老人机，没那个功能……"

"晦气，没钱就让人送，你自己想办法。"总之经理一副没钱今天就别想回去的架势，丝毫不留情面。

边小槐气得够呛，好话软话都说了，还是这么个结果，便决定硬气一些，强行走人试试。

她探着竹竿往前迈了一步，却不料撞上了一个男人的胸膛，右转一步，又撞上一个，她无奈地退了回去。

算了，好汉不吃眼前亏。

所有的路都堵死了，边小槐只能掏出了手机，想问问李姐能否辛苦一趟送五百块来。

她最后一次通话是和李姐，她直接按了拨号键。

电话秒接，一个熟悉的男音从听筒中响起："喂？找我有事？"

边小槐一下蒙了，怎么打给他了？该死，忘记刚刚那个警察呼过她。

慌乱的情绪一下从她的心底涌出，好半天她才将那股没由来的惊慌失措给压了下去。

"没事，打错了。"她冷冷道。

偏偏不等边小槐挂电话，那经理就十分不耐烦地抢走了边小槐的电话，直接与毛力申对上了话："你认识这女的吧？给她送五百块来，北城一号。"

电话里的毛力申有点惊讶："她怎么了？"

"弄坏了东西没钱赔，赶紧送来。"

经理说得是相当不好听，惹得毛力申眉头一皱，紧张了一下，低沉的声音显得特别愤怒：

"我马上送钱来，你们别动她。"

危险关系

北城一号不仅仅是宁泰市最奢华的 KTV，还是最大的 KTV，光包厢的编号就从 001 排到了 288。

毛力申压低了头顶的棒球帽，尽量遮住脸，驾轻就熟地往里走，边走边认真记住周围的环境。

这家 KTV，被匿名举报过好几次，可每次公安部门过来扫黄，都是毫无收获。

最近，准备展开新一轮的扫黄打非工作，北城一号依旧在重点关注的名单里。为了尽可能减少漏网之鱼，毛力申所在的刑警二中队接到命令，暗中做好准备工作，尽可能多地掌握北城一号的线报。

为了不打草惊蛇，毛力申早就调来了这里的消防平面布置图，并在附近蹲守了两整天。这里虽然每天灯红酒绿，陪唱女孩大摇大摆地站在大厅里笑脸迎客，可里面到底是什么经营状况，完全都是未知。

两天两夜目不转睛的蹲守工作做下来，唯一的收获就是那个叫边小槐的盲女竟然在这里工作……

在错综复杂的走廊中绕了足足七八分钟，毛力申才找到边小槐。

见了人，毛力申问都不问，直接从皮夹里数出五百块，递了过去，从头到尾一句话也没说，一下也没抬过脸。

经理收了钱，瞪了边小槐一眼，警告她道："再有下次，就别想在这干了！"

那几个五大三粗的保安故意在手中敲打着胶棍，站在经理身后，狐假虎威。

这些个空有一身肥膘的汉子，毛力申还真不太放在眼里。不过眼下的情况不太适合冒头，让人认出了脸就不方便做事了。面对经理的蛮狠和保安的嚣张，他故意唯唯诺诺不断点头，脑袋从头到尾都没抬起来过，看起来就像是个胆小怕事的厌货。

他一阵点头哈腰之后就伸手去拉边小槐的手臂。

边小槐立刻心领神会，小声冲着经理丢了句"对不起"，毫不拖延地跟着毛力申逃离了现场。

明明 KTV 里没有风，可边小槐觉得，自己这样被毛力申拉着一路小跑，像是有风从耳畔吹过。

她看不见，可她听见自己的心跳声了，扑通，扑通……

如果自己是被喜欢的人拉着跑，那该有多好？

可边小槐沮丧地觉得，永远不会有人喜欢一个盲人，正常人都只会觉得那是拖累。

缺爱太久，自己连逃跑都跑出了一堆莫名其妙的感慨——边小槐自嘲。

也不知道跑了多久，毛力申才停了下来，边小槐也跟着停了下来。

手，一瞬间松开。

"那个，刚才情况特殊，不好意思啊，不是故意占你便宜。"毛力申特地解释了一下拉她手的事，"我看里面那几个人都不太友善。"

"没事。"边小槐拘谨地抬手把刘海别去脑后，掩饰住自己乱七八糟的小心思，"那个，五百块，我明天一定还给你。"

她也特地强调："我今天出门忘带钱了。"

她不是忘带钱，是没有钱。

别说五百块了，现在的她，连五十块都拿不出来。

"嗯。"

两人站在 KTV 门口，尴尬地聊了两句，便没话可说了，只剩微风在轻轻撩拨着。

天色已经放亮，路上不断有赶着上早班的路人行色匆匆地走过，也有卖早点的小铺开门吆喝起来。

"早饭吃没？要不一起吃点？"毛力申想找机会聊聊，好从边小槐那里得到一些 KTV 里的情况。

"不了不了。"

纵使有刚刚的英雄救美在前，边小槐心里还是有点怵这个差点关她坐牢的男人。

两人之间似乎又陷入了尴尬和沉默。

毛力申正琢磨着该如何把话题绕到 KTV 上去，就听边小槐漫不经心地问道：“那个，警察大哥，你怎么这么快就到了？”

她很好奇，从误打电话给他，到他出现送钱，也就区区几分钟。

她很笃定，他肯定一直在附近没离开过。

毛力申不动声色道：“巧合而已，刚好在附近有点事……”

“噢！”

那可真够巧的。这一个月以来，巧合的次数也太多了点。

边小槐明面上冲他笑了笑，暗自却长了个心眼。

她不是什么温室中的花，更不是毫无社会经验的傻白甜。越是诱人的苹果，就越有可能是带人堕入深渊的毒药。

“你呢？怎么在这里工作了？”

“噢！新找的呗，才来上几天班……那事之后，就不太好找工作。”

她意指毛力申差点给她留了案底的事。

不过毛力申没在意她话中有话，倒是揣摩着她才来几天，又看不见，多半对北城一号里面的情况也不甚了解。

话题很快终结，两人陷入了第三次的沉默。

“对了，也算是认识了，以后别叫我警察大哥。”毛力申警惕地朝 KTV 的方向看了一眼，刻意压低声音道，“叫我申哥就行。”

出勤在外，小心谨慎，万一因为一个称呼露了馅儿，就得不偿失了。

“好的，申哥。那个，我得回去了，上了一夜的班，困……”边小槐一跟毛力申说话就压力倍增，她随便找了个借口，便想开溜。

她刚刚提起自己的小竹竿，还没敲地呢，就听身后的男声抛出一句话来，惊得她背都直了。

“那个，这几天刚好我都会在附近，我帮你扔垃圾吧。”

这个警察，到底什么意思啊？

边小槐一潭死水的内心，像是突然被投进了一块石头，惊起了阵阵涟漪。

毛力申真是个说一不二的人。

次日一早，他真的在北城一号的大门口等着边小槐。

"我来就好，你先进去吧，累了就早点回家休息。"毛力申一见边小槐拖着大垃圾袋出来，就顺其自然地接过半人多高的垃圾袋，冲着她命令道。

边小槐的脸，本来就白，又因为连续上夜班熬了几个通宵，更显得毫无血色了。

苍白的脸上突然冒出一抹绯红，就像是那清晨跳出的暖阳。

边小槐辗转反侧了一整夜，想明白了一件事——一个男人主动对你示好，还不求回报，那肯定是对你有点意思。不管是接二连三清晨守在这里帮她倒垃圾，还是主动给她留电话英雄救美，她觉得毛力申多半是喜欢自己。

她张了张嘴，想说点什么，可又实在没有处理男女关系的经验，欲言又止地张闭了好几回嘴，最后有些手忙脚乱地从口袋里掏出五百块来，递给毛力申。

毛力申没客气，收下了。

环卫车每天路过的时间都不固定，每次边小槐都要站在路边等好久才能等到它。边小槐本想跟毛力申一起等环卫车，可毛力申坚持他一个人等就行了，打发她回去休息，她便顺水推舟道了一声谢，转身先回 KTV 了。

当边小槐走到 KTV 大门口的时候，忍不住回过头去"看"了毛力申一眼。

清晨的微风，温柔地拂过她的眉角，将她的头发吹成好看的弧度，撩过她微微发红的耳根。

这个男人，真是好让人捉摸不透呢。

边小槐心中有些说不上来的小窃喜，那是酸酸甜甜的恋爱感。

可她潜意识里又觉得，毛力申是只爱抓老鼠的猫……她没犯什么事被他惦记上吧？

待到边小槐瘦弱的身影彻底消失之后，毛力申才将又厚又重的垃圾袋拖去了隐蔽的巷子里，在里面仔细地翻找起来。

一个小时后，宁泰市公安局刑警大队里响起了亢奋的声音。

"毛队，真有你的啊！竟然想到了从垃圾袋里寻找突破口！"围绕着毛力申，显得特别兴奋的是新人女警付勤勤，她眨巴着大眼睛，丝毫不掩饰对毛力申的崇拜之情。

"这是常识好不好？"旁边的那个瘦子伸了个懒腰，道，"但凡正经警校毕业的，都学过这些常见的刑侦手段。"

他叫姜飞，也是刑警二中队的。

自从付勤勤考进警队之后，他就特别喜欢嘲笑她学了个纸上谈兵的社会心理学。

就拿那个孩子离奇失踪的案子来说吧，付勤勤私下里做了七八套案件心理分析，都没一个靠谱的，反正谁也没找到那孩子。

"别闹，都正经点，说正经事。"毛力申皱了皱眉，严肃地敲了敲桌子，把话题重新拉回来，"垃圾袋里有用过的避孕套，数量还不止一个两个，这个北城一号，百分之百涉黄。"

"可是老大，为什么每次扫黄都扑空呢？"付勤勤追问。

"可能他们有路子，能在行动之前收到风声。"毛力申一提到这点，便立刻以更加严肃的神情警告起队里的几个警员来，"这次特别行动，我们中队是单独授命调查，谁要是把情报泄露出去导致扫黄失败，重罚不怠！听见没有？"

大家听言，立刻收起笑脸，正经严肃起来。

队里的几个兄弟，毛力申还是信得过的。他环视一周，满意地点了点头，继续说道："最近案子多，大家都打起精神来，做事认真点，不要放过任何漏网之鱼，清楚明白吗？"

"清楚！"

"明白！"

　　其实毛力申不仅仅在垃圾袋里翻到了用过的避孕套，他还翻出了一些其他东西。不过谨慎起见，他并没有在警队里声张，而是直接将情报上报了，等待上边发号施令。

　　基层刑警涉及的案件类型很杂，但警力和经验却有限，有些案子还是要等上级部门施以援手才更稳妥。

　　为了取得更多的线索，次日毛力申又来到北城一号 KTV 的大门外等着边小槐。

　　再次听到毛力申熟悉的声音，边小槐又热了脸。

　　在她慢慢长大的艰苦岁月里，欺负她的人多，帮助她的人少。突然有个人每天早起守在她工作的地方，帮她忙，不管是出于什么目的，她都有些莫名感动。

　　"那个，申哥，谢谢你。"

　　边小槐红着脸把垃圾袋递过去，小声谢着他。

　　袋子提得有些不稳，边小槐两眼摸黑，一不小心就碰到了毛力申的手，冰凉指尖触碰的一瞬间，边小槐难为情地羞红了脸。

　　"我来就好，你赶紧回去吧！"毛力申催促她。

　　边小槐低着头，只觉对方更加捉摸不透了。

　　要是对她有意思，不就应该趁机多跟她聊几句？哪有急着打发人走的……

　　边小槐欲言又止地张了张嘴，可最后还是什么都没说，顺从他的意思，低眉顺眼地从他面前离开。

　　等她烧着脸回到 KTV 里，八卦的小乔又拉着她进了角落说悄悄话。

　　小乔并不是真名，这里每个陪唱女孩都有自己的艺名。说来话长，这份清理垃圾的工作还是小乔好心介绍的。

"听说昨天你冲撞了经理，有个贼高的男人过来替你赔钱。"小乔一脸的八卦，"那帅哥谁啊，你男朋友？"

边小槐赶紧否认："也不是冲撞了经理，就不小心撞碎个花盆……你可别乱传，就是一普通朋友，我哪来的男朋友？谁能看上我这个拖累啊？"

小乔可不觉得边小槐是拖累。要是边小槐不盲，化个漂亮的妆，在这北城一号里坐台，以她周正的样貌，说不定也是个角儿。

"你啊，就是美而不自知，依我看，那男的肯定不是普通朋友，八成是追你的男人。"

"真是一普通朋友……"

"普通朋友你脸红什么？"

"我……"

毛力申帮她抬垃圾，毛力申替她赔钱，毛力申邀请她一起吃早餐，毛力申让她早点回去……唔，是对她有意思吗？

是追她的意思吧！

边小槐不知道毛力申长什么样，对他的印象也很分裂，一会儿是不留情面的警察，一会儿又是热心帮她的男人，可少女怀春总是诗，太过频繁的偶遇，让她产生了一丝美好的错觉，偏偏这种错觉又让她隐隐不安。

"不跟你瞎扯了，我回家补觉去了。"边小槐心虚地终止了话题，心里却是说不上来的期待。

再现失踪

走出北城一号的时候，边小槐特地放慢了脚步。

如果不出意外，毛力申应该还没走，多半还站在路边等环卫车呢。边小槐心想，还是跟他打个招呼再走吧。

可她估计错了。

环卫车恰好卡在这个点过来了，"突突"声提示着人们避让。车到边小槐身边停了下来，收垃圾的环卫大爷认得边小槐，便透过车窗热情地冲着她喊了一嗓子："姑娘，垃圾呢？"

边小槐突然有点慌了。

垃圾袋在毛力申手里，很明显毛力申并不在这里。

"姑娘？姑娘？"环卫大爷见她没反应，便有些不耐烦地催促着，"今天还扔垃圾吗？"

带着一丝侥幸，边小槐慌张地问道："大爷，刚刚这儿有人扔过垃圾吗？我是指，一个男人，很高的男人。"

"你糊涂了吧？我车才开过来啊……"

明明酷暑难耐，可边小槐的心突然就凉了下来，那一瞬间，她就想明白了那个警察是在撒谎。

他除了好心要帮她扔垃圾，他极有可能是另有目的。

可是，他要那些垃圾做什么？

一股寒意，从她心中升起。

再次见到毛力申的时候，边小槐只冷漠地说了两个字："让让。"

毛力申没有让，他用一种审视的眼神看着边小槐，对她突然转变的态度大感奇怪。

不会是打草惊蛇了吧？

边小槐听得出来毛力申没有动，她动了动喉咙，面无表情地接着说道："这是我的工作，我自己能做好，你帮了我一时，也帮不了我一世，哪天你来不了了，我还是得习惯自己去做。"

这个理由，还算说得过去。

就算边小槐不让他碰垃圾了，他也有别的办法，毛力申耸了耸肩，妥协道："那好吧。"

边小槐稍稍松了一口气。

毛力申并没有走，他陪着边小槐站在路边等了会儿环卫车，顺便有一搭没一搭地聊了几句，句句都在拐弯抹角地打听着北城一号里的事，这就更让边小槐起戒心了。

其实边小槐很不喜欢北城一号这种场所，有两次她出来清理包厢，遇上酒气熏天的客人，看她长得不错，装醉占了她便宜，很是让她恶心。

可人活着就会受委屈。

她要吃饭，要挣钱，这份工作不能轻易丢。

平日里边小槐最喜欢看的就是警匪片，悬疑破案的那种，每当紧张的背景音乐响起时，她就会特别兴奋，聚精会神地竖着耳朵听剧里的人物顺着星星点点的蛛丝马迹推理真相。

她明白，警察就是办案的。

想过平淡日子，就最好离警察远点。

"我不知道""我没注意""我看不见"这三句话成了边小槐的保命符，甭管毛力申怎么试探她，她都翻来覆去一再重复着。

那起儿童离奇失踪案迟迟没有进展，全城家长都有些风声鹤唳，李姐更是提心吊胆，宁可被扣迟到早退的钱，也要接送孩子上下学，生怕孩子出什么意外。

可这一日，早就过了接孩子放学的时间了，李姐还没回来。

边小槐估摸着她们娘俩是因为什么事耽搁了，便独自在厨房里摸索了半天，热了点剩饭剩菜充饥，便出门上夜班去了。

可没想到，她前脚才踏出家门，后脚就接到了李姐打来的电话。

电话里，李姐焦急不安，反反复复地就那么一句话："怎么办啊？乐乐不见了！她肯定是被人拐了！"

乐乐是李姐的心头肉，磕不得，碰不得。

平日里乐乐只要有点小病小痛，李姐都会心急如焚、坐立难安，更别提这会儿乐乐人不见了。

"你别往歪处想，别急，慢慢说，怎么回事？"

边小槐倒是镇定，宁泰市就一小城市，哪来那么多拐卖人口的事？乐乐本就贪玩，平时没少晚归，应该不至于被人拐了吧……再说了，李姐平时就咋咋呼呼的，属于典型的听了点故事，就要自我代入，自己吓自己的那一种人。

"要不，我报警吧？"李姐嘀咕着，隔着电话，都能感觉到她的坐立不安，"不行不行，新闻上那孩子丢了至今没找到，报警也不一定有用。"

"你还在学校吗？我马上过来。"

边小槐知道李姐那个性子，一急就乱了套，不由分说挂了电话就往乐乐念书的学校里赶。

到了学校一找，李姐坐在台阶上，哭成了泪人，一问三不知，而另一旁，警察已经迅速到位了，正向老师了解来龙去脉，记录有用信息呢。

边小槐特地竖着耳朵仔细分辨了一二，确定没有听到那个姓毛的警察的声音，才暗暗松了一口气。

也不知道为何，她现在走哪儿都提心吊胆的，总觉得那个警察随时会闯进她的生活里。

她慢慢扶着竹竿蹲下身来，将李姐搂入怀中，尽她所能地给李姐慰藉，可李姐却在她怀里哭得更大声了："怎么办啊？乐乐要是出了事，我也不活了……"

"乐乐不会有事的，你要相信警察。"边小槐肯定道。

她见识过警察的厉害，也见识过他们的办事效率。

她正好声安慰着，冷不丁，那个让她熟悉又讨厌的声音从远处响起来了。

"情况怎么样了？"

来人是毛力申，这个案件原本不归刑警大队管，不过情况特殊，加上上次的儿童失踪案迟迟没有破，出警的民警仅仅是了解了一下情况，就立马在工作群里通报，希望增派专业的刑侦人员过来支援，越早找到孩子越好。毛力申刚好在附近，便立刻赶过来了。

边小槐一听到这个声音，就有说不上来的烦躁感。她深吸一口气，努力让自己镇静下来。

同样，毛力申也注意到了角落里的边小槐，不经意地皱了皱眉。

这女人，怎么哪哪都有她？

"毛队。"

"毛队！"

一看到毛力申过来，那几个年轻的民警便纷纷响亮地打起招呼来。

警队里的人都和毛力申很熟，也很尊重他。别看毛力申年轻，他带队破的大案可不少，经常受到上级的表扬和嘉奖，没少给宁泰市的警察队伍长脸。

毛力申不爱搞虚礼，他点了点头，便算是打招呼了，迅速进入了正题："怎么回事？"

警员们立刻事无巨细地将了解到的情况汇报给了毛力申。

孩子失踪，大多数情况都只是虚惊一场，孩子贪玩没回家，又或者迷路了之类的可能性都有，理论上来说失踪未满24小时不予立案，可真拖到 24 小时之后，万一孩子确实是丢了，那可就错失了最佳的寻找时机。更别提最近市里发生儿童失踪的事，警方压力非常大。

毛力申皱了皱眉，扫了一眼坐在台阶上只会崩溃大哭的李姐，问着同事："那位是失踪的孩子亲属吗？"

"是的，那边几位都是。"

民警点点头，不光指了指台阶上的李姐，还将另外一边几个衣着入时、一看就是社会精英的中年男女给圈了进去。

绑架营救

这次的儿童失踪案，与上次的有所区别，不等警方有所行动，几位孩子父母包括李姐就纷纷收到了勒索短信，被告知孩子已被绑架，不许报警，必须在指定的时间内，迅速将赎金五十万打到指定的银行账户上。

短信还威胁说，一旦报警就撕票。

原来孩子们悄悄溜出去玩，几个熊孩子出手太过阔绰，引起了歹徒的注意。歹徒设了个局，将孩子们一齐骗了过去，想狠狠敲上一笔。

发生绑架勒索的事，在边小槐的认知常识里，就是应该让警察解决。可偏偏那几个看起来很明事理的孩子父母却不赞成毛力申提出的营救方案，都准备用赎金赎回孩子，破财消灾。甚至有动作麻利的，已经开始给秘书打电话，让秘书马上去安排转账。

"你们这样会助纣为虐的。"毛力申当警察这些年，头一回感到如此失望。

他略带愤怒的语气并没有让这些父母感受到什么，反而让他们更加坚定了用钱救人的想法。

其中一位看起来很年长、很有社会威望的家长摇头道："看你的年纪，还没有孩子吧？你没当过爹，不理解我们为人父母的牵挂。钱固然重要，但是没有什么比孩子的命更重要的。你们或许觉得拿钱去赎孩子很屄，那是助纣为虐，可这样才能保证万无一失，才能保证我们的孩子平安归来。钱没了可以再挣，可孩子若是缺胳膊少腿，不说我们做父母的会自责一辈子，试问你们警察，谁能担得起这个责任？"

他的话说得并不重，也不快，却有着让人无法反驳的力量，掷地铿锵，让所有警察都沉默了，毛力申也不例外。昏暗的操场上，只有李姐断断续续的抽泣声。

"你们拿钱去救自己的孩子，我可怜的孩子怎么办啊？"李姐语无伦次地哭泣着、抱怨着，她凄凉又绝望的哭声，终于让大家注意到，这里还有个既拿不出赎金，也不知道该怎么办的穷母亲。

边小槐紧紧搂着李姐，无声地安抚着她。

豆大的雨滴不合时宜地悄悄落下，拍打在李姐的脸上，和泪水渐渐混合在一起，让她显得格外的孤苦无助。

在过去的几天，边小槐对毛力申初动芳心过，失望过，可兜兜转转，她怎么都预料不到，很快就有这么一天，自己会在这样一个情景之下，又一次对这个警察产生期待。

她期待毛力申可以像盖世英雄一样救回乐乐。

她懂，有钱人才有选择走哪条路的机会，没钱的人根本就没有路可以选——出了这种事，她们只能靠警察！

可她的心里又害怕，害怕警察救不出这些孩子。毕竟，前几天失踪的那个孩子到现在都下落不明，不是吗？

"一个孩子都不许丢。"情急之下，毛力申下了死命令。

一边，有钱的家长们纷纷各显神通弄钱赎孩子，而另一边，毛力申则冷静地指挥着警队成员，调来了队里负责技术的姜飞，让他盯紧了收赎金账户的动态，一旦钱到账孩子平安归来，就是他们的出击之时。

"老大，这个收款账户是假户头，身份证信息系统里查询不到。"姜飞隔空汇报。

"收到，这边开始转账了，盯住资金去向。"

"明白！"

很快，大多数家庭的钱都凑够了，争先恐后地转给了歹徒。

好在歹徒谋财没害命，陆陆续续将孩子给放了出来。除了乐乐没有钱赎回来，其他孩子都毫发无损地回到了父母的怀抱。

深夜，当最后一个孩子从出租车上下来的时候，毛力申下令全队出击——这一晚上，他趁着几家父母打钱救人的工夫，根据出租车送孩子的不同起始位置和查到的监控锁定了歹徒藏匿孩子的地方。只剩乐乐一个孩子了，危险已经降到了最低，而贪婪的歹徒大意了，因为火速收到那么多赎金却没见到警察，他们就以更加急迫的姿态催促李姐打赎金，甚至由发短信改为了更直接的打电话。

李姐哭成了泪人，每次都是由边小槐替她接电话，假装孩子家长，按照警方的指示有条不紊地回答歹徒，拖延时间，好让技术警员追踪信号源头。

这种救援行动警队早就在演习中模拟过无数遍了。

"行动！"

毛力申带领着全副武装的警队成员，楼上楼下做好了三层人员布控，确保万无一失，连只鸟都飞不出去，才破门而入。

屋里几个男人正围着桌子有说有笑打扑克，全都洋溢着"暴富"后的喜悦，突然见了闯入的警察，全乱了套，慌乱地抄起家伙试图抵抗。

毛力申一马当先向着面相最凶的那人冲了过去，一招擒拿便将其死死按住，动弹不得，其他警员也各自找了目标，扑了过去。

角落里散落着一堆乱糟糟的麻绳，还有被绑着双手双脚、嘴上贴着胶布昏睡过去的乐乐。

毛力申稳下局势，便第一时间冲过去替乐乐松了绑，然后将她抱在怀里。

安全起见，李姐被安置在附近隐蔽起来的警车中等待，她紧张极了，完全没察觉自己将边小槐的手臂都掐出了两个深深的红印。

突然，边小槐的耳朵动了动。

"人来了！"

李姐顺着边小槐的声音向窗外望去，只见毛力申站在雨中，抱着还在昏睡的乐乐，仿佛刚从铁水中淬炼出来的刀剑，浑身的冷冽直要切开每一滴雨水。

"乐乐！乐乐！"李姐见到自己的孩子，心中大石头落地，不顾一切地跳下车门，踩着雨水，朝前方奔去。

当她看清乐乐在毛力申怀里，似乎像是死了一般毫无反应时，吓得扯住毛力申鬼叫了起来："乐乐她怎么了？"

毛力申对这个遇事要么大叫要么只会抹眼泪的中年妇女尽量温言告知："你家孩子没外伤，应该没事，可能被灌了安眠药，先送去医院检查一下。"

听毛力申这么一说，李姐才稍稍镇定了一些。

毛力申摇了摇头，将熟睡的孩子轻轻放置在了后座上，伸手抹了一把额头上的雨水。

他身后，陆续走出了其他的队友，将绑架者铐着手铐、戴着头套，关押进了另一辆警车。

一切妥当后，毛力申利落地跳上了警车，下令前去医院。

大雨落地，路变得愈发坑坑洼洼起来，边小槐随着晃晃悠悠的警车，整颗心都七上八下地晃荡起来。

她怎么都没想到，明明有那么多辆警车，毛力申却偏偏要挤到她身旁来坐。

车窗外斑驳的阴影在快速后退，车上挤着七个人，显得特别狭仄。边小槐不动声色地往侧边挪了挪屁股，尽量让自己和毛力申别挨得那么近。两人之间的距离明显地拉开了一小截，毛力申似乎没有察觉，这让倍感压力的边小槐轻松不少，扭过头去松了一口气。

还没等她轻松几秒，整辆车突然车轮打滑，在泥泞的道路上往右侧猛地滑了过去。

司机急急打住方向盘，踩下刹车，所有人都被重重甩向前去。

边小槐反应不及，"哎呀"一声，猛地往前一撞，却撞进了一个稳健的臂弯里——原来在出现危险的一瞬间，毛力申反应迅速地就近抱住了边小槐，让她免受撞头之灾，自己却避之不及，闷声狠狠撞到了前座上。

"什么情况？"车停稳后，毛力申皱着眉头质问司机，手臂却依旧搂着边小槐，忘记放开。

边小槐也没提醒他，反而安静地窝在他的怀里，心跳得格外激烈。

打她记事起，就没有男人这样护过她。

从来没有过。

"我下去看看。"司机不敢耽误，冒雨下车检查，好半天他才甩着头发上来回复，"轮胎没事，应该是雨天路太滑，打滑了。毛队，你怎么……"

他欲言又止地瞟向毛力申的怀里。

毛力申这才注意到，自己紧张车况，忘记松开手了。

手臂突然松开，那种温暖到让人有些窒息的感觉渐渐脱离了边小槐，她却依旧觉得燥热逼人，幸亏是在黑暗中，即使两颊都烧红了也没人看得见。

她明白，这一抱只是个友善的保护举动。

"刚才情况危险，你没撞着吧？"毛力申做事素来干净利落，语气大公无私，一听就是不掺杂半点私情。

边小槐慌张摆手，摆完手才意识到，这么黑，对方也看不见，脸不禁唰地又一下红了。

"没……"她细声细语道。

"没就好。"毛力申扭过头去，冲着司机道，"开车吧，小心点。"

随着发动机启动，车内再次陷入了沉寂。

这一次，司机开得更加小心谨慎了，不急不缓地在瓢泼大雨中前行。

鸣笛声、落雨声、雷声还混着各种其他的声音在耳边轰隆着，可边小槐脑子里却什么都进不去，始终只惦记着刚才那个突如其来的温暖怀抱。

身旁男人熟悉的气息萦绕在她的左右，她没由来地冒出了一个让自己震惊的古怪想法——一直开下去吧，不要停。

不管路上发生什么状况，他都一定会保护她的，是吧？

她喜欢被人护着的感觉。

第二章
心 动

告密的人

警队的执行力之强，再一次让边小槐惊叹。

在去医院的路上，毛力申一直挂着耳麦，远程指挥着局里的技术人员，竟然将那些被歹徒转走的赎金截了下来，等一行人从医院回来，抵达公安局的时候，上百万的赎金一毛不漏地都被截停了。

"毛队！"姜飞一见毛力申，就眉飞色舞地说，"这群犯罪分子手段真老套，以为一个假账户不断向外迅速转账，多转几个账户就神不知鬼不觉查不到资金流向了，简直就是天真！就算他们有本事转上一万次，我也能把他们揪出来！"

刑侦自有一套追堵非法资金的办法，姜飞是队里的技术警员，所有需要运用科技手法追踪犯罪分子的事都由他来操作。

毛力申点点头，沉色道："钱没少吧？"

"没，你们这么快就把他们抓回来了，他们哪来得及花啊……"

"嗯，案件结了之后，给孩子父母们退回去。"

"那是肯定。"姜飞正汇报着呢，突然眼风扫到探着路慢吞吞跨进来的边小槐，震惊道，"她是不是那个……"

上次边小槐靠耳力听出来那几个毒贩子的藏毒之处让姜飞印象特别深刻，以至于一看到边小槐，就立刻想起了她那张倔强的脸。

"嗯，她是被绑孩子的亲属。"毛力申知道姜飞说话不太好听的个性，不等姜飞抖出来上次那事，就张口打断了他，然后跟着扫了一眼边小槐，确定她脚边没有障碍物，绝不可能绊倒，就扭过头来交代事，"那几个人胆大包天，谋财不算，还给每个孩子都灌了安眠药，心肠恶毒，等下都好好审讯一番。审细点，看看他们和先前那起儿童失踪案有没有关联。"

他故意将"好好审讯"四个字咬得重重的。

"遵命！老大！"

姜飞一边听从指示开始准备笔录本，一边却不住地打量着边小槐，对她这个可以用耳朵来辨识周围情况的盲妹子好奇心满满。

边小槐第二次进警局，一切是那么熟悉又那么陌生。

只是第一次她是被审讯，这一次是配合做笔录审讯真正的犯罪分子。

李姐心急如焚地抱着乐乐，根本顾不上什么做笔录不做笔录，就算偶尔警察问话，她也答非所问，答得乱七八糟，大部分的问题都是边小槐替她回答，条理清晰，从容不迫，没少得到姜飞赞赏的眼光。

姜飞把李姐这份笔录一登记好，就合上了笔录本冲着边小槐说道："我上次就说，你这么好一姑娘，还这么聪明，就不该干那种偷鸡摸狗的事。最近过得怎么样，在干什么工作呢？"

边小槐面色一沉。

即使只是个误会，那个让人不愉快的黑历史她并不希望再被任何人提起，可偏偏在公安局里被警察当众这样问道。

再说了，她在北城一号 KTV 里工作，也不是什么光荣事，她根本不想声张。

"不会聊天就别尬聊。"一阵稳中带着力量的声音强行插入，打破了尴尬的气氛，是毛力申。

毛力申将一本笔录本扔在姜飞桌上，厉色问道："活都干完了？"

姜飞指着李姐回答道："我们录完一个了。"

"录完这个去录里面两个！偷什么懒？"

姜飞在队里就服毛力申，不待毛力申再次催促，他就立刻拿起笔录本，和另一位同事一起去里间给其他人做笔录。

顿时，这间办公室就安静了下来。

边小槐不知道毛力申是特地给她解围，还是无心碰巧化解了而已，她低着头，攥着衣角，紧紧抿着嘴，想说声"谢"字，却又不知该说不该说——若毛力申的本意并不是替她解围，只是催促鞭笞一下下属，想早点结束工作，那她道谢就有些太过敏感、太过可笑了。

正当她进退维谷的时候，乐乐突然费劲地睁了睁眼皮，似乎是要醒了。

李姐再一次充分展现了自己情绪化的一面，抱着乐乐又是亲又是哭的，不一会儿鼻涕眼泪就糊了乐乐一脸。

她这种在警局里大呼小叫的举动很妨碍大家工作，毛力申皱了皱眉，开口提醒她："带孩子去走廊上走几圈，醒醒先。"

孩子在医院里检查过了，和毛力申的判断差不多，没有外伤和内伤，被灌了一点安眠药，医生认为剂量少没必要洗胃，建议直接带回来，果然回到警局没多久就醒了，只是还有些迷糊。

李姐脑子没绕过弯，比孩子还要迷糊："外头刮风下雨，凉气大……"

毛力申抬了抬眉角，用尽耐心跟李姐解释道："吹吹风，走几步，药性才散得快。”

李姐这才恍然大悟地把乐乐放下地来，拉着孩子出门溜达去了。

偌大的一间办公室里就只剩了边小槐和毛力申两个人。

冷气十足的空调"嗖嗖"地将冷风拍打在边小槐的脸上，让她的肤色格外惨白。

她还在为刚刚那点小事是否要道谢而纠结着、徘徊着，没想到毛力申先打破了沉默。

"你冷不冷？"毛力申看她露出来的两条胳膊都冻出鸡皮疙瘩了，好心道，"给你倒杯茶？"

"啊？"边小槐不太适应如此体贴的毛力申。不管是路上那个拥抱，还是刚才的解围，又或者现在的关心，都让她不知所措乱了阵脚，又是摇头，又是摆手："不用不用，不冷的，我真的不冷的。"

人在某些特定的情况下，格外喜欢重复强调，比如心乱的时候。

边小槐早就习惯了人情冷暖、世态炎凉，像这种突如其来的关心，会让她觉得特别别扭，特别不适应。

毛力申面对少女的拘谨，大抵也看出了几分，好意被拒绝，便也满不在乎地随她去，不过他立刻又想起另一个很现实的问题："你们待会儿怎么回家？这么大雨，安排人送下你们？"

当警察的，抓捕犯罪是日常，护送老百姓也是日常。

这几年里，毛力申送过痴呆老人回家，也送过走丢的儿童回家，甚至还送过几只迷路的傻狗回家。

对他来说只是分内之事，可边小槐却差点感动哭了。

这几天，她一直都揣着强烈的敌意面对毛力申，生怕他在北城一号门口出现是为了查案，更害怕他频繁地帮助她是为了利用她。

边小槐读书不多，可她知道"以小人之心度君子之腹"是什么意思。

眼下，她就觉得自己是那个十足的"小人"。

"谢谢你，申哥。"边小槐的声音非常不自然，是从未有过的细柔。

孤单久了的人，别人稍微关心一点，都恨不得敞开心扉，掏出自己所有的真诚。

可毛力申丝毫没觉得这算个事，只觉得也没什么要问的话了，便也抄起一本笔录本，准备进去做事。

不过他刚刚转身要走，就被边小槐急急发声留住。

"申哥！"边小槐想要感谢毛力申，不是耍耍嘴皮子那种感谢，而是用实际行动来感谢，可她看不见，能为他做什么？

她想了想，鼓起勇气直接问道："申哥，你是不是在查北城一号？如果是，我可以帮你！"

敏锐如她，早就察觉到不对劲，虽然不知道毛力申是不是在查案，但是直觉告诉她，毛力申频繁出现在自己面前肯定有问题。

守口如瓶是为了生存，和盘托出是为了感恩。

边小槐看不见墙上挂的那一幅气势如虹的大字"坦白从宽，抗拒从严"，可她心里已经决定知无不言、言无不尽。

没有人比边小槐更清楚，像她这种阶层的姑娘，摸爬滚打，看尽世态炎凉，只要别人可以无私地对她好一分，她就会不计回报地对别人好十分。

她想用这种方式来感恩，可毛力申却犹豫了。

秘密调查北城一号的经营情况属于特别任务，他都多次叮嘱队里的警员不许泄密，那他自己自然不可以对着一个可能涉案的员工随意点头说"是"。

"你别想多了。"毛力申岔开话题，"如果是合法经营的企业和个体，警察不会吃饱了没事干去调查着玩的。"

可如果非法经营……警察绝不姑息！

边小槐得到这个答案，有点失落地点了点头，紧紧咬着唇不知道说什么好了。

好不容易她抱着这份工作不要了的决心，想要帮助毛力申查案，没想到却被毛力申拒绝。

不过毛力申话锋一转，又开口道："你要是看到什么非法的事，也可以告诉我。"

边小槐想了想，没有，她并没有"看"到什么非法的事。

北城一号规矩森严，就她这种倒垃圾的临时工，除了垃圾桶，什么都接触不到，更别提她是个盲人了。

不过，她的社会经验告诉她，越是捂得严，就越是有什么见不得人的事。

她觉得毛力申话中有话，会不会是碍于身份，不好说得那么直接？边小槐便自作聪明地大胆邀请他道："申哥，我有个不情之请，不知道你方便不……"

毛力申好奇地看着她空洞的眼睛，不知道她有什么不情之请。

"你说。"

"你还愿意每天早上陪我一起倒垃圾吗？"

短短一句话，不到二十个字，却已是边小槐反复斟酌后的措辞，希望透露出那么一点亲密的感觉，又足够直截了当。

她想，如果毛力申真是为了查案，又难以启齿，那么自己的请求刚好可以化解这种尴尬——她愿意为他不矜持一回。

毛力申还真有点惊讶。

聪明人之间打交道，点到为止就能互通心意。毛力申审度了一番，后天就要扫黄行动了，垃圾箱里已经翻出来足够多的证据，再去冒险毫无必要，太过频繁地出现在北城一号附近反而容易打草惊蛇。

他决定拒绝她："最近局里事多，不是不愿意，确实没时间。"

这也算是真话……警察这个职业，真的没闲工夫。

边小槐没料到自己会被拒绝，顿时脸就白了，好半天才稳住心神，尴尬地扯了扯嘴角，强颜欢笑道："知道了。"

毛力申点点头，转过身又要走。

边小槐再一次喊住了他："申哥！我要是看到什么，一定告诉你！"

扫黄行动

警车送她们回家之后，边小槐一整夜都没睡着，翻来覆去地琢磨着毛力申晚上那几句话。

她看过的警匪电影里面，警察说话都喜欢暗藏玄机，那些看似寻常的话里往往饱含特殊的深意。

她一字一句地斟酌着毛力申的话，确定了一件事——毛力申肯定在查北城一号，毛力申是希望她能提供一些有用的信息，但是又不想暴露出来自己在查北城一号这件事。

越想边小槐越兴奋，甚至大半夜地从床上起来，盘着两条腿坐在那里想心事，吓坏了半夜陪乐乐尿尿的李姐。

那些曾经让边小槐热血澎湃的警匪电影情节，可能现在就发生在她的身边，这让她浑身血液全都沸腾了起来，她甚至都代入了自己是电影里被派去做卧底的那个重要角色。她要立功！她要给警队传递有用的线报！

边小槐刻不容缓地行动起来。

晚上去北城一号上班的时候，她故意早到了一个多小时，想方设法地"莽撞"起来，又是不小心冲撞了经理，又是提前进去收垃圾误听到陪唱女孩说话。

"花花前两天垫了鼻子你知道吧？"

"她浑身上下哪里还是原装的？假得要死，就会在男人面前装嗲，真不知道男人喜欢她什么！"

"男人就吃她这套。你听说没，她这个月赚了这个数，不然她哪来的钱整鼻子？她上个月隆胸也没少花。"

"有人在，别瞎说。"

"她又看不到……我可什么都没说。"

北城一号不许打探工资是死令，偏偏那陪唱女孩认为边小槐看不见，肆无忌惮地在她面前比画着指头，根本不担心她去经理面前告密，甚至颐指气使地冲着她嚷嚷，先倒打了一耙："喂，你懂不懂规矩啊？包厢里还有人你看不见吗？收什么收？这是你能进来的时间吗？"

边小槐立刻又是哈腰又是赔不是："对不起，对不起……"

"赶紧滚。"

边小槐立刻滚了。

北城一号管理甚严，甭管是陪唱女孩，还是服务生，嘴巴都紧得很，边小槐瞎折腾了一整夜，毫无收获。

休息的时候，她翻来覆去把那两个陪唱女孩的话琢磨了一遍又一遍，突然一个激灵，找到了突破口。

快下班的时候，边小槐避开凶狠的经理和别的陪唱女孩，悄悄把小乔拉到隐蔽的角落里说话。

"小乔，你来我们市有两年了吧？"

"我忘了……可能不止了吧？时间过得好快啊，还记得我刚到这里的时候，被人偷了钱包，没钱吃饭，只能在火车站里捡瓶子卖。我抢了你的瓶子，还跟你大吵了一架，你还记得不？"

边小槐当然记得。

每个车站里都起码有好几个拾荒者"抢生意"。为了捡瓶子，边小槐没少跟人吵架。不过小乔与别的拾荒者不一样，发现边小槐是盲人之后，又是赔礼又是道歉，还莫名其妙地哭了，惹得边小槐尴尬地站在那里，捏着个只值八分钱的废瓶子，感觉自己惹到了麻烦精。

小乔不是麻烦精，她只是又傻又好心。

"小乔。"边小槐认认真真问道，"你觉得咱们 KTV 怎么样？"

"挺好啊，给的钱多还包吃住，对了，经理还说帮我打听打听我弟的消息，我觉得我肯定能找到他的！"

边小槐不是想问这个。

"你在这儿应该攒了不少钱了吧？你现在一个月能挣多少啊？"

"嘘，你别瞎打听这个，你是不知道，上回有个新来的打听工资，被经理知道后关小黑屋了，就给点水和面包，吃喝拉撒都在里面，可惨了，我听说她出来的时候身上都是臭的，后来就没见过她了，也不知道是死是活……"小乔想想就觉得哆嗦，她是胆小怕事的，可她更怕边小槐不懂规矩，犯了忌讳后被整。

小乔小心翼翼地看了周围一眼，确定没人听到，才担惊受怕地提醒边小槐："总之你别问了，就当没问过，以后这种话提都别再提，知道吗？这里可没几个好人。"

边小槐一心想打探消息，根本没把这警告放在心上，一招不成，便换个法子套话。

"对了，你知道垫个鼻子要多少钱吗？"

"我也不太清楚，怎么都要好几万吧。怎么了？你不会也想整容吧？"小乔扑哧一笑，"你这小脑袋瓜里都装着什么呢？我怎么越来越看不懂你了，你鼻子这么挺，整什么呀？"

边小槐摸了摸自己的鼻子，笑笑："我就问问……"

"你啊，有什么不清楚的地方问我也就罢了，可别找人瞎问，知道不？"小乔不放心地提点她，"好奇害死猫！"

边小槐笑笑，不再继续追问下去，只跟小乔闲扯了几句有的没的便作罢。边小槐差不多已经明白毛力申为什么要调查北城一号了。

这里的陪唱明码标价是三百一位，KTV还要抽成，一个月几万块钱是怎么挣出来的？莫非还每天都能跟明星赶场似的一晚上同时去好几个地方？

这钱肯定是卖身钱。三百的陪唱费用仅仅是明面上的钱，背后一定还有什么不可告人的交易。

边小槐抽丝剥茧，激动得像自己破了个了不起的大案似的。

上完夜班回到家，边小槐都没顾上补觉，就找来了一张大白纸，求李姐帮她画个图。

当边小槐揣着这张图，激动地去警局找毛力申的时候，毛力申正在开会。

边小槐不敢打扰，拘谨地坐在办公室里等人。

许是没什么人，几个年轻的警察有一搭没一搭地闲聊着。

"这事也太离谱了。"

"就是说啊，为了找那孩子，队里的兄弟都连续加班多少天了？省厅里的直升机都调过来搜救了，媒体天天追在屁股后面问进展，再找不到人，咱们没法交代啊。最后竟然只是亲妈为了争夺孩子抚养权，故意把自己孩子藏起来报假警，还一直误导警方。这种人也太自私了，简直就是神经病！"

"不判刑真的难平众怒。"

"已经被刑事拘留了，剩下就是判多久的事。"

起先边小槐听到"找孩子"的时候，还紧张了一下，以为是在说乐乐那起绑架案，听着听着，发现信息对不上，便明白与乐乐那事无关，反而有可能是环球影城那一桩。

正当边小槐听得起劲时，突然有个年轻的女警过来为她倒了一杯茶水，声音清脆地问道："你是来找毛队的？"边小槐立马坐正点头。

女警又问："你是毛队的亲戚？"

"不，朋友。"

"哦……"女警显然对这个答案不甚满意，"你别见怪哈，看你长这么好看，就误以为你跟咱们毛队是一家人呢。你们是同学吗，还是咋认识的啊？"

应接不暇的问题让边小槐感到不适。

很明显，这些问题看似随意唠家常，却是一个圈套接着一个圈套，高级版的查户口，再聊下去只怕被对方查了个底朝天还不自知。

边小槐暗暗感叹着这警局不是串门的地方，以后没事还是别来……

她正想着要怎么应付这伶牙俐齿、拐着弯盘问她的女警察呢，冷不丁毛力申就开完会出来了。

看到边小槐，毛力申一脸震惊："你怎么来了？"

边小槐闻声慌张地站了起来，从口袋里掏出叠得整整齐齐的纸，伸手递了过去："来给你送个东西。"

女警在一旁哧哧笑着："送情书吗？"

别说，那叠得方方正正的纸块，还真有点像情书——只是这个时代，哪里还有人写情书？

毛力申瞪了多管闲事的女警一眼，训斥道："付勤勤，让你整理的档案都整理好了？实习期不想过了？"

女警这才吐了吐舌，不敢再八卦，转过身去里间继续整理她的刑事档案。

边小槐记住了这个名字：付勤勤。

等没旁人了，毛力申才接过边小槐的东西，打开来扫了眼，更加震惊了——这是北城一号的平面图，虽然线都画得扭扭曲曲，看还是勉强看得懂。最重要的是，这图跟他们从消防单位那儿弄到的平面图有些不一样，多了好些暗房。

边小槐按照自己每次进包厢清理垃圾的轨迹路线，凭着惊人的记忆，做出了这幅图。

"这是你画的？"毛力申摸着这张图，对边小槐刮目相看。

他们刚刚开会就是在布置今晚的扫黄任务，边小槐这张图送得正是时候，有了它，扫黄行动一定更顺利！

"不是，别人帮我画的。我瞎，怎么可能会画图？"边小槐自嘲。

"嗯……"

毛力申唏嘘着，这么聪明漂亮的好姑娘，竟然瞎了，老天也太会捉弄人了。

"申哥，你不是说，看到非法的事，就跟你说？"边小槐鼓起勇气道，"我上班那个地方，可能不太干净。"

她没好意思说"卖身"，换了个委婉的方式表达，但她笃定毛力申听得懂。

毛力申当然听得懂，扫黄行动已经部署完毕，全市所有的警察都已经整装待命，今夜会突击市内上百家酒店、KTV、酒吧，而北城一号是重点清扫对象。

"你都听到什么？"毛力申不动声色。

"陪唱女孩的工资不太对劲，能拿到好几万块。"

"我有数了。"

聪明人对话，点到为止。两人简简单单一交流，就把信息互通了。

该说的都说了，在警局待着不自在，边小槐便寻了借口告辞。没想到她人还没跨出警局的大门，身后又传来毛力申的声音：

"那地方不正经，回头有别的合适的工作，我帮你留意留意。"

"谢谢你。"突然，边小槐斗胆问道，"申哥，你们缺线人不？"

"什么？"

"就是那种，线人，卧底，《无间道》，港片里不总是有线人或者卧底帮警察破案？"

毛力申一贯严肃紧绷的脸上难得露出笑来——这女孩子，脑子里装的都是什么啊？想象力也太丰富了一点吧？

"你也知道那是港片。"

"你们不埋线人的吗？警队没有线人费？"

"你想太多。"

"不会吧……"边小槐觉得难以置信，难道电影里说的都是假的？

"好了我要去工作了，这个谢谢你了。"毛力申挥了挥手上的图，认真道。

当晚上班的时候，边小槐坐在工作间里，一颗心七上八下，隐隐约约有种不安的预感，可又说不上来自己到底在担心什么。

突然门外有人慌张地尖叫着："警察扫黄了！"

边小槐心中一喜，猛地跳了起来，拉开工作间的门，拿起竹竿就往外冲。

北城一号的走廊过道特别长，逃生通道特别多，边小槐本以为扫黄的时候，那些女孩什么的会乱糟糟地冲出来，衣衫不整地你推我、我推你四处逃窜，要多混乱就有多混乱，可现实跟她的猜想完全不一样。

确实有很多的女孩从KTV包厢里冲了出来，但是并没有慌张错乱，反而井然有序地统一站在包厢门口，一字排开，似乎完全不怕查的样子。

远处有不少急促的脚步声传来，是扫黄的警察来了。

边小槐挂着竹竿，低眉顺眼地站在工作间的门口，她听到了经理的声音——与平常训斥她们那趾高气扬的声音不同，此刻的他声音要多谄媚就有多谄媚。

"这位警察大哥，您看着好眼熟，在哪个队高就啊？

"您放心，我们KTV那是绝对绝对不涉黄的，从来都是合法经营，随便查，放心查，我已经让人把所有的员工都叫出来了，不耽误您的宝贵时间。各位今晚忙，还有别的地方要跑的是吧？

"小王，我让你把人全都叫出来，都出来了吗？还有漏的吗？"

"警察大哥，您看，我们员工全都在这儿了，连这'瞎子'都出来了，您瞅瞅？我们这是正经的地方……也就唱唱歌，喝喝酒，找找乐子的地方……"

边小槐提心吊胆地握紧了竹竿。

她不知道到底哪个地方出错了，为何经理敢把所有的人都叫出来让警察看？难道她判断错了，北城一号里并没有什么肮脏的经营？

另有隐情

暧昧的灯光投射在警察整齐划一的制服上，与陪唱女孩的花枝招展形成了鲜明的对比，给人以威严的震慑力。

领队的是毛力申和一位年长的警官，那位年长者神色威严，淡淡扫了一眼在一旁的大堂经理，就一个字："搜！"

"听到没？警察搜身，都配合点，把身份证拿出来。"大堂经理突兀地接了话，表现得比警察还要积极。

有那胆大的，挺了挺胸，暧昧十足地开起了荤腔："真搜身吗？需要脱衣服吗？"

当着警察的面，经理劈头盖脸地骂她："正经点，警察扫黄你也敢开玩笑？小心把你抓回去。"

那女的吐了吐舌头："我又没干什么坏事，抓我干吗？"

如此一番，原本肃静紧张的气氛就变得微妙轻松了起来，仿佛他们当真没有做什么见不得人的勾当。

边小槐紧张兮兮地站在人群中，有点说不上来的失落。眼前情景，让她觉得自己犯了傻。这种场所，怎么可能背后没有保护伞？说不定扫黄就是走个过场呢！她，竟然举报……不对，既然毛力申偷偷在查北城一号，那警方肯定是想端掉这个地方的。一番胡思乱想之后，她又竖着耳朵仔细辨别，试图去听到毛力申的声音。

KTV里的陪唱女孩们纷纷掏出了身份证，年长的那位警官随手直取了一张，在确定无异常之后，才冷脸还了回去。在他的手伸向下一张身份证前，毛力申突然眉头一皱，急急打断了他："先搜房！"

北城一号，在多次扫黄下都没能捣破，必然是经验老到。哪有被扫黄了还不慌不忙井然有序的？这太不合常理。

直觉告诉毛力申，他们早就演习过无数遍该如何应对警察扫黄，眼前的一切，不过是用来拖延时间、麻痹警方的假象。

侦破案件最重要的就是时间，慢一步可能犯罪分子就已经销毁了犯罪证据，让人查无所获。

绝不能中了他们的圈套，被他们带着节奏走！

他的提醒让年长的警官警觉，立刻掉头下命令："搜房，都仔细点，一间都别放过！"

一声令下，现场所有的警队成员都以迅雷不及掩耳之势冲进了各个包房，只剩了毛力申和年长的警官还留在过道上。

"不是，兄弟，不是搜身吗？怎么改搜包房了？客户都还在里面唱歌呢，搞这么大动静，以后我们生意不好做啊……您看，能不能通融通融，行个方便？"经理没想到警察会越过搜身这一步，脸上闪过一丝不易察觉的惊慌。

"注意你的言行，谁跟你是兄弟？"

边小槐听到毛力申熟悉的声音，既激动又担忧，好想探出身子让毛力申注意到自己，又担心自己的举动太过出格引起旁人的怀疑。

他果然亲自来查北城一号了！

边小槐暗自庆幸自己先前猜中了毛力申的心思，幸亏她大胆向他提供了线索，不然真在这种扫黄的场合下见到毛力申就难堪了。

毛力申倒是一进来就看到了站在角落里的边小槐，不过时间紧，任务重，他也无暇顾及旁人。

不出意外的话，进去搜房的同事应该能有所收获了。

有边小槐提供的暗房图纸在手，只要里面有问题，就一定能搜出点名堂来！

边小槐的心比毛力申还要焦急，她急切地盼望着那暗房里能搜出点什么，好在毛力申面前有好印象。

她很害怕自己"偷窃少女"的形象在毛力申眼里根深蒂固了。

正胡思乱想着，突然，边小槐耳朵一动，听到经理往人口袋里塞了些什么。紧接着就是经理那张见人说人话，见鬼说鬼话的嘴客气地招呼着："这么晚了警察兄弟还出来工作，真是太辛苦了，一点小意思，请兄弟们吃消夜的。"

边小槐心中一惊，莫非是行贿？

可哪有人会在大庭广众之下，这么堂而皇之地行贿的？

经理还真就在大庭广众之下，堂而皇之地行贿了。他高调地让人从收银台里拿了几万块的现金，塞进毛力申的口袋，玩味地看着这个尚且年轻的警察，想看看他究竟是个什么反应。

收或不收都是死。

敢收，这么多人目击了警察受贿，日后大家就是一条船上的蚂蚱。

不敢收，没关系，头顶有监控，但凡这警察有一丝犹豫，他们都有法子让人处理录像。剪辑一下，泼脏水也好，当把柄也好，怎么弄都行。警察最在乎的不就是名声？有这种"黑料"在手，还怕治不了他们？

可惜毛力申没有如他所愿。

"啪"一声，一摞厚厚的纸钞被毫不犹豫地砸在了经理的胸脯上，连好几米开外的边小槐都感受到了那份愤怒。

"警察办事，都给我老老实实配合，别整这些幺蛾子！没用！"

"敬酒不吃吃罚酒，一个中队长而已，在这装什么？你们老大的老大都不敢在我面前这么狂，知道我们背后的靠山是谁吗？"软的行不通，经理突然硬起了脸来威胁道。

"靠谁都没用，玉皇大帝来了也没辙。"

甭管是讨好还是要狠，在毛力申面前都奏不了效，他始终都摆着那张铁面无私、公事公办的脸。

整个过道里的气氛愈发紧张了起来，刚才还嘻嘻哈哈的陪唱女孩们这会儿都屏气凝神，大气不敢出，全部害怕地看着眼前警察和阴狠的经理对杠——平时经理在她们心中是最大的狠角了。

"行，你有种！"经理被数次正面打脸，终于气急败坏，原形毕露，狠狠朝着毛力申撂下一句话，"有本事你就查，我倒要看看，你能查出个什么东西来！查不出来老子一定投诉你到底！"

他的话音还没落，就有警队成员押着人从包厢里出来了。

"队长，抓到了！"率先出来的同事喜形于色，急着向毛力申报喜，"这里果然涉黄。"

经理的脸当场就变了色："怎么可能……"

明明他们都有万全的准备，KTV里"陪酒"从不走明面，都只在特定的VIP包厢暗房里。且不说暗房只有经理等清楚如何打开，那里头还设有警示器，警察刚到的时候他就已经按下了按钮，提醒客人立刻出来，只要外面拖够让客户穿衣服的时间，肯定抓不到现行。

然而怎么会这么快就破了暗房，抓个正着？莫非，有内鬼？

不容他想个清楚明白，其他人也接二连三地出来了，有的押着人，有的提着东西，一个比一个有料。那些被扣押的男男女女皆是衣衫不整，神情闪躲，各个都将脑袋压得低低的，生怕别人看清他们的正脸。

"队长，抓个现行，聚众涉黄。"

"队长，里面暗房有毒品！"

"……"

这家KTV，警方来查过好多次，都毫无收获。这次毛队执行带队，直接一捣黄龙，甚至比原计划还多搜出不少东西来，所有的警队成员都很兴奋。

毛力申倒不似成员这般喜形于色，反倒是沉着冷静地冲着他们点点头："清点一下人数，都抓回去，一个都别漏掉。"

"明白！"

眼见着事情暴露，经理也不知道是哪条筋搭错了，竟然慌不择路想先跑再说。

他倒是动作迅速，溜起来比耗子还要快，只可惜还没跑几步，就被莫名其妙伸出来的竹竿给绊倒了……

"我……我看不见……我不……不……不是故意的……"边小槐慌慌张张地道歉，紧紧捏着那根"坏事"的竹竿，连话都磕磕绊绊说不利落，任谁都能看出来，她非常害怕，绝对不是有心的。

经理气急败坏地爬起来，一巴掌就冲着边小槐甩过去，将她打了个趔趄，嘴角都甩出血来。

毛力申追上，一个擒拿便将经理死死按住。

"想跑？"毛力申冷言嘲讽，"这就是你口中的正经地方？合法经营？在警察面前撒谎。"

"你找死！"经理被按在地上，动弹不得，恼羞成怒，用自己的脑袋重重砸向毛力申，奋力一搏，挣扎出了一只手，紧接着，就从脚边拔出一把利刃，疯狂地向毛力申刺去。

刀下救人

毛力申制敌经验丰富，当刀锋向他胸口刺来的一瞬间，就闪躲后退，避开了这致命的一击。

再刺，再躲。

三两下交锋之后，毛力申借势闪避到对方的背后，彻底切断了他逃走的出路，这才真正施展身手，瞅准时机，攻其不备，先是一拳将他打得嘴角开花，紧接着一脚踢裆，把他踢得整个人如同触雷一般捂着敏感部位跌回人群中。

　　陪唱女孩们吓得哇哇尖叫，四散开来，只有那看不见、只能靠听来分辨情况的边小槐还站在原地不敢乱动。

　　"愣着干吗？都给老子上啊！"经理气急败坏地冲着身后的保安吼着。

　　别看这些保安平时都嚣张得很，真让他们去对抗警察，他们可没这个胆子，你看看我，我望望你，没一个敢动的。

　　眼见着斗殴没戏，逃生无望，经理心一横，一不做二不休，猛扑到边小槐的身旁，刀往她脖子上一架，将她挟制在手。

　　边小槐只觉得脖子一凉，整个人都蒙了。

　　"别过来，过来我就杀了她。"经理挟持住边小槐，立刻恶狠狠地冲着毛力申嚷嚷。

　　如雪的肌肤在刀锋下显得格外脆弱，似乎只要轻轻那么一碰，可怜的盲女就会一命呜呼。

　　毛力申的眼底尽是阴霾，光看脸色都能活生生撕人了，可数秒后，他沉稳地举起了双手，耸了耸肩，以示友好，语气也是前所未有的妥协："故意杀人是重罪，基本都是判无期，别冲动，别伤人，有事好商量……"

　　"放我走。"经理挟持着边小槐，慢慢朝外移动，这是他最后的机会了。

　　"你把人放了，我们放你走。"

　　"你当老子是三岁小孩？我放了人你们还会放我走？别耍花招，出去个人，给我拦辆出租。"

　　"好，我出去给你拦，你别伤她就行。"

毛力申稳住经理，冲着大伙使了个眼色，当真举着双手往外走。可当他人走到经理和边小槐旁边时，突然手肘一拐，以迅雷不及掩耳之势打掉了经理手上的刀，一个反擒拿手，将他再次挟制住。毛力申动作迅速，为了防止人再跑掉，这一次，毛力申直接给他铐上了冰凉的手铐，让他动弹不得。

直到刀落地，边小槐才还过魂来，意识到自己捡回了一条小命。

她摸着自己的脖子，回味着刚才那惊心动魄的一幕，心里是从未有过的后怕——申哥要是下手偏一点，她岂不是就要一命呜呼？还好他够准的。

抓小偷、救孩子、扫黄……再添上这次救她一命，细细数来，她和毛力申之间说不清道不明的缘分都已经有三四回了。

这已经远远超出正常的缘分了吧？

要是放在爱情电影里，男女主角命运纠缠几回，早该坠入爱河了。

边小槐也不知道自己为什么会在这种性命攸关的时刻胡想这些乱七八糟的事，直到毛力申过来关心她，她才回过神来。

"你还好吧？有没有伤到哪里？"

淡淡的关心既不亲昵也不过分，听起来再普通不过。

边小槐满脸通红，慌慌张张张口应答，结结巴巴，还真是受了很大惊吓的模样："没……没事……谢……谢谢……"

灯光照射在她凌乱的头发上，将她衬托得格外赢弱。

看似胆小怕事的盲人姑娘，怎么都不像敢给犯罪头目使绊子的样子。这一切仿佛就是个阴差阳错的小插曲，过了便也过了，谁也没有放在心上。

毛力申看了一眼她那红肿的脸颊，嘴角凝固的血迹，估摸着她也没那么柔弱，应该能撑到警局，便也没多说什么，先办正事要紧——之前从边小槐这里下手，掌握到了一些这里可能涉黄和涉毒的证据，毛力申便警觉地将情况上报了。眼下扫黄行动真的扫出了黄和毒，这案子就复杂起来了，且不管这北城一号背后有没有特殊的保护伞，光查这毒品的来源，就够他们忙活一阵子的，说不定还会顺藤摸瓜牵出别的犯罪团伙。

参与这次行动的警察无一不激动，电光石火的工夫，就将场面控制住，所有的客户、陪唱女孩、服务生、保安等等全都老老实实地靠墙站好，等待着警察们的清点和搜查。

这次的扫黄行动，硕果累累。

是夜，晚间新闻便播报了这一条即时新闻："我市公安机关开展了打击淫秽色情违法专项行动，突击检查歌舞娱乐场所 22 家、桑拿洗浴场所 9 家，查处涉黄案件 4 起，查获违法嫌疑人 125 人……"

宁泰市公安局内，蹲满了等待查问处置的相关人员，边小槐随其他清洁工一起蹲在一个不起眼的角落里，心想这么多人一个一个审起来，怕是要在公安局里过夜，也不知道什么时候才能轮到自己。

脸上时不时传来火辣辣的刺痛感，方才挨打的时候太过紧张，边小槐没怎么觉得疼，到了公安局里，心静了下来，她才注意到自己的脸越来越肿，越来越疼。

她想问毛力申要一条凉毛巾敷敷肿，可又觉得自己这么做太矫情了。

公安局里这么忙，谁有工夫照顾她啊……

她正失落着，突然有人推门进来了，屋里的人全都期待地抬起了头。

"你，看不见的那个，出来录口供。"一个冰冷的男声响起。

边小槐的心怦怦直跳——是毛力申？！

这里没有别人看不见，这个"你"，肯定是在叫边小槐了，可边小槐还是小心翼翼地问他："是叫我吗？"

连她自己都说不上来为什么要多此一举。

也许就是想多跟他说说话吧，哪怕多说一句无关痛痒的话也是好的。

知道边小槐看不见不太方便，毛力申上前扶了她一把，说道："冒冒失失的，别撞着东西。"

边小槐明白毛力申的心思，故意走几步就打一个趔趄，差点撞了桌角。随他移到了另一间似乎安静无人的屋子里，她才松了一口气，想跟毛力申攀谈几句，可还没来得及张口，就突然听到一个热情洋溢的女声冒出来："毛队！"

边小槐吓一跳。

"她受了点伤，你给她处理一下。"毛力申看了一眼边小槐，见她冻得浑身上下都是鸡皮疙瘩，便冲女警吩咐道，"处理完给她拿条毯子，倒杯热水，再录口供。"

"好的，毛队！"女警爽快地答应。

边小槐心中一下就温暖了起来，公安局里每个警察都忙得团团转，毛力申居然记得她受了伤，还看出来她很冷，真是好细心啊……

一颗少女心不安分地在胸腔里蠢蠢欲动。

女警轻轻抬起边小槐的下巴，仔细观察了一下，觉得只是一点皮外伤罢了，便熟练地取出医药箱，找出一瓶消毒药水替边小槐清洗擦拭伤口："忍忍啊，可能会有点疼。"

外面忙得都要火烧屁股了，还有很多事等着毛力申去处理，他见边小槐状态还可以，便招呼也没打，悄无声息地推开门就准备走。

可"耳尖"的边小槐立刻就听出了异常，本能地立起身叫住他："申哥！"

毛力申顿了顿，回头问她："怎么了？"

还没等她想好要说什么，一旁的女警就啧啧地发表评论："这个'申哥'叫得好暖心啊……"

边小槐的脸顿时就红了。

许是看出了边小槐的尴尬，毛力申翻了女警一眼，说："你是来上班的还是来八卦的？别废话，赶紧做事，早点录完早点放人。"

女警吐吐舌头，闭嘴了。

边小槐心里小鹿乱撞，可又担心自己的行为会给毛力申带来困扰，引起他同事不必要的误会，便特别认真地冲着毛力申说了一句："谢谢你，申哥。"

说完又扭头冲着女警的方向，也道了声谢："也谢谢你，付警官。"

女警惊讶不已，上药的手停顿在了半空，下巴都快惊掉了，百思不得其解地追问边小槐："你怎么知道我姓付？"

边小槐淡定地解释："早上申哥叫过你的名字。"

正要关门的毛力申听到这句话，难得地扯着嘴角笑了笑——早上不过就是匆匆见了一面递了张图纸，她竟然能记住接待她的女警姓付这种无关紧要的小细节，这个盲女，记性还真是好。不过愁云又立刻笼上了他的眉头，今晚的审问恐怕不容易，外面这帮人嘴都挺紧的，不是很好撬开，多半要花点功夫了。

他看了一眼应该没什么大碍的边小槐，悄悄掩门出去了。

这一次不同于以往的小案子，两位警官事无巨细地盘问了又盘问，录了很久都没完事，强劲的冷风吹得边小槐直哆嗦，幸好有那条薄薄的毛毯护着，就像毛力申的关心，不多，但刚好是她所需要的。

待那位付姓女警将笔录册丢给边小槐按完手印，告诉她可以回家了，边小槐才松了一口气，不放心地问她："我还需要再过来吗？"

"应该不需要了，你是搞保洁的，又不涉黄又不涉案，还来做什么？"四下无人，付警官打趣地凑到她耳边，逾越地开了个玩笑，"喔，我知道了，你还想见到毛队，对不对？"

一下就被人猜中了心思，边小槐连解释都没勇气，咬着唇，敲着竹竿，走了。

近墨者黑

刚进家门，李姐便火急火燎地拉着边小槐说事："有个事儿姐得知会你一声，姐在外面租了个房子，过两天就得搬过去，以后就不能陪你住了。"

边小槐讶异："为啥啊？"

自从政府给她分了这套廉租房之后，李姐一直住她这里，她不收李姐的房租，李姐也自觉地承担了家中绝大部分家务，两人相处得挺愉快的，怎么突然就要搬出去住？

再说了，李姐收入也不高，负担乐乐那个昂贵的私立小学的学费都挺吃力的，哪来的闲钱租房子啊……

李姐闪烁其词："还不是为了乐乐，想住得离学校近一点，节省时间让她多学点东西。"

边小槐就更不解了："这一天能多省几分钟啊？乐乐她才上小学，没那么大的学业压力吧？"

宁泰市就是个小城，从城南骑车到城北也就二十分钟的事，更何况政府廉租房的地段也不算偏，生活还是挺便利的，李姐每天送乐乐上学最多也就十分钟，不至于要去学校附近租个房子住吧？

直觉告诉边小槐，李姐在撒谎。

可偏偏李姐避而不答，把话题绕过去："未雨绸缪嘛，房子我已经租好了，租金都付过了。"

既然木已成舟，边小槐也只能说："好吧，我能帮点什么吗？"

同在屋檐下那么久，边小槐早就把李姐和乐乐当成亲人了。虽然她的收入既不多也不稳定，可她只要手头方便，就一定会给乐乐买点东西，有时候是好吃的，有时候是好玩的，只要乐乐开心，她就觉得连带着自己那份缺乏关爱的童年都充实了起来。

当然了，乐乐也很喜欢她。

每次有什么不爱吃的蔬菜却又被李姐逼着吃的时候，乐乐都是悄悄夹着往边小槐碗里丢。

突然要分开了，边小槐还真有点不舍得。

"不用，不用，也没多少东西，我自己收拾收拾，找个小车拖过去就完事了。"说完正事，李姐稍微神色轻松了一些，这才注意到边小槐嘴角有伤，"啊，你脸怎么肿了？嘴也伤了？怎么回事啊？"

边小槐虽然不涉案，甚至对这次的扫黄行动还有功，可北城一号的案子并没有结案，她也不清楚什么该说什么不该说，便含糊其词将李姐打发了，只说是KTV被查封了，她要找新的工作了。

好在李姐并不是特别关心北城一号，乐乐又睡梦中闹觉突然醒了，李姐特别避讳在孩子面前提这种不光彩的地方，赶紧闭了嘴冲进房间去哄孩子了。

房门在边小槐身后关上。

累了一宿，边小槐像是一只泄了气的气球一般，瘫在了破烂的沙发上。

等案子结了，她还能再见到毛力申吗？

他是警察，只要她不犯法，应该是没啥机会再见到了吧……

两天后，李姐当真收拾了东西搬走了。

乐乐还小，不太懂为什么"亲人"之间要告别，只是像当初离开爸爸那样，哭着嚷着不肯走，抱着边小槐的大腿说要跟小槐姐姐一起住，拖东西的三轮车不耐烦地在楼下催喊着，李姐拉开了乐乐，狠心打了她几下，才将她拉扯走。

边小槐心里也不舍得，等到乐乐和李姐都下了楼，她才抹了一下眼角，偷偷摸索到窗角边去看她们——虽然她看不见，可再听听她们的声音也是好的，城市说大不大，说小也不小，再见还不知道是什么时候。

楼下是乐乐撕心裂肺的哭声，哭得边小槐心里一颤一颤的。

李姐又是骂又是哄的，最后没招了只能蹲下身子来说教乐乐："妈妈这都是为你好，你以为妈妈想花这个冤枉钱吗？小槐姐姐家现在不方便住了，咱们必须要搬了。"

"妈，我以后能回来找小槐姐姐玩吗？"

"不行。"

这下边小槐可听得一头雾水……自家没什么不方便住的啊，为什么连找她玩都不行了？

外面有点吵，边小槐竖起了耳朵，仔细认真听着李姐说的每一句话。

许是没料到边小槐会在楼上听，李姐有些口不择言："小槐姐姐她偷东西被警察抓，还在不正经的地方上班，妈妈就是怕你被她带坏了，所以才要搬走，你要听话，知道不？"

"偷东西""不正经"这两个词就像是两根尖锐的刺，狠狠刺在了边小槐的心上，刺得她很不是滋味。

原来这就是李姐急着要搬走的原因……

边小槐连续消沉了好几天，乐乐和李姐不在的日子，空荡荡的屋子里仿佛少了点什么，连呼出来的空气都是冷冷清清的，这种低落的心情一直持续到毛力申给她打来电话。

边小槐难以相信，毛力申竟然问她有没有时间，说是北城一号涉黄的案子破了，上面给他们队记了功，他们准备聚个餐庆祝一下，大家都希望边小槐也能来，毕竟这个案子能破，她是不可或缺的大功臣。

"我来！"电话里的边小槐犹如欢喜的雀儿，一扫这些天的阴霾。

到了毛力申告知的饭店，边小槐有点怀疑自己是不是找错了地方，破旧的塑料桌椅挤在一起，连落脚的地方都没有，不时有人大着嗓门喊着"再来一箱啤酒"。警察会来这么吵闹的大排档吃饭？港片里的警察不都是"今天下班我请吃火锅"又或者"吃什么大家随便挑千万别客气"……

"哈，你第一个到？真要怀疑你是真看不见还是装看不见了，竟然来得比我们还快。"姜飞一见边小槐，就熟络地跟她开起玩笑来，边小槐很是不习惯，攥着那根小竹竿，不知道接什么话才好。

去了几趟公安局，她有点心理阴影，只要是警察跟她说话，她都有些说不上来的小紧张。

许是看出了边小槐的拘谨，毛力申瞪了姜飞一眼，示意他嘴上把把门。

"我去点菜，你们占着位子，可别让人抢了。"

"这里生意怎么这么好？"等人的这一小会儿，边小槐都被踩了四回脚了。

"这可是全城最好吃的大排档。"姜飞嘿嘿一笑，压低声音神神道道，"也是八卦气氛最浓厚的地方。"

"啊？"姜飞一句话，让边小槐一下就脑补一堆画面，"我懂了，你们经常在这里找破案线索，对不对？"

"聪明！"

还没等姜飞的大拇指竖起来，付勤勤就重重敲了他脑袋一下："你就可了劲儿地忽悠小槐吧，尽瞎掰。小槐你别听他乱说，哪有那么巧的事，在外面吃个饭就能获得破案的线索？这里人多热闹，状况比较复杂，我们经常在这儿边吃边玩，玩点小游戏，看看谁分析线索的能力最强。"

原来是这样。边小槐想象着一群警察穿着便衣坐在大排档里吃饭，边吃边观察着周围的人和事，比谁更会抽丝剥茧猜身份、找原因。

他们还挺有趣的，原来警察也不是成天都那么严肃啊。

"你要一起玩吗？"毛力申拿了菜单过来，随口问了边小槐一嗓子。

边小槐受宠若惊："我，可以吗？"

姜飞热情地抢话："一起玩呗，输了我替你喝。"

毛力申却道："你未必玩得过她，谁输谁赢可不一定……"

边小槐这姑娘聪明、机灵、反应很快，几次相处下来，毛力申发现她单薄的身体里，似乎有着某种特质——看起来是个弱不禁风的盲人姑娘，特别容易被人忽视，实际上比谁都会"察言观色"，简直就是隐藏在黑暗中的监听器。

公安局里的找毒品，KTV里的伸竹竿……每一次不出手则已，一出手必然出人意料。

上头给他们记了集体三等功，队里嚷嚷着要聚餐庆功，毛力申便想到叫上边小槐。

一来，边小槐确实有功，该感谢她，二来，北城一号被查封了，边小槐等于又失业了，毛力申想趁机跟她聊聊以后的打算，看看能不能帮她物色一份正经工作。

酒菜很快就端了上来，几口菜一下肚，姜飞就忍不住眉飞色舞地掰指头："涉黄、贩毒还加袭警，这次他们肯定是要牢底坐穿……"

话都还没说完，毛力申就训斥他："注意点纪律，在外不谈公事。"

北城一号的案子还没彻底结案，不方便泄露，大排档人多口杂，大家在来之前都特地换了便衣，这可不是侃大山、聊工作的地方。

"老大，我又不说敏感的……"

"纪律就是纪律。"

眼见着队里的小年轻挨了训，年长的陆老六笑眯眯地出来打圆场："好了好了，他有分寸的，都别说这事了。不是说玩游戏吗？来来，走一个？"

到底都是年轻人，平时总是没日没夜地加班，几乎没什么娱乐时间，一说到"玩游戏"，各个都铆足了劲，兴致勃勃。连头次加入他们的边小槐也竖起了耳朵，仔细听陆老六介绍这游戏怎么玩。

"小槐没玩过，先说下规矩，我和毛队是裁判，咱们任选一桌人，看谁能在最短的时间里分析出对方的职业或最近发生的事，除了最快的，其他人都得喝酒。"

边小槐举手有疑惑："可是一桌有好几个人啊……"

陆老六眯起了眼来："就是人多才有意思啊，看谁猜的又多又快。破案的时候，情况往往比这更复杂，一个判断错误，可能把整个团队都带偏。你们哪，还太年轻，多玩玩游戏，多练练吧！"

游戏还没开始，隔壁一桌就掀起了不小的动静，引得毛力申他们纷纷侧目。

推理游戏

俗话说得好：酒壮怂人胆。

大排档这种地方，往往客人几杯酒下肚，情绪就上了头，向来都是容易惹是非的地方，老板都见怪不怪了，眼瞅着那桌的几个妇人哭着吼着，愣是脚都懒得挪一下。

人到中年，压力重重，几个妇人喝着聊着，突然其中一个伏在饭桌上哭起来了，另外两个妇人立马起身哄她，可哄着哄着，原本只是低声啜泣的妇人突然就扬起了头来，泪眼婆娑不甘心地冲天怒吼着："凭什么啊？我哪点不如她？他为什么要这样对我啊？"

就这么无头无脑的三句话。

另外两位妇人相互看了一眼，好声好气陪着，劝了些无关痛痒的话。

"就猜那桌吧。"毛力申发了话。

付勤勤拔得头筹，抢着表现："马洛斯把人的需求从低级到高级分为五个层次：生理需求、安全需求、归属与爱的需求、尊重的需求和自我实现的需求。这些需求从低级到高级排成了一个层梯，只有当低级需求得到满足或者部分满足之后，高级的需求才……"

不等付勤勤长篇大论完，姜飞就打断她："行了，付勤勤，你就别背书了，等你把书上那一套理论说完，天都亮了，讲重点，OK？"

付勤勤白了他一眼："我的教授说了，理论才是实践的基础。现代社会，和平年代，人们基本上已经满足了生理需求和安全需求这两个基本需求，那么更高一级的归属与爱就成了大部分人的需求。好了，回到实践中，我们观察一下，这几个女人职业穿搭，三个人点了七个菜，吃穿用度肯定是不愁了，只是人到中年，未免有些发福，自然不如年轻漂亮的小姑娘抢眼。再分析她们说话的内容，几个关键词，'她''我''他'，很明显在讲述一段三角关系，而且是一段让她感觉难堪的三角关系，才会让她在酒后宣泄，抒发心中的愤愤与不平。所以我很确定，她是在'归属与爱'这个需求层面上出了问题——她老公出轨了，爱上了别的女人。"

姜飞听完，啧啧地吐槽："付勤勤，你这么喜欢长篇大论，不觉得自己更适合当老师，而不是当警察吗？"

边小槐忍不住低头笑了。

别说姜飞受不了付勤勤这种动不动就这个"需求"那个"需要"的分析方式了，就连边小槐都被她绕糊涂了，听了等于没听，也就只记住了"老公出轨"这个关键点。

"当警察才是我毕生的志愿，OK？"

"你拉倒吧，你第一天上班就哭鼻子，还好意思说……"

"拜托，我哪知道第一天上班就会遇到抛尸案啊？你那天是没去现场，那尸体在山上扔了半个月，臭气熏天的，周围全是蛆……"

"又是尸又是蛆的，还要不要人吃饭了？"毛力申及时打住了他们的话题，转头看向一直安静坐在旁边的边小槐，"你怎么看？"

突然被毛力申点名，边小槐有些不适应。

在夹缝里讨生活惯了，她确实很擅长察言观色。平时在小区里，她只消听一嗓子妇人间的闲聊，便能把小区里发生的事串个八九不离十，谁家女人爱虚荣，谁家男人爱偷情，都逃不过她的一双顺风耳。在付勤勤抢答前，她就猜出来隔壁桌那几个妇人大概是什么情况，可这是他们警察的聚会，她本不该抢风头，就没张口。这会儿被毛力申点名，她不得不答了。

每回她给毛力申提供线索，毛力申对她说话的语气都比平常要软一点。

申哥应该是喜欢聪明点的女孩子？

边小槐斟酌一二，还是决定怎么猜的就怎么说："三角关系不一定就是感情关系。"

毛力申问："那你觉得是什么关系？"

边小槐答："工作关系。"

付勤勤一贯争强好胜，平时在警队里老被嘲笑是"纸上谈兵"，这会儿跟一个外行比拼，自信心爆棚，觉得边小槐完全就是在瞎掰："说是工作关系太牵强了，那人的语气明明就是怨恨自己男人找了小三。小槐，你看不见，又没学过心理分析，缺乏刑侦常识，对她们的情况判断失误也很正常。这杯酒啊，让姜飞替你喝。"

边小槐说："我不会判断错，要喝酒的人是你。那个女的是个售楼小姐，领导提拔了业绩比她差的人，她受不了那口气才会出来喝酒。"

付勤勤不信："不可能！"

边小槐道："不信走着瞧！"

大家怎么都没想到，玩个游戏而已，两个女孩子却一个比一个认真，才开始玩呢就争得面红耳赤。

　　陆老六抿了口酒，晃了晃脑袋："有点意思。"

　　更让大家大跌眼镜的是，毛力申径直倒了一杯啤酒放在付勤勤的跟前，直接判了输赢："这局你输了，喝酒。"

　　付勤勤不服："为什么啊？"

　　毛力申说："第一，她们三人虽然穿着并不相同，可脚上的通勤鞋同款同色，说明三人可能是同事关系；第二，她们的鞋跟全部沾有淤泥，并且有不少旧泥印，说明她们的日常生活经常接触泥地，城市里泥地不多，工地是其中一个；第三，左边那个女的随身携带了印有某房产的手提袋，这是市里新开发的一个楼盘，还在建设的阶段，刚好吻合工地的判断；第四，你观察右边那个，她现在正在接电话，口中一直在比较各行的银行房贷利率。综上基本可以坐实她们三个楼盘销售的身份。"

　　"就算她猜对了是售楼小姐，也不代表那个女的就是因为工作上的事哭吧？"付勤勤被毛力申提醒，这才再次仔细打量了一番那三个女人，发现自己确实遗漏了很多细节，可到底是年轻气盛，心里还是不服输。

　　"为什么是因为工作上的事哭，你自己再观察观察，别什么都靠旁人给你答案。付勤勤，你大学学了四年的心理学，进局里实习也有段时间了，却连最基本的线索都没观察出来，小槐只能靠听，你比她多双眼睛可以看，你不觉得惭愧？"毛力申这人只要一提到专业上的东西，就格外严肃，说着说着，就习惯性地虎着脸批评起付勤勤来。

　　付勤勤挨了批评，心里不舒服，揪着嘴生闷气。

　　陆老六是局里的老人，都到了快退休的年纪了，迎来送往，看多了满腔热血、年轻气盛的新人，只消一眼便知道女孩子面皮子薄，被训斥几句自尊心受不了，便打起圆场来："哈哈，玩游戏嘛，那么较真做什么，毛队就是喜欢吓唬人，之前有两个小伙子就是受不了他这么严厉，实习期还没过就辞职了。"

付勤勤道："我才不会辞职呢！我肯定能转正！"

说来也巧，隔壁那桌刚好开始了新一轮的吐槽，刚刚那哭吼的妇人，这会儿得了另外两个妇人的安慰，一把鼻涕一把眼泪开始诉苦："我每天都那么努力地接客户，看房子，我图什么呀？不就是为了升职加薪？这季度明明我的业绩是全公司最好的，就算排资论辈也该轮到我了，他凭什么不提拔我？"

这下付勤勤才彻底服气了，别扭地将那杯啤酒一饮而尽，算是认输了。

一旁的姜飞饶有兴致地举手托腮，像是观察什么新奇玩意似的盯着边小槐看："小槐，你又看不见，看不到鞋子有泥、手提袋这些线索吧？你是怎么判断出来那女的是售楼小姐？又是怎么判断出她不是情伤？"

他满腹疑惑无处寻答案——毛队的分析，都是基于观察。那边小槐呢？总不可能她是神仙耳朵，听音还自带画面的。

边小槐微微一笑："之前等你们的时候听出来的。"

"靠，你竟然作弊！"

姜飞万万没想到，边小槐提前就拿到了"标准答案"。

毛力申闻言更是一惊："你还听到什么？"

边小槐回忆了一两秒，随口比画着："左边那桌刚刚赢了足球赛，出来庆祝。后面那桌是几个老战友多年未见，其中一人腿还瘸了。右边那桌是家里停电了，一家人出来打打牙祭，老公是律师，妻子是家庭主妇，小孩子还在念小学。"

这个边小槐竟然能在等人的一小会儿工夫里，就从如此复杂的环境中听辨出来每一桌的大致情况，毛力申还真有点意外了。看来观察分析已经成为她的本能行为了，根本不是刻意而为之，就算拉出来跟那些受过专业训练的刑侦人员比，边小槐的表现也未必逊色。

毛力申下意识地扫了边小槐几眼，心里觉得太过惋惜——多好一苗子啊，若是不盲，若学历过关，还介绍什么工作啊，直接拉进局里搞刑侦啊。

可惜，真是可惜……

边小槐并不知毛力申的心中已经替她惋惜了一千遍、一万遍，她在姜飞"佩服佩服"的夸赞中微微红了脸，拘谨地坐在那里等着毛力申的夸赞，可她等了好久，始终都没等到。

夏季的微风带着啤酒烧烤味悄悄撩过边小槐的鼻息，边小槐动了动嘴，好想像付勤勤一样大胆追问毛力申为什么，可她最后只是稍微伸出点舌尖，舔舐了一下干涸的唇，就如缩头乌龟一样赶紧缩了回去。

第三章
波 折

新的开始

宁泰市有一条很有名的梧桐大道，道路两旁的梧桐野蛮生长，在头顶交汇成一道绿茵巨网，在热辣的夏日庇荫着来来往往的人们。

白日里这条路车流繁多，可到了夜晚却极其安静，边小槐紧张地跟在毛力申身后，整条路上都只能听到竹竿"哒哒哒"的敲击声。

"我这样是不是太吵了些……"

"什么？"

边小槐见毛力申没明白什么意思，才红着脸举起了手里的竹竿，以示她在指什么。

毛力申恍然大悟，原来她是觉得夜深了，竹竿声扰民了？

他略一思索，诚恳道："那，我牵你走？"

这个善意的提议犹如一道惊雷，炸得边小槐整个人都有点找不着北了——她没幻听吧？毛力申要牵她？

她的脸由浅红迅速渗成深红，又从深红化成绯红，来来回回变了好几道色，也没琢磨透毛力申这话里到底有几个意思。

夜深人静，孤男寡女，要是牵手走的话……

边小槐有点不太敢去想那个画面，心中的小鹿乱撞了几下，最后撞在不够强大的心脏上。

她紧捏着竹竿，拘谨地拒绝了："还是算了吧。"

可刚刚拒绝完，她又后悔了。

她明明就是想牵的啊……

上回在KTV里，毛力申拉着她的手逃出的感觉她还清楚地记得，只要想起来就还会心怦怦跳。好不容易眼前有个机会可以回味一下，她竟然张口就拒绝了？

偏偏路灯太过昏暗，毛力申并没有看清边小槐脸上的惊涛骇浪，只是觉得举手之劳而已，她未免太过客气疏远了，耸耸肩，一句"好吧"便算了。

"庆功宴"结束之后，毛力申便借口送边小槐回家，单独陪她走走。

他知道她脸皮薄，人多的时候未必愿意敞开心扉，特地挑了单独相处的时候，想问问她对工作有什么打算。

眼下便是好时候。

"你的伤好了吧？"

边小槐闻言，点点头。不过是挨了一耳光，受了点皮外伤，边小槐受过的委屈里，这可算不上什么。没成年的时候，她只能偷偷摸摸打些散工，有回被老板克扣了工钱，她去与老板理论，惹得老板不悦，放狗出来咬她。那一回她虽没被狗咬到，人却吓得不轻，在门口的大石板上摔了个狗啃泥，磕坏了半颗牙，整整一个月都没法好好吃饭。

明明只是小伤，早就被边小槐忘到脑后去了，可这会儿被毛力申提起，边小槐又摸摸滚烫的脸，生怕留下疤痕却不自知："应该好了？"

一个平时不甚在意形象的女人突然在意形象了，只有两种可能。

一是在老板面前，二是在心上人面前。

很显然边小槐不属于第一种。

毛力申也随之看了一眼她的嘴角，看起来确实没什么大碍了，便话题一转，好奇地问道："那天你是不小心绊人，还是故意的？"

边小槐红了脸："我以为申哥知道呢……"

毛力申看着边小槐那比纸片还要薄上几分的小躯干，无奈地摇摇头："你啊，看着柔柔弱弱的，胆子怎么这么大？那帮人是什么货色你又不是不清楚，跑虎口里拔牙，你不怕危险啊？"

边小槐吐吐舌头："当时没想太多。"

"还好那天没出差池，再有这种情况，千万别冒头，天就算塌下来，那也有个儿高的顶着。"

"嗯。"

边小槐喜滋滋地想着，可不是有个儿高的顶着……每回毛力申跟她说话的声音，都是从她头顶约四十五度的方向传过来，应该至少比自己高一个头，可能还不止，申哥就是那个个儿高的呗！

"KTV被封了，你有什么找工作的计划吗？"

"找啊，不找谁养我呢？"

这几天边小槐也不是光颓废地在家躺着，也试着出去找过工作。只是李姐搬走了，也没人帮她念报纸上的招聘启事了，她就只能去菜市口，央求管理张贴招聘广告的人帮她看看有没有合适的工作——可哪有那么多适合盲人的工作？几天下来，毫无所获。

毛力申说："我托人问了几家福利不错的大企业，都对残障人士提供岗位，你要不要去看看？或许有适合你的工作。"

边小槐心中一喜："当真？"

毛力申无奈地说："你觉得，我在说谎？"

边小槐喜出望外，忍不住嘴角上扬，连说话都不再那么矜持，得寸进尺地撒着娇："那你陪我去？"

毛力申本不觉得这是事儿，可北城一号的案子着实牵扯太广，整个公安系统都忙得不得了，短时间内他怕是抽不出来身陪边小槐找工作，便婉拒了："你先自己去看看，真有搞不定需要帮忙的再说。"

心忽上忽下形容的就是边小槐此刻的感受。

明明上一秒还在为毛力申关心她而欢喜，下一秒又因毛力申婉拒她而失落。

是自己要求太多了？可能申哥就只是看她可怜给她介绍个工作，并没有别的意思，她怎么就想入非非了呢……

尴尬的气息在两人之间再一次悄悄蔓延，两人又恢复到刚刚踏入这条梧桐大道时的气氛，万籁俱寂，阒无人声，只有竹竿有节奏的敲击声提醒着已经陷入沉睡的城市，这条路上还走着两个年轻人。

走完这条大道，再拐个弯，边小槐就该到家了。

可偏偏在路的尽头，不知什么东西突然从头顶掉落，好巧不巧砸中了边小槐，边小槐惊慌失措，吓得失声尖叫，惊飞了一树的鸟儿。

她紧张害怕的反应落在毛力申的眼里，让他哑然失笑——原来她的胆子也不是很大嘛！这小家伙，怎么会有胆量去绊人的？

毛力申："别怕，是鸟粪。"

边小槐："啊？"

不等她反应过来，毛力申的气息已经慢慢贴近，他一低头，她就能感受到那既熟悉又温暖的气息，萦绕在她左右，惹得她心跳加速，心神恍惚。

有手细心替她拂去了头顶的"袭击物"。

可似乎没弄干净，再接着是手指头一根头发又一根头发地替她捋了一遍。

边小槐在他的气息里凝气屏神，连身体都忍不住轻微地颤抖着，他他我我地胡思乱想了一大圈，最终被毛力申一句简短的"好了"拉回神来。边小槐一会儿遗憾着鸟粪太少没能"亲密"久一些，一会儿又怕鸟粪太多会在他面前失了形象。

边小槐都觉得自己太矛盾了。

她清楚自己是动了心，可又清楚自己不该动心。

他是空中的太阳，她是地上的小草，不管怎么努力生长，都够不到他的高度。

可毛力申就是有种魔力，让她这株黑暗里的小草，不由自主地想向阳光靠近一点，再靠近一点……

"申哥，谢谢你。"

边小槐已经不记得自己这是第几回谢毛力申了。

谢谢他出现在自己暗无天日的世界里，像是黑夜突然有了光。

她的拘谨和紧张尽落毛力申的眼底，他哑然失笑——这个边小槐，活得也太小心翼翼了一些。

他以为是初次见面凶得过分了些，将她吓过头了，边小槐才会每次见到他，都宛如老鼠见了猫，又是怕又是抖的。

毛力申退回了男女该有的安全距离，故意揶揄她，想让她放松一些："嗯？口头说声谢就完事了？"

这句话偏偏让边小槐想到了电影里常有的狗血情节"以身相许"，更加紧张得不知如何是好了，连说话也结巴了起来："那……那你要……要我怎么谢？"

毛力申难得逗逗人，没想到搞得这么尴尬，只得收敛起了自己并不擅长的"不正经"，一本正经道："逗你玩呢，那么紧张做什么？"

"啊？"边小槐明明脸都红到脖子根了，还在那故作淡定，强行否认，"哪有？没有啊……申哥，你胡说八道！"

头顶的树叶被夜晚的微风吹得沙沙作响。

明明有风，为什么会那么热？

没人教过边小槐该怎么表达"我喜欢你"，她小心翼翼捧着一颗无处安放的少女心，不知该拿它如何是好。

进一步吧，好丢人；退一步吧，不甘心。

她听到自己的一颗心不安分地跳出了胸腔，可转眼又像泄气的气球，说缩回去就缩回去了。

算了算了，还是先从朋友做起。

要是突然表达心意，一定会被当作神经病吧？

还是聊点正常的话题，可什么才是正常的话题？边小槐的脑子里这会儿一团糨糊，连好好聊天都不太会了，好半天才挤出一个听起来比较像普通朋友间随意闲聊的问题来："申哥，你知道小乔吗？她也在北城一号上班，那事之后我就一直联系不上她。"

说完她就后悔了。

在饭桌上申哥就说过"在外不谈公事"，她怎么就不长记性，哪壶不开提哪壶了呢？万一申哥不方便回答，那多让人为难。

边小槐赶紧又补了一句："要是不方便说就算了。"

毛力申皱着眉头想了好半天，才想起来被查封的北城一号里有这么一号人物。

"那姑娘涉黄，行政拘留了十来天吧。"北城一号的案子牵扯面广，确实很多细节都不方便透露，不过已经定案处罚的涉黄倒不算是机密，关阵子就会放出来。

可边小槐听到"涉黄"这两个字，吃惊不小。

"小乔她……涉黄？"

"是啊。"

"不可能！她明明亲口跟我说的，她只是在那里陪唱歌，绝不会出台的。"

"你跟她很熟？"

"当然熟啊，那工作还是她介绍我去的。"

"把你往那种地方介绍就是把你往火坑里推，你还拿她当好人？"毛力申有时候觉得边小槐这姑娘太世故了，有时候又觉得她太天真了，"知人知面不知心，她跟你说她不出台，你就信啊？"

"你说她出台，有证据吗？"

"没证据你觉得我们会拘留她？这样的狐朋狗友，你还是离远点好，把你卖了你都未必知道，说不定还替人数钱。"

边小槐咬着唇，不再反驳，可她无论如何都不愿意相信小乔会出台。

如果说毛力申是出现在她生命里的那抹阳光，那小乔就是和她相互依偎取暖的小草。

她没钱吃饭的时候，是小乔拿了几百块给她救急，是小乔给她介绍了工作。要不是小乔替她挡着，指不定她在 KTV 里要被欺负多少回。毛力申可以唾弃小乔是狐朋狗友，但她绝对不会因为他几句话就远离一个真心待过她的人。

天再黑，毛力申也还是能感受到边小槐的不愉快。

他叹了一口气，搞不懂人为何都喜欢好听的话，宁愿听包裹着甜言蜜语的谎言，也不愿意接受逆耳的忠告。

"找份新工作，重新认识些正经朋友吧……"

特殊任务

几场暴雨过后，天就没那么燥热了，连空气入喉都泛着一丝甜。

边小槐兴高采烈地抱着一个大保温壶走在厂间的小道上，步伐轻快得都快飞起来了，要不是手里还攥着探路的竹竿，根本看不出来她是个盲人。

边小槐到这个厂里报到上班已经好几天了，正如毛力申介绍的那样，这个厂为残障人士提供特殊的福利岗位，活不太难，待遇靠谱。厂里残障人士并不多，大家对她这个新来的姑娘都格外热心，每走几步，就会有熟或不熟的厂工热情地跟她寒暄。

"边小槐，啥事那么高兴啊？"

"没什么。"

"你抱啥呢？重不重？需要帮忙不？要有啥需要帮忙的就吱一声，千万别不好意思啊……"

"不重不重，谢谢你哈！"

经历过地狱，才知道天堂的可贵。

若说前几日边小槐还对毛力申的话有些微词，可过了几天完全不一样的新生活，边小槐才懂毛力申的用心良苦。

她心存感激，但又不仅仅只有感激。

那晚毛力申带着笑意，有些揶揄又有些暧昧的话，总在她的脑子里不断地重复着："嗯？口头说声谢就完事了？"

自然不可能以身相许了，许了人家也未必要呢。

男女之间的窗户纸边小槐不知道该怎么捅破，不过表达一下谢意，也是人之常情吧？

可手里没钱，要怎么谢又成了难题。

她绞尽脑汁想了又想，最后去菜市场买了些绿豆，加上冰糖，熬夜炖成解暑的绿豆汤，兴冲冲地给毛力申送了过去。

可到了警队，边小槐又有些羞涩了，她没好意思提是专程来谢毛力申的，只说是送点绿豆汤给大家尝尝。队里的几个小年轻跟她都熟络了，也不客气，三两下就把一大壶绿豆汤喝见底了。

这下边小槐慌了："你们好歹给申哥留一点啊……"

姜飞一边抹着嘴，一边抢着把最后一点绿豆汤倒进了自己的碗里："不用留，申哥今天请假了，不来上班。"

"啊？"边小槐一听就更慌了，"他怎么了？是生病了吗？"

"相亲去了呗。"

"相……相亲？"

"是啊，他妈三天两头催他相亲，这不又给他安排了一个。"难得毛力申不在队里，姜飞八卦起自己的领导也是眉飞色舞，"你说咱们老大，要模样有模样，要身材有身材，黄金单身汉一个，多谈几场恋爱多好，着急结什么婚啊？万一这婚姻是牢房，进去了可就不好出来了。"

"呸，不以结婚为目的的谈恋爱都是耍流氓！"付勤勤闻言唾弃地啐了姜飞一口。

"啧啧，付勤勤，你这话能分析出来很大的信息量啊……"姜飞不怀好意地打量着付勤勤，弄得付勤勤一头雾水。

"什么信息量？"

"你没对象，又不接受不以结婚为目的的谈恋爱，莫非你一次恋爱没谈过？"

付勤勤这才反应过来自己被姜飞耍了，恼羞成怒地追着姜飞满屋子跑："姜飞，你找死！"

"别动手啊，动手可是袭警。"

"就算袭警我今天也非揍你不可！"

"这么生气干吗？莫非是被我说中了？"

两人你追我赶的，公安局里难得一派欢乐的气氛，只有边小槐看起来有些拘谨地站在办公桌边发愣。

申哥他去相亲了……他很着急结婚吗？

其实边小槐也知道，相亲不代表什么，只是她一想到毛力申和别的女人面对面坐在一起，很认真地在那儿谈婚论嫁，浑身上下就像长了刺似的哪哪都不舒服。

还是陆老六看出了边小槐的不自在，端着保温杯抿了一口茶，慢悠悠地拦他们："都消停消停，老虎不在家，猴子就称大王了是吧？

毛队要是在，看到你们上班时间打打闹闹，至少得罚每人跑十圈。"

"今天这不是没案子吗……"

"没案子就没事干了？北城一号那批女孩子的遣返工作都安排好了？"

"对着电脑搞技术我行，劝她们走正道我头黑啊。"陆老六训人和毛力申训人的效果那可是截然不同，姜飞才不怕陆老六呢，他没大没小地搭着陆老六的肩膀，冲对方挤眉弄眼，"陆老六，我听他们说，你劝人走正道很有一手啊，要不你去安排呗？"

"我看你就是想偷懒。"

"这种要交心的任务，就得你这样的老将出马。再说了，那帮女孩子一个比一个脂粉气重，你又不是不知道，我鼻炎很严重，一跟她们说话，我就想打喷嚏……"

两人正说得热闹，冷不丁的，边小槐弱弱地打断了他们："那个，我刚刚听你们说的……想问一下，你们要遣返北城一号的女孩子？是所有的女孩子都要遣返吗，遣返去哪里啊？"

如果北城一号的女孩子要遣返，那小乔岂不是……

"当然是遣返回户籍所在地。"

"为什么要遣返？"

"她们基本上都是外地的，留在这里后患无穷。"

"可是遣返回户籍所在地，就能保证她们不会重蹈覆辙吗？"

"所以才要给她们做思想工作啊，谈谈心，讲讲道理，让她们自己想明白走这条路是错的。攻心才是上策，只关个十来天，罚点不痛不痒的款，多半她们还是会明知故犯、重操旧业的。"

边小槐认可陆老六的话。

可要是被遣返的话，她岂不是很有可能再也见不到小乔了？

即使毛力申警示过她"离狐朋狗友远一些"，但是她真的做不到完全无视曾经用真心对待过她的小乔。

"陆警官。"边小槐认认真真问道，"我想见一个人，不知道方便不方便？"

说完，她又强调："我只是想见见她，我保证不会乱说话，不信你们可以陪我一起……"

她想见见小乔，她想知道小乔这些天在里面过得怎么样。

人心都是肉长的，在孤独无助的日子里，就算只是起不到实际作用的嘘寒问暖，也好过明明知道却选择沉默的熟视无睹。

她比谁都懂，陷在泥泞之中，害怕、彷徨、无措是什么感觉。

那种时候，最需要的就是有人能给你信心，告诉你，不要怕，一切都会好起来，你可以脱离这个困境的。

边小槐本以为陆老六会为难地拒绝，她甚至匆匆想了几个理由，试图在陆老六拒绝之后再尝试尝试说服对方，没想到陆老六满口答应了。

"是你认识的对吧？"陆老六看穿了边小槐的心思，点头道，"行。不过探监有固定的时间，也不是说见马上就能见的，正常的探监流程你得走一遍，还得对方愿意见你才行。"

还没等边小槐表达感激，付勤勤就急急打断："这不太合适吧？"

"探监合理合法啊。"

"不是那个意思。这案子这么复杂，那群人嘴巴又紧，除了承认涉黄，到现在都不肯指认上头有什么别的违法行为，让一个熟人去见她们，不太合适吧？假如她们之间有什么秘密暗号往外传递了什么信息……我是说假如啊，不是在说小槐啊，只是探讨流程上可能存在的漏洞。"

陆老六拧紧了保温杯盖，笑眯眯地拍了拍付勤勤的肩膀："年轻人干劲十足是好事，但那力气要使对方向。"

付勤勤听得云里雾里，不懂陆老六指什么。

边小槐安安静静地站在一旁，就像是一棵沐浴在阳光下、正待发育的小树。

陆老六扭头温和地冲着边小槐笑笑："去吧，我给你安排。"

边小槐见到小乔的时候，已经是两天后了。

这次探监，她是带着警队托付的特殊任务来的，不过她有些失落，因为这一回她依旧没能见到毛力申，所有的事情都是陆老六替她打点的。

边小槐紧张地等待看押人员关门出去，仔细地竖着耳朵听了一遍，确认探监室里没有旁人了，才小心翼翼地斟酌着开了口。

"你还好吗？"

"挺好的，供吃管住的，还不用上夜班，你看，关了几天，我都胖了。算了，你也看不见，不骗你，我是真胖了……你哭什么呀？"

边小槐也不知道自己为什么会哭，可能是哭老天太不公平吧！

为什么命运总是喜欢挑选她们这种如蝼蚁一般卑微谨慎地活着的女孩来耍弄啊？

小乔与边小槐不一样，她并不是本地人，她来宁泰市，是为了寻亲。小乔老家那边重男轻女非常严重，她父母四十来岁生了个儿子，欢天喜地，以为祖坟冒烟，后继有人了，却没想到三四岁的时候被拐了。她父母受不了打击，认为是小乔没看好弟弟，才造成这样的结果，每天在家以泪洗面，对小乔不是打就是骂。小乔痛失弟弟，也很自责，就背上寻人启事出来边打工边找弟弟。找到宁泰市的时候，倒霉被人偷了钱包，身无分文，只能捡废瓶子混点吃饭钱，即使是这样，小乔也没放弃找弟弟。

边小槐还记得，初次见面小乔与她抢瓶子，抢完之后发现她是盲人，又是哭又是道歉，哭完还抹着眼泪傻乎乎地翻出寻人启事问她见过自己弟弟没……边小槐尴尬地指了指自己的眼睛说看不见，小乔还没放弃，拉着她叽里呱啦地形容了一番自己弟弟是什么模样。

被拐走好几年的小孩子，模样早长变了吧？

边小槐也劝过小乔，这样找人就是大海捞针啊，就算要找，也别用这么笨的法子找吧。

可小乔不太聪明，甚至可以说是有点蠢。

也不知道她是怎么搭上的路子，被小混混给忽悠进了北城一号，说警察找不到的人，他们黑道老大有路子找。这种明显的假话，偏偏小乔就信了，她万般感激，留在北城一号里，边打工边等消息。

弟弟没找到，人却先被拘留了。

边小槐不清楚小乔怎么会走到出台陪酒这一步的，可她听着小乔那些宽慰人的话，心里是说不出的滋味。

虽然她没有住过拘留所，但她不傻，那是拘留所啊，怎么可能"挺好的"？

边小槐好半天才止住呜咽，她知道自己和小乔之间不是真的面对面坐在一起，而是隔着厚厚的探监玻璃，她的声音通过电子探监屏幕传过去，有些微微的走音。

"小乔，你好傻啊。你不是一直都不太喜欢那些出台挣钱的姑娘吗？为什么你也要走那条路啊？"

走投无路

这世间有句话形容快乐是"子非鱼焉知鱼之乐"，也有句话形容痛苦为"世界上没有真正的感同身受"。

小乔有自己的苦衷，可边小槐却无法理解她的脑回路。

她告诉边小槐，跟在老大身边混的琨哥说找她弟弟的事情已经有眉目了，但真想把人找到，是要准备些钱打点路子的，黑道上的人都是收钱才肯办事的，可小乔手里也拿不出几个钱，琨哥就给她出主意，说出台才挣钱，半哄半压地逼她出台接客了。

这一年，她给了琨哥不少钱去"打点路子"。

有时候，琨哥会给她带点消息，说查到她弟弟曾经在某省出现过，有时候又告诉她，她弟弟是被专业的人贩子给拐去当乞讨工具了，但是大多数时候，都只是问她要钱。小乔经不住琨哥吓唬，担心自己的弟弟被惨无人道的人贩子断了手脚扔在街边乞讨，总是哭着掏出所有的钱，求琨哥早点把她弟弟找到。

说到她弟弟，小乔便又哭了。

边小槐听着小乔的哭声，重重地叹了一口气。

来探监之前，陆老六还让她问问话，看看能不能问出他们需要的线索，好指证北城一号其他的罪证，可就小乔这个被人耍得团团转的智商，边小槐不觉得自己能问出啥有价值的线索。

"琨哥说啥你就信啥？你是不是傻啊，什么东西都没见着就把钱给别人。"边小槐无奈极了，"要是琨哥就是骗你钱咋办？"

"不会的，琨哥是好人，他向我保证过一定会帮我找到我弟。"

"谁替你找弟弟谁就是好人啊？人家一个混黑社会的，好什么人啊？他的保证也能信？"

"不会的。"小乔欲言又止，"其实我跟琨哥是那个关系……你可千万别说出去了，琨哥在外面仇家多，他为了保护我才不公开关系，背地里一直都在偷偷帮我查我弟的下落。"

边小槐闻言脸色一变："他睡你了？"

小乔脸微微红："嗯。"

边小槐急了："你怎么不早点告诉我？你这分明就是被人骗财又骗色啊，你动脑子想想啊，哪有人问自己女朋友要钱，还劝自己女朋友出台的？"

许是说话的语气有些重了，小乔被她凶得哭得更厉害了："我不信他还能信谁？我能有什么法子啊，只有琨哥愿意帮我找我弟啊……"

如果说小乔是不会水就在大海里捞针，那琨哥就是出现在她面前的那根浮木，甭管能不能把针找着，她都不管三七二十一先把浮木给抱住了。她把她所有的希望都寄托在这根不知道会漂向哪里的浮木上，她以为他会带着自己漂向她苦寻未果的弟弟，可结果却是漂向了毁灭——这次扫黄，她和琨哥都被抓了。

"琨哥现在也不知道怎么样了，我好担心他啊。"

"你都泥菩萨过江了，还替他操心。"边小槐又气又恼，真的是恨其不争，陆老六还让她劝小乔走正道呢，这分明是骂都骂不醒的，也难怪陆老六说若是不把人思想工作做通，放出来后肯定还是会重操旧业的。

给小乔做思想工作，她还真没那个本事。

小乔对她的好，那是一点都不掺假，可小乔的傻，那也是纯正的傻，脑回路不在一个频道，要怎么沟通？

这场探监，探得她心力交瘁，百感交集。

探监结束，边小槐做好了向陆老六交白卷的准备——她确实也没打听出啥来，不是小乔太狡猾，而是小乔太傻，就算跟那个所谓的琨哥有了关系，也没掌握半点他们干非法勾当的内幕，纯粹就是个被人卖了还替人数钱的羔羊。

可当她走出来，听到毛力申的声音时，整个人都精神了。

"你怎么让她来这里？"毛力申瞪了陆老六一眼，光是听声音就能听出来他有些不悦。

陆老六的特殊安排毛力申并不知晓，还是付勤勤在毛力申面前嘀咕，才把这事给抖了出来，毛力申不太放心，索性放下手里的杂事直接过来了。

边小槐慌忙解释："是我求陆警官带我来的。"

陆老六在警队里是老资历了，不似那些小年轻那般怕毛力申，面对毛力申的黑脸，他不慌不忙笑眯眯地说："小槐想探她朋友，我们想探点线索，这不是刚好一举两得吗？"

"这很危险。"

"小槐很聪明的，毛队你对小槐太没信心了。"

"这不是信心不信心的问题。"

"如果没有探出有价值的线索，这就只是朋友间的一次普通探监，毛队你太小题大做了。"

不等毛力申和陆老六争执完，边小槐就鼓起勇气插嘴道："申哥，我是自愿的。"

其实她想告诉他，她来找过他。

她还想告诉他，她特地为他炖了绿豆汤，可他去相亲了没喝上。

她甚至想告诉他，她连续两晚上都没睡好，连做梦都是毛力申相亲成功要结婚了。

明明来探监之前，她巴巴地期待着能见到毛力申，可真的见到了毛力申，她又脸红心跳，什么话都说不出口，不像是个陷入爱河的少女，反倒像是有些惧怕警察的人，低声细语地挤出来一句："我能做好你们交给我的任务。"

任谁看了她那副模样，都会误会成她是迫于面子不敢拒绝才会配合警察行动的。

不过说完这话她又后悔了。

刚刚探监，她并没有探出什么有直接价值的线索……怎么向毛力申交代啊？

边小槐疯狂地挠头，脑子里把刚才探监聊过的内容又迅速过了一遍，仔仔细细筛选着有没有漏过什么可能有价值的话。

突然，她面部微微一喜，斟酌着确定了一下没记错，才仰头向着毛力申的方向慢吞吞道："他们似乎是有贩卖人口的路子，不过我也不能确定，他们有个小头头叫琨哥，跟我朋友提过一个暗网，说是不能见光的东西上面都有的卖……"

"暗网？"毛力申和陆老六听到这个词皆是打了个激灵，有些难以抑制的激动。

暗网，一个传说中的存在。

世界各国都流传着暗网的传说，却因为它过于隐蔽，很难被侦破。前几年，西方某国捣破一起贩卖性奴的暗网，解救出不少深陷黑暗的女子，轰动了全世界，"暗网"这个神秘的词才渐渐浮出水面，露出冰山一角。

暗网，顾名思义，一种利用特殊加密的技术手段做出的网站，藏匿在互联网中，无法被普通搜索引擎搜出来，就像是黑暗中的一张蜘蛛网，在静静等待它的猎物。

就目前各国已经侦破并公开的暗网案件来说，最多的就是交易军火和交易毒品的暗网，其次是器官贩卖和人口贩卖的暗网。这种利用互联网隐蔽技术的暗网，已经成为犯罪分子甚至恐怖分子从事非法交易的新温床。

陆老六让边小槐借着探监打探线索，也只是想往深里再挖一挖，看看北城一号除了目前掌握的涉黄、涉毒的罪证以外还有没有其他的犯罪行径。那群"小姐"嘴严程度有些不合常理，没一个敢说实话的，个个都一问三不知，最多只承认自己涉黄，像是有所忌惮，背后肯定有什么猫腻。原本这个案子挖到毒品这一层就牵扯面很广了，如果还牵涉到暗网，那这一锄头就挖深了……

涉及暗网的案件，只怕他们小小一个市级公安机关，根本没资格对接。

一谈到案子，毛力申就变得格外严肃，立刻进入盘查模式，只差把边小槐当犯人审了。

"你怎么会跟对方聊到暗网的？"毛力申觉得这不合逻辑，明明跟警察交涉的时候个个都嘴严，怎么到了边小槐面前就随随便便什么都说？

"我朋友一直都在找她弟弟，她弟弟失踪好些年了，琨哥骗她说会帮她找人，她才进了北城一号。"无论是从直觉还是逻辑上，边小槐都不信琨哥会帮小乔找人，下意识就用了"骗"字，"'小姐'也不都是坏人，有时候是走投无路才会出来卖的。"

小乔涉黄，毛力申是警察，警察看不惯她很正常，可边小槐还是想替小乔辩解几句。

这世间没人能选择自己的出身，万般都是命，半点不由人。

"如果你哪天也觉得自己走投无路了，不要乱来，记得找我。"毛力申突如其来的一句话，像是一把利刃，剥开了边小槐厚厚的防御，直接就让她内心最柔软的地方暴露了出来。

边小槐低着头，轻声"嗯"了一下。

陆老六真怕毛力申说话太直，伤了女孩子的自尊心，赶紧出来打圆场："瞧你说的，小槐才不会走投无路，她刚跟我说新找了工作，同事都对她挺好的。"

陆老六不知道那就是毛力申替边小槐找的工作。

天知，地知，你知，我知。

边小槐喜欢这种专属于两人之间的小秘密，她静静地站在那里，故意不做解释，就让这种无关紧要的小误会存在下去，就像是她和毛力申之间架起了不为人知的枢纽，悄悄有了关联。

毛力申听到这话，也不过就是点点头，算是对边小槐放心了一些。

"老六，探监视频调一份出来，带回局里分析一下有哪些新线索。"毛力申抬头看了眼天，黑压压的乌云已经带着惊雷"轰隆隆"翻滚着压了下来，眼瞅着就要变天了，果断下了命令，"暴风雨快来了，先送小槐回去，有什么情况，路上慢慢说。"

荒唐请求

边小槐再次跑去宁泰市公安局找毛力申的时候，队里正在集体"吐槽"毛力申的新相亲对象，一股淡淡的腥臭味从办公室里往外涌，让人忍不住有些恶心。

"毛队不是说跟那姑娘吹了吗，怎么还往队里送海鲜？一下子送这么多螃蟹，得多少钱啊……"

"郎无情，妾有意，倒追上门了呗。"

"倒追也别把东西往单位里送啊，臭死人了，我们还要办公呢。"

大家正嘀咕着，眼尖的姜飞突然看到了站在门口的边小槐，热情洋溢地招呼她进来："咦，小槐你怎么来了？又来给我们送绿豆汤吗？"

刚才的吐槽边小槐一字不落都听到了，她有些紧张地把手揣进了口袋，慌忙否认："不……不是。"

她确实不是来送绿豆汤的。

过节了，厂里给每个工人发了两百块钱红包，刚刚进厂的边小槐也有，她拿到这笔钱，第一时间冒出来的念头就是给毛力申买个拿得出手的礼物。毛力申工作性质危险，边小槐想了又想，跑去金店给毛力申买了个小小的好运珠。

现在这颗好运珠攥在她的手里，都快被她攥出汗来了。

"你的脸色怎么这么差？被人欺负了来报案？"姜飞看她脸色不对劲，当即就想偏了。

"没有，没有，我是来……"有现成的例子摆在面前，边小槐哪敢说自己也是来给毛力申送礼物的，她脑子一热，慌张地掩饰道，"我就是想找你们帮个忙。"

"什么忙？"

边小槐怎么都没想到，她前脚进来，毛力申后脚就值完勤回来了。

当他的声音在门外响起的时候，队里的人都沸腾了，纷纷上前把他围住，一口一个"队长"，向他汇报着他相亲对象过来送海蟹的事。

毛力申皱着眉头看了一眼他办公桌上的几盒海蟹，估摸着那姑娘有些上头，回头还是把拒绝的话跟对方说得再明确一点，彻底让那姑娘死心才好。

相亲于他来说那是家常便饭，一般来说，就算不合适，他也能客气地跟人坚持吃完一顿饭，可这个姑娘特别让他头疼。话说这姑娘年纪并不算小，却并不成熟，是个疯狂的追星族，又是家里独生女，宠过了头，仗着家里条件好，工资基本都是拿去应援偶像。长得不够帅气的男人根本入不了她的眼，她倒是一眼相上人高马大的毛力申了，但是毛力申挺受不了她的。吃饭的时候，她就一直喋喋不休地跟毛力申聊明星，还说毛力申特别像某个大明星。吃完饭毛力申就婉转地表达了自己比较闷，跟她不太合适，可那姑娘觉得这叫性格互补，扬言自己不会放弃的。本来毛力申以为她是开玩笑，没想到这姑娘从那天开始又是短信轰炸又是电话轰炸，现在还把礼物往局里送……

算了，海蟹的事先放到一边。

不知道边小槐来局里又是所为何事。

毛力申扫了一眼拘谨地站在一旁的边小槐，看她那副憋红了脸难以启齿的模样，估摸着她多半是生活上遇到了什么困难，是来求助的，说话的语气便格外柔和："你刚刚说，想让我们帮你什么？"

好在边小槐已经想好了说辞，她不紧不慢地说："我来是想请你们帮忙找个人。"

"什么人？"

"小乔是为了找她弟弟才会变成现在这样……"

“你想让我们帮她找弟弟？”

“嗯。”

好运珠被捏得紧紧的，边小槐庆幸自己没有选个有气味的礼物，不然暴露出来就尴尬了。

不过，用找人这个借口来掩饰她此趟真正的意图着实有些荒谬可笑，可一时之间她也想不出什么好的理由，只能硬着头皮提出这种荒唐的请求。

果然，毛力申一听立马拒绝了：“我记得她是外省人吧？这事不归我们管啊，得去当地的公安部门立案，当年人丢的时候她家没报警？”

“报警了，但是当地的警察找不到人。”

“当地警察没找到的人，你为什么会觉得我们就能找到呢？”

边小槐低下头：“因为你厉害。”

不是吹捧，不是夸大。

他曾对她说过“天塌下来有个儿高的顶着”，他在她的世界里，就是那个个儿高可以顶天的男人。

危险时救她于水火，困难时雪中送炭，无所不能，无所不在。

可毛力申皱眉：“你误会了，我不是神，也不是什么案子都能破。找失踪人口这种事只能在当地立案，我们这边没法走常规程序帮她寻人。你想，如果谁都可以跨管辖地区乱报警，那不就乱了套了？”

虽是意料之中，但被毫不留情面地拒绝，边小槐还是有些失落。

她的失落全然落入毛力申的眼中，又惹毛力申心疼了，只能口气软了软，道：“我只能说，私人帮她找找看吧！”

“当真？”边小槐的眼中立刻就闪了光。

“你也别高兴得太早，这事根据我的办案经验，希望不大。小孩子身形变化大，又丢了这么多年，难度很大……”

“申哥，谢谢你。”

边小槐喜出望外，她没想到自己的"请求"毛力申会答应，方才的焦虑一扫而空，甚至还有一些小期待，心想自己在毛力申心中也许是特殊的。可患得患失的她，又突然想起那位跟他相亲又给他送螃蟹的姑娘……

也不知道人家长什么样。

不管长什么样，肯定不会是个盲人。

她失落地在那胡思乱想着，瘦小的躯干就像是根绷紧的弦，看起来心事重重。

姜飞一看她这副进了公安局就紧张的样子，便忍不住调侃她："你光谢毛队不谢我啊？找人他也得求我，队里可就我一个技术骨干，人脸识别寻人可是个工作量巨大的技术活。"

还不等边小槐道谢，付勤勤就白眼冲着姜飞直翻："想忽悠人家姑娘给你煮绿豆汤就直说，啥都没做呢就开始邀功了，脸皮可真厚。"

她那利落的马尾在脑后甩来甩去，仿佛摇着头在嘲笑姜飞见到好吃的就走不动路。

姜飞毫不示弱地呛回去："那天的绿豆汤你也没少喝……"

"什么绿豆汤？"毛力申皱眉。

自己不在队里的时候，这几个小年轻又搞什么了？

"毛队，你是不知道，小槐煮的绿豆汤特别好喝，神仙口味。"姜飞一番吹捧，弄得边小槐还挺不好意思的。

付勤勤抢着作证："毛队，真的特别好喝，有机会你一定要尝尝。"

什么都看不见还能煲一手好汤？

毛力申有些难以相信，这姑娘，到底还有多少他不知道的能耐啊？

边小槐红着脸，顺着他们的话大胆主动向毛力申邀约："申哥要是不嫌弃，明天我再煮些送过来。"

姜飞："嘿嘿，多煮点，不然不够分的。"

不等他话说完，毛力申就敲了他的脑袋一下，提醒他别这样，有损形象。

"绿豆汤你就别惦记了，赶紧把暗网的相关资料看看，收拾下东西准备出差，刚才开会，上头点名让你去省里跟在特别行动小组后面学习。"

"噢？"姜飞道。

入职两年，被派去学习次数最多的就数他了。

记得刚刚进来的时候，他还只是一名计算机系毕业的应届生，一点刑侦经验都没有，单纯觉得穿警察制服帅气，就报名进入了公安岗位，像他这种不会破案，体能又差劲的，只能去做后勤、搞技术。姜飞脑子灵活，各种电子仪器倒腾一会儿就能上手，渐渐就被重视了起来，但凡有什么学习使用尖端刑侦仪器的机会，都是派他去。

不过他不喜欢跟特别行动小组一起工作……

特别行动小组那群人，一开会研究案情就特别投入，废寝忘食是常态，经常一条线索从早上分析到下午，中饭晚饭一起凑合着解决。每次学习回来，姜飞都会让毛力申请他吃顿好的补补才罢休。

毛力申把他那点小心思看得透透的，不慌不忙道："衡远路上正在装修一家新火锅店，估计等你学习回来就差不多开业了。"

果然，姜飞一听立马喜笑颜开："毛队你是要请我们吃火锅吗？"

付勤勤数落他："姜飞，从我来队里到现在，都见你怂恿毛队请客好几回了，水都没见你请喝过，你好意思吗？按道理啊，这火锅也该轮到你请了吧？"

姜飞立刻摆手："不行，我要攒老婆本的，不然没房没车的谁愿意嫁给我？"

付勤勤说："毛队也没房没车没老婆啊。"

姜飞道："那不一样，毛队长得帅，愿意找他的女人多的是。别说送海蟹了，上次还有个'白富美'，老爸是房地产开发商的，想让毛队倒插门，做她家的上门女婿，是不是啊，毛队？"

付勤勤撇撇嘴："哼，毛队才看不上那种庸脂俗粉。"

姜飞打趣道："付勤勤，你这话咋听起来那么酸呢？莫非你也对毛队有意思？"

付勤勤恼羞成怒，随手抄起一卷档案就往姜飞身上招呼，惹得姜飞满屋子乱窜。

毛力申看着欢闹成一团的两人，虎着脸训斥："成何体统！都消停消停，上班时间闹什么，还有外人在呢。"

他嘴里的"外人"生怕自己成为妨碍大家的存在，欲言又止地小声道："你们忙，我先回去了。"说完，边小槐便低着头，拿好了竹竿，慢吞吞转身往外走。

送昂贵螃蟹的相亲对象，姜飞口中"对毛队有意思"的付勤勤，还有想让毛力申倒插门的"白富美"，都像是针一样插在她的心里，让她百般不适。

毛力申很帅吗？边小槐也看不见。不过那么多人喜欢他，应该长得不错。

边小槐多想眼缝里能进一道光，掀开这沉重的眼皮，看看他的眼睛、鼻子、嘴巴，哪怕只看一眼，记住他的模样也好。只可惜她的世界永远都是让人倍感孤独的空无与黑暗……

没走几步，毛力申就追上了她："我送送你。"

她心中一喜，却也不敢过多表露，看似波澜不惊地说了声"谢谢"，内心却是一片惊涛骇浪。

她也不知道毛力申为何要送她，是单纯地想送她一段？还是有什么话想问她？认识这么久以来，按照毛力申的处事作风，她明白毛力申多半是有什么话不方便在公安局里问，借着送她的由头出来问，可她的内心又很渴望毛力申对她"特别上心"……

小心翼翼走出了警局，四下无人了，她才琢磨着，斗胆抬头，颤颤巍巍地主动开了口："申哥，你是不是查出来有关暗网的事了？"

爱情电影

"你怎么会这么问？"

"猜的，刚刚在里面听你说，上头让姜警官去特别行动小组，让他把暗网的资料看看。"边小槐自作聪明地把一系列不太明显的线索连在了一起，笃定毛力申是为了向她求证更多可能记得的细节才送她出来的。

可惜她探监的时候，真的没问到什么明显线索，实在是有心无力。

没想到毛力申皱眉提醒她道："虽然你很聪明，但是你以后少问这些问题，知道的多了对你没什么好处。"

边小槐不解："为什么？"

毛力申："刚刚才夸你聪明……"

边小槐咧咧嘴，为自己突如其来的傻问题而感到好笑——知道得越多，越不安全呗！

可若不是为了查暗网，那毛力申出来送自己是什么目的？

她绞尽脑汁也猜不透，索性半真半假开玩笑地问道："还以为有什么不方便在里面问的，要找我问呢。既然不是为了查暗网，那又为什么送我出来？难道申哥你喜欢我？"

说"喜欢我"三个字的时候，她的手都快把竹竿捏出汗来了，天知道她是有多紧张。

这可不是玩笑话，可毛力申只当是一句玩笑话。

他毫无察觉地选择性回答了前面一个问题："想跟你随便聊聊，无关工作。"

边小槐好奇："聊什么？"

总不能聊他的相亲对象吧？虽然她确实好奇毛力申为什么会去

相亲，不都说他长得帅吗，帅还需要相亲？

"看你最近状态挺好，脸上终于长点肉了，看来工厂伙食不错？"

"嗯，工厂有午餐补贴，三菜一汤才三块钱呢。"边小槐不知道毛力申为什么要问这个，她条件反射地伸手摸了摸自己的脸颊，自己胖了吗？好像还真胖了点……

"挺好，你过得好，我也替你高兴。"毛力申讲道理总是那么得心应手，不自觉地就拐到了大道理上，"我能明白你想帮你的朋友，但是有些事，要量力而为，并不是什么事你都帮得上忙，把自己日子过好才是最重要的，明白吗？"

聪明如边小槐，立刻就明白他是指什么。

"我跟小乔是关系很好的朋友，所以才会……"边小槐解释。

"每个人都有自己的人生路要走，你有你的，她也有她的。站在你的角度看，她为了找弟弟，把自己的人生搭了进去，值当吗？"

"不值当。"

如果她是小乔，肯定不会那么笨，就算是找弟弟，也得信任靠谱的人啊，哪能把钱和身子都搭了进去？这哪是找人，分明就是在和魔鬼做交易，每一分价值都被榨得干干净净。

"那你有没有想过，假如她一辈子都找不到弟弟，难道就这样过一辈子吗？值吗？"

"不值。"

"我们每个人都会经历生离死别，或是在乎的人，或是身边的人。如果只活在离别的伤痛中，不懂向前看，那只会陷入悲剧不停打转。你帮她找人，是想帮她，却未必帮得了她。"

有那么一瞬间，边小槐突然就有点难过。

是啊，每个人都会经历生离死别，她也经历过。曾经美好的家庭在意外面前不堪一击，说碎也就碎了，活下来的人是幸运的，也是不幸的，因为她要承载着失去至亲的苦楚，独自在这个世界上活着。

她比任何人都明白在这种悲剧里打转是怎样的痛苦。

"向前看是吗？可如果前面是漆黑的一片呢？"边小槐自言自语着。

"这个世界很大，每个人的一生都有很多条路可以选，如果前面漆黑一片，不知道该怎么选，就向着光走。"许是觉得说得太抽象了，毛力申换了个更直接的表达方式，"你朋友人生悲剧的源头不是丢了弟弟，而是丢了自我。她最需要的是重建自信，明白自己来到这个世界并不是只为弟弟而活。"

小乔的人生永远都在寻找，为当初一个不该自己背负的错误而买单，似乎只有找到了弟弟，她才不是一个"罪人"。这种负罪感束缚着她，让她忽略了生活中其他的东西，活生生把一个二十来岁本该享受美好青春的女孩变成了"找弟狂魔"。

边小槐自然明白毛力申话中的道理，她和小乔相比，多几分处世的警惕，也多几分生活的聪明，脑子一转，便联想到了自己身上。

如果父母还在这世上，定会宠她、爱她，希望她嫁个好男人，过好这一生。可家人的意外离世早就成为过去，她独自存活已经成为现实，她不该这般每日混混沌沌地混日子，而是应该想想自己来这世界走一遭究竟想活成什么样子。

目前的生活似乎在向一个还不错的方向发展。

政府给了房子住，申哥帮她物色了新工作，她也认识了好些不错的新同事和新朋友，还有……她朝着毛力申的方向顿了顿，有些羞涩地想着：还有了喜欢的人。

"小乔有点呆板，她可不太好劝，不过我会按照你的意思试一试。"边小槐心情变好，连胆子都大了起来，竟然当着毛力申的面开起了玩笑，"反正你就是我的光，我就向着你走呗。"

毛力申倒不在意她的玩笑，他追她出来，就是见她三番五次地提到这个小乔，怕她钻了牛角尖，跟小乔一样为了可能没有结果的事情浪费时间。眼下见她似乎真听进了劝，也算松了口气。

功成身退，该说的都说完了，他得回单位忙了。

"站台到了，你就在这儿等公交车，你要是回家就坐73路，要是去工厂就坐142路，搭车你自己能行吗？"

"能行！"边小槐愉悦地表示，"虽然我看不见，但是我还有耳朵和嘴啊，能听也能问，搭个车而已，丢不了。"

"那好，你自己小心，局里事多，我就不陪你等了。"

毛力申转身欲走，却被边小槐慌张地叫住。

"等等，申哥！"

"嗯？"

边小槐紧紧捏着那个一直都没送出去的好运珠，纠结着要怎么送给他才合适，脑子里天人交战了一番，她还是有些屄，没敢把这个金珠子递出去，生怕落得一个同海蟹一样被嫌弃的下场。

"没事，我就是想问，你最近有没有时间……"她吞吞吐吐。

"局里挺忙的，不过时间挤挤嘛，总还是有的。"毛力申以为边小槐还有什么困难，爽快地表示有时间，"怎么了？"

"那个，谢谢你帮我找工作，我想请你看电影。"话都到了嘴边，边小槐还是拐了个弯，没好意思把好运珠送出去，却鬼使神差地说出想请他看电影的胡话来。

要死，被人拒绝了得有多尴尬啊？

他一定会拒绝吧！

没想到毛力申爽朗地应了："行，不过要看电影也该我请你，哪有看电影让女孩子请客的道理。"

"嗯！"边小槐脸上一下子就笑出了花来，"那说好了，你可不许骗我。"

隔日，环球影城的售票小姐见到高大帅气的毛力申又来看电影就格外热情，等毛力申刚选完片，就轻车熟路地帮他打了折扣并选上了套餐："先生，两张票打折后九十八块钱，要配什么零食？双人情侣套餐？"

果然毛力申没有异议，接受了这个安排。

在这里工作这么久了，几乎每隔一小段时间，她就会见到这位鹤立鸡群的男人一次，每一次都是带不同的姑娘来看电影，每一次都是点双人情侣套餐。

只是今天带的这姑娘，跟往常那些精心打扮过的不太一样，出来约会素面朝天不说，似乎眼神还不太好。

售票小姐递出票和爆米花的时候，好奇地打量了边小槐一眼，那黯淡无光的眼睛就像是生硬地凑上去的，说不上来哪里不对劲。

直到边小槐利索地掏出细竹竿，跟在毛力申身后，边敲边走，售票小姐才恍然大悟——这么漂亮的姑娘竟然是个盲人？

对毛力申来说，看电影就跟出任务一样。

被他妈赶着相亲那么多次，基本上不是约吃饭就是约看电影，他经常自嘲，这一年下来，上映的爱情片他全都看了个遍。

但这一次约边小槐来看电影却和往常那些相亲任务完全不同。

电影院里台阶多，毛力申本想牵她走方便一些，又想起她似乎对肢体接触特别敏感，每一回都是面红耳赤百般不自在，便打消了念头，小心翼翼地护在她身边，及时提醒她注意脚下安全，可边小槐还是不小心踏空了一步。

毛力申急急去扶她，又不慎将爆米花打翻在地。

唔，果然还是应该牵着走……毛力申如此想着，顺手就将她柔软的手扣进了自己手掌里。

温热的体温顺着手心澎湃地袭向了少女的心。她心怦怦跳个不停，竟然呆呆站在那里不知所措了。

"喂，前面的走不走啊？不走就让一让啊！"影片还未放映，黑漆漆的影厅里只有微弱的台阶提示灯，跟着进来的观众不知前面发生了什么，很是不耐烦地催促着。

边小槐惊慌失措地侧了侧身子给人让路。

可狭仄的过道又哪里让得出空间？她这一让，就直接撞进了毛力申的怀里，那种久违的熟悉气息又将她再次包裹，仿佛在她身边展开一个结界，将她护在了怀里。

脸红。心跳。

呼吸都快停止了……

毛力申的情况也好不到哪里去，牵过她这么多回，偏偏这回有种说不出的感觉，怀里的柔软就像是烫人的火炉，烫得他浑身都不自在。

好在很快后面的观众就都过去了。

毛力申低声咳了一声，示意边小槐可以走了，边小槐才稍稍回过点神，脚却不知该向哪个方向迈步了。

盲人果然生活不便……毛力申感慨着，纵使百般不自在，也还是紧紧将她护在怀里，直到护着她找到了座位，才松了一口气。

边小槐更是浑浑噩噩，都不知道自己究竟是怎么坐下来的。

"时间还早，我再去买份爆米花。"

"别……"不等毛力申起身，边小槐就紧张地拉住了他，本能地冒了句，"我怕。"

毛力申觉得又好气又好笑，伸手去揉了揉她的小脑袋瓜："电影院有什么好怕的？我马上就回来啊。"

没有零食提神，万一是个一般的片，他肯定要打瞌睡。

边小槐被他这一揉，顿时一点脾气都没有了，委屈巴巴地把手缩了回去，不开心地鼓着嘴，就像一只胆小的小白鼠，困在笼子里不敢动弹又不敢吱声。

可惜周围太过黑暗，毛力申很难感受到她的不安与恐惧。

若是没有享受过怀抱的温暖，自然不会害怕孤单。

可偏偏从习惯孤单中又生出了一丝期待的幼芽，被雨水稍稍滋润过便一发不可收拾，疯狂地仰头渴望着……

毛力申短暂地离开了几分钟。

就这一小会儿的工夫，边小槐坐立难安，胡思乱想了一大通，甚至怀疑毛力申会半路被同事叫回去办案，留自己一个人看完电影……

好在毛力申真的马上就回来了。

感受到身边那个座位重重往下一沉，那熟悉的气息再次弥漫在她的周围，边小槐才心定了，安稳下来。

"吃吧，买了新的。"

爆米花的香味扑面而来，边小槐小心翼翼地顺着那香味伸手去拿了一颗小小的爆米花，塞入嘴中，满嘴香甜，她的嘴角不知不觉勾起一点满足的微笑。

大屏幕突然亮了，熟悉的音乐响起，提醒着观众们：爱情电影就要开始了。

择偶标准

边小槐从来都没有吃过爆米花，过去这种散发着淡淡甜香味的东西就像是她身边的一对对小情侣。爱情很甜蜜，但是与她无关。

原来爱情是这种味道。

边小槐细细品味着，不知不觉又伸手去拿。

黑暗中，两只手不小心触碰到了一起，温热在指尖传递。边小槐像是触电一般火速将手缩了回来，可刚刚缩回来她便后悔了——缩什么缩啊？她在逃避什么啊？明明就是喜欢啊……

当边小槐鼓起勇气再次把手指伸向爆米花的时候，就没那么好运，没能再碰上毛力申的手了。

她有些懊恼地把爆米花塞进嘴巴，不甘心地又把手伸了过去。

一次，两次，三次……

毛力申有些奇怪地看着身旁快速减少的爆米花，心想爆米花有这么好吃吗？

大屏幕上的光映射在边小槐的脸上，将她的脸庞衬托得格外柔和，白皙又光滑的脸就像是刚刚雕琢出的石膏像，让人忍不住想伸手去爱抚一番。

他动了动喉结，将脑子里的奇怪念头给压了下去。

他妈说的对，单身久了会出毛病……

毛力申低咳一声，重新换了个尽量远离边小槐的姿势坐着，心思却根本不在大屏幕上，眼睛老忍不住往边小槐身上瞟，看她像土拨鼠一样把爆米花一颗一颗消灭掉，竟觉得有些说不上来的可爱，琢磨着看完出去的时候，再给她买一盒爆米花？

他看电影，爆米花就是个打发无聊的玩意，毛力申见边小槐那么爱吃，便好心没再跟她抢，让她一个人吃个够。

可怜的边小槐，直到把爆米花吃见底了，也没能再碰上毛力申的手。

饮料恰到好处地递了过来。

"不渴吗？"毛力申觉得好笑，看这么多次电影，他从来没见过谁能一口气把大份的爆米花吃光还不带喝水的。

"渴……"边小槐委屈巴巴地吸了一大口可乐。

鬼知道她有多渴，真是要死，吃了那么多爆米花，都没能再跟毛力申"亲密接触"一下，早知道就不吃那么快了，肚子都快撑破了。

她咬着吸管，独自懊恼着，不知不觉就吸了小半瓶可乐。

边小槐一脸悻悻的模样全然落入毛力申的眼中，坦率又可爱，相亲见过那么多女人，就没遇过她这样能汇集两种完全矛盾的特征于一身的——聪明的时候特别机警，呆萌起来也是一脸的天然呆。

等等，他为什么要把边小槐和相亲认识的女人放在一起比较？

他揉了揉太阳穴，再次唏嘘不已：果然单身久了会出毛病。

边小槐怎么都没想到，看一场电影而已，自己能搞出那么多的状况。方才吃多了爆米花口渴，就多喝了几口可乐，当时没觉得异样，结果尿急的时候坐立难安了。

这要怎么跟他讲啊……

她憋红了脸，愣是没好意思开口出去上厕所。

人有三急憋不得，边小槐憋了又憋，最终还是没能抵住小腹的胀痛，小声在毛力申耳边支支吾吾："我想上厕所。"

电影里刚好一阵雷鸣电闪，轰隆隆的音效遮过了少女的诉求。

"你说什么？"毛力申被那惊雷炸得耳朵疼。

"我想上厕所。"稍微提高了点音量，重复完这句话，边小槐好想原地挖个坑把自己给埋了。

完了，完了，她的形象在他面前都毁没了吧？她可没有勇气再说一遍了。

好在毛力申这回总算是听清了。

他理解为边小槐希望他能陪她去上厕所，理所当然地起了身，顺其自然地伸手去扶边小槐。

边小槐完全没料到毛力申会陪自己。她的初衷，只是让毛力申起个身，让下路……

边小槐面红耳赤地被毛力申扶到了洗手间外，小心翼翼地把碍事的随身小包交给毛力申，猫着腰钻进了女洗手间里。

毛力申独自一人在门外等着。

这会儿各个放映厅都在放映中，洗手间里没几个人，显得格外空荡冷清。

毛力申百无聊赖地抖起脚来，鞋子敲击地砖的声音引起了身旁另一男人的注意，那人看了一眼毛力申娴熟拎包的模样，很是自来熟地搭讪了起来："你也是陪女朋友上厕所啊？"

"啊？"毛力申始料未及，懒得跟陌生人解释什么，点头敷衍了一下，"嗯。"

"我也是。"男人晃了晃自己手里的女包，表示同病相怜，然后热络地同毛力申吐槽，"女人就是麻烦，上个厕所还得人陪。"

"其实……还好。"

毛力申不觉得边小槐麻烦，与他相处过的那些女人相比，边小槐已经算是很懂事的了。

她那个要强的性子，很少对他提什么要求。

倒是他每次看到她弱不禁风的小身板，就忍不住想帮她一把。

正有一搭没一搭地瞎聊着，突然那男人冲他努努嘴："你女朋友出来了。"

毛力申迎头一看，刚好对上边小槐那张羸弱又倔强的小脸。

曾经有热心的媒人问询毛力申找老婆到底是个什么标准，怎么相了那么多姑娘，就没一个相中的。

毛力申的回答是："聪明，包容，理解，警嫂不好当的。"

他们做警察的风里来雨里去，顾了大家难顾小家，不是他找对象挑剔，是他想找个真正支持他工作的对象。队里有个警察叫王弋，拳脚功夫不错，上级有什么危险行动都喜欢调他去支援，他家老人一个瘫痪一个痴呆，他老婆是个全职主妇，在家又要带娃又要照顾老人，在他身后真的付出了很多。

要单单说样貌性格，边小槐还真挺合他的眼缘，只不过真要是发展成男女朋友关系，只怕他没办法时时刻刻都照顾她周全，说不定会让她伤心……

毛力申轻咳了一声，提醒她自己就在附近，然后才迎了上去，扶她的手臂，体贴入微地帮她打开水龙头，替她涂上洗手液，像照顾小孩子一样陪她洗完了手。

"你男朋友对你可真好！"身后的男人无限感慨。

等他看清转过身来的边小槐双眼无光，连走路都要靠竹竿探路之后，才明白为何毛力申对她如此照顾，抱歉地冲他们笑笑。

"他不是我的……"边小槐不知谁在跟自己说话，尴尬地张口想要撇清关系，解释的话才说到一半，就被毛力申故意打断了。

"我们先进场了，回见。"毛力申言简意赅，客气又疏远。

边小槐一脸茫然地被他带回了放映厅里，直到这场电影放完，她都没想明白为何旁人误会他们是男女朋友的时候，毛力申不仅不解释，还不让她解释。

这是要默认恋爱关系的意思吗？

边小槐特别容易胡思乱想，她一想多就心思重，电影的后半段究竟在讲些什么完全没听到心里去。

待到电影放完退场，她举棋不定地壮着胆子向毛力申求证："刚才在洗手间，我说你不是我男朋友，你为什么不让我解释呢？"

"没人教你少和陌生人说话？"

"啊？"

"你一个女孩子，看起来又这么好欺负，很容易被坏人惦记上。别人说什么你都要解释，不傻吗？"

"就这个原因吗？"边小槐有些失落。

"不然呢？"

"没什么，你说的对……"

毛力申的话她还真挑不出毛病，边小槐暗自懊恼自己又自作多情了。也是，向陌生人暴露太多信息，万一被坏人惦记上怎么办？警惕一点也没错。

虽然她是有点小小的不开心——毛力申对她并没有她以为的那

个意思，可她又有一点小满足，能与喜欢的人一起看电影，吃爆米花，甚至还有了一些些的亲密接触，她知足了……

一想到自己撞进过毛力申的胸膛，边小槐就不自觉地嘴角微微上扬，连步伐都轻快起来。

"申哥，等你有时间的时候，我们再……"

边小槐好不容易鼓起勇气的邀约还没说到一半，手机铃声不合时宜地打断了她。

毛力申看了一眼来电显示，是姜飞，眉头立刻一皱——这个点打电话过来多半是局里出了什么急事。

他示意边小槐安静，立刻接通了电话。

"毛队，你电影看完了吗？约会如何？"

"有事说事。"

"也没什么事，就是那个人脸识别对比结果已经出来了，你要过来看看吗？"

"我马上到！"

第四章

温 暖

温暖陪伴

毛力申带着边小槐回到公安局的时候已经是晚上十一点多了，局里除了几个值班的小伙子也没有旁人，毛力申直接带她入了机房。

"情况怎么样？"

"我用她们提供的照片在现有的身份信息库里做了人脸识别对比，查出面部特征相似度 50% 以上的人一百四十六人，75% 以上的有五人，毛队你来看看。"

姜飞伸了个懒腰，把座椅让给毛力申。

边小槐一脸兴奋："是不是说，小乔的弟弟就有可能是那五个人中的一个？"

"非也，非也，这只是长相的对比罢了，比较像的那五个人我刚刚都核查了一遍年龄和家庭背景信息，没有一个跟小乔的弟弟对得上号。"

"全都对不上吗？"边小槐瞬间失落，"那要怎么办？"

"有几种可能啊，一种就是人可能已经死了，你别那种表情，我只是说可能；另一种是长大后婴儿肥消了，五官长开后有些变样，所以匹配度不高；还有一种可能就是他后来遇到的家庭给他入户口时隐瞒了他的真实年龄等情况；最后一种可能是他根本不在现有的身份信息库里，以黑户的方式活着，比如流浪者、乞讨者之类的。我会再手动排查一遍相似度 50% 以上的那一百四十六人，这个工作量可不小，短时间内不可能出结果，你得再耐心等等。"

在身份信息库里做人脸识别对比是个耗时间的活，光是对比面部特征，姜飞就已经蹲在仪器面前捣鼓十来个小时了，他向毛力申诉苦道："毛队，为了查这个我晚饭都没吃，你不考虑考虑请我吃个消夜？深夜大排档的辣年糕特别好吃，等下咱们一起去吃吧！"

毛力申对他这种抓住一切机会要人请客的行为早就"免疫"了，只是淡淡地道了一声"辛苦了"，就掏出手机低头摆弄起来。

"毛队……"

"剩下的对比工作我来做，你累了一天，早点回去吧。"

"那家辣年糕真的很好吃的！"姜飞一脸渴望地看着毛力申。

"少吃一顿饿不死。"毛力申放下手机，认真地提醒他道，"过几天你就要去省特别行动小组报到了，这两天晨练别偷懒，练点肌肉出来，别让兄弟单位误会我们分局有弱兵，影响我们分局的形象。"

"毛队，你变了，你是不是把请我吃饭的钱都拿去请女孩子看电影了？"姜飞笑着说。

"知道还问？"

"重色轻友，我以前怎么就没看出来你是这样的人呢？"

"我劝你还是麻溜点回去。"

"没吃饱，麻溜不起来。"姜飞说。

"走晚了你可别后悔。要是你能在三十分钟内赶到家，应该差不多能吃上热乎的辣年糕。"毛力申晃了晃手机，示意自己方才已经给他点过外卖了，"晚了外卖小哥未必等你。"

"啊！毛队，我爱你！"

姜飞火速把最后几件私人物品塞进背包里，冲着毛力申飞了一吻，冲出门去。

边小槐忍不住"扑哧"一笑。

她还记得她第一次进公安局的时候，被毛力申吓得半死，从那以后就留下了"警察都好凶好可怕"的印象。相处久了，她才慢慢发现，其实他们也不是只有"凶"的一面，私下里也会互损，人都还挺有趣的。就连最爱板着脸教训人的毛力申，也有贴心柔情的一面。

待姜飞走后，毛力申给边小槐拉了把椅子，安顿她坐下。

"排查背景很耗时，你是在这儿等呢，还是回去等呢？"

"我在这儿陪你！"边小槐立马表明立场，"不管到几点都陪……"

她没有说"等"，而是说"陪"，一点小心思都藏在了话里，也不知道他听没听出来。

可惜毛力申并没有听出来——女孩子的心思他不会猜，一到局里，他犀利的眼神里只有眼前这一百多个身份背景迥异的人口资料。

他紧紧盯着屏幕上的一张张照片，左手持鼠标迅速地从联网信息库里调出每一张照片背后的身份信息，全神贯注地扫看每一个信息点，右手同时持笔工作，时不时在纸上记录这个人是可以排除还是待定，很快就进入了忘我的状态，几乎忽略了旁边还有个人在陪他。

偌大的机房里，只有点击鼠标与笔在纸上沙沙作响的声音。

边小槐不敢打扰他，安安静静地坐在那里，坐着坐着竟然有些瞌睡了……

要不是有下属敲门，边小槐差点就歪头睡着了。

"毛队，这是你叫的外卖吗？"下属看着机房里的一男一女，有些不好意思地举了举手里的白色餐盒袋，表示自己不是故意要打扰的。

"哦，对，是我叫的。"毛力申暂时放下手中的活，大步流星地走过去拿外卖。

他差点忘了这茬。

下属冲着毛力申笑笑，赶紧关门出去。

边小槐安安静静地听着。

先是解塑料袋的窸窸窣窣声，然后是餐盒被打开的声音，紧接着就闻到香味了，气味还有些冲，似乎辣椒粉放得还挺多？

"吃吧。"毛力申拆开一双一次性筷子，递到边小槐手里。

被那香气一勾，边小槐还真的有些饿了，本想客气一下，可她都看过毛力申请的电影了，再吃他一份外卖似乎也没什么好扭捏的。她听话地夹起一块不知道是什么的块状食物放入口中，咬了一口，惊喜道："是辣年糕？"

"嗯。好吃吗？"

"好吃！"边小槐将那块回味无穷的辣年糕吞咽下肚，很是好奇，"申哥你什么时候叫的外卖啊？"

明明他从头到尾都坐在屏幕前查资料啊……

"给姜飞下单的时候顺便多点了一份。"毛力申看她吃得津津有味——似乎这辣年糕挺合她口味，便满意地转过身去继续排查，"好吃就行，看来姜飞那小子没诓我。"

本想从电影院出来的时候再给她打包一份爆米花，姜飞的电话一打岔，他便忘了这茬。他估摸着边小槐晚饭没吃饱才会把爆米花吃个底朝天，便在替姜飞买消夜的时候给她也点了份。

"申哥，你也吃一块吧！"

"不用了，买给你吃的。"毛力申全神贯注地盯着屏幕，一动不动，"就算五分钟能扫完一个人的详细资料，初步看完这一百多号人也需要几个小时，我熬夜工作习惯了，是怕你饿罢了。"

边小槐这才意识到自己给人添了个多大的麻烦，很有些不好意思，捏着筷子在年糕上瞎戳戳。明明是她找他帮忙，他还这么替她着想，连夜宵都安排好了。

等等，刚刚毛力申说……

边小槐按他刚才说的粗算了一遍，要是排查这些人口资料需要几个小时，那岂不是要查到明天早上？

自己还许诺"不管到几点都陪"，现在夜已经深了，边小槐才发现，自己给自己挖了多大一个坑……

"毛队，我听说你昨晚搞了一宿啊！我去，孤男寡女，共处一室，你是不是对小槐她有意思啊……"姜飞一大早来单位晨练，听别的同事们提了一嗓子毛力申和边小槐的事，一进门就兴冲冲地跑进机房找毛力申。没想到边小槐还没回家，他将两人撞个正着，尴尬地赶紧捂嘴，"啊哈，咋都在呢？"

"你是听谁胡说八道？"

"我啥都没看见，你们继续，咳咳，都怪那个王弋，四肢发达，头脑简单，话也不说清楚。打扰了，打扰了。"

不等毛力申发难，姜飞就猫着腰，心虚地把机房门掩上，溜了。

边小槐脸红耳赤地把背上的制服给脱了下来，慢吞吞地折好放在办公桌上，在想要怎么告别才合适。

是什么时候睡着的，她有些想不起来，背上的制服又是什么时候被披上的，她更是一无所知……

是申哥给她披上的吧……是申哥的衣服吗？

无以言喻的甜悄悄地在她的心中蔓延。

"那个，申哥，我一直待在这里是不是影响不太好？要不我先回去等你的消息？"

"快排查完了。"

"啊？"边小槐蒙了，这是让她走还是让她留的意思？是让她留的意思吧！

她摸着桌边纠结地坐回座椅上，忐忑不安地等待着。

墙上的时钟在滴滴答答，也不知道等了多久，她才听到毛力申丢下手中的鼠标和笔，叹了一口气，转向她，无比严肃无比认真地说："排查比对我做完了，希望你在听这个结果之前，能做好心理准备。"

边小槐心中咯噔一下，大概也明白凶多吉少。

她深吸一口气，用力地点点头："我准备好了，你说吧。"

等送走边小槐，毛力申返回局里，找了一圈都没见到姜飞。

他略带不爽地问了同事一嗓子："姜飞呢？上班时间不在局里待着，溜到哪里去了？"

接白班的同事刚到单位不久，并不清楚清晨发生的事，见毛队问话，立刻回他："他找局长批了假，说是学习心切，想早点去省特别行动小组学习，提前请假走了。毛队。"

"做贼心虚。"阅历丰富的陆老六不用问就猜到发生了什么，乐呵呵地抿了一口茶，转过头去打趣毛力申，"毛队才是真的上进，听说毛队昨天又加了一宿的班？"

"陆老六，你都五十岁的人了，还跟他们年轻人一样爱八卦，不太合适吧？"毛力申被陆老六揶揄了一把，碍着年纪，只能拐弯抹角地提醒下。

偏偏陆老六对他的提醒听而不闻，一本正经地又抿了口茶："我这可不是八卦，是关心毛队啊！"

"我谢谢您哪。"

毛力申说不过他，转过身去准备收拾收拾东西回家补觉。

可偏偏他"放过"了陆老六，陆老六却不肯"放过"他，幽幽地在他身后暗示性满满地说了一句："小槐是个好姑娘，谁要是喜欢，我看还是趁早说，这姑娘心思有点重……"

毛力申咬牙切齿："陆老六，你真是太八卦了！"

情绪黑洞

小乔被遣返的那一天，只有边小槐来送别。

这个城市说小不小，小乔也在这个城市生活了好几年，到头来却发现自己除了边小槐这个朋友，一点存在过的痕迹都没留下。

明明都还没入秋，风却吹得很猛，边小槐想起毛力申的话，紧紧抱着在风中又一次哭成泪人的小乔，叮嘱她要对自己好一点。

对自己好一点吧，生而为人，总要有几天是为自己而活，总不能真的找一辈子弟弟吧？

小乔哭着说："我真羡慕你，不管到哪儿，都有人帮你。"

边小槐苦笑："我有什么可羡慕的？"

同是天涯沦落人，两个都挺惨的人有啥可比较的？就算比赢了也没什么值得高兴的。

她并没有把拜托毛力申帮忙找人的事告诉小乔，只是说自己走了邻居的关系，才知道她被关在这里，今日要被遣返。在不能确定小乔和琨哥还有没有联系之前，她不敢冒险让小乔知道自己与毛力申的关系。

小乔看着边小槐身边陪同前来，虽然一身警服但却神色温和的陆老六，想当然地把他当成了边小槐邻居的"朋友"，止不住地感激了又感激。

"姑娘。"许是年纪大了，风一吹，眼里就湿润，陆老六看着眼前有些傻气的小乔，幽幽地叹了口气，"人生有很多条路可以走的，回去后千万别再做那事了。再有苦衷，也别拿身体换钱，换得了一时，换不了一世，等你后悔的时候就来不及了。"

从风华正茂进警队，到头发花白快退休，陆老六亲手抓过的"小姐"多到数不清，有混迹此行毫不知廉耻的老油子，也有涉世未深被忽悠下水的傻姑娘，像小乔这样有苦倒不出的，他也不是头一回见。

小乔傻里傻气，被陆老六训得羞愧不止，一再保证自己知道错了绝不再犯，可也不知道是不是真长记性了。

湿润的眼眶被风吹得越来越难受，眼前的身影变得越来越模糊，直至和记忆中的轮廓渐渐重合……

陆老六闭上了有些昏花的双眼，用力甩了甩头，让自己清醒一些。

一把年纪了，陈年旧事又何必再想起？徒增伤感罢了。

许是看不惯生离死别，陆老六借口局里忙，提前走了，只留下边小槐一人送小乔。

当催促离别的车喇叭按起，纵使百般不舍，小乔也只能一步三回头地上了车。边小槐听着那汽车的轰鸣声，情不自禁，仅靠着耳朵分辨，向着汽车行驶的方向，拼命地跑了起来。

"珍重啊！"边小槐一边跑一边喊。

"你别追了，小心车，再见啊……"

小乔的声音从前方不断地传来，那声音渐行渐远，就像是一把永远不会回头的弓箭。

说"再见"，可未必就能再见，人生中的任何一次见面都有可能是最后一面。

永别的滋味边小槐尝得太多太多。

她不喜欢告别，那些在生命中给予过她温暖的人，似乎一个接一个全都离开了。可面对告别，她无能为力，连"眼睁睁"看人离去都无法办到，只能待人离去后，缩回自己的小窝里，像只受了伤的小猫一般孤独地舔舐着伤口。

连着很多天，边小槐都处于情绪低落的状态中，每天只在工厂和家之间机械地来回，哪也不愿意去，要不是毛力申给她打电话，她都快在自家屋子里闷发霉了。

毛力申只是通知她，经过更进一步的排查，警队并没有找到小乔被拐多年的弟弟，可他从边小槐低沉且沮丧的声音中听出了一丝不正常。

"你哭了？"

"没有……"边小槐有气无力地解释着，这会儿她正躺在床上，迷迷糊糊刚睡醒。

不知道是不是睡了太久，她只觉得头重脚轻，浑身上下都有点不太对劲，连握手机的力气都没有，索性摸索着按了免提键。

"真没有？有事要说，别闷在心里。"

"真没有。"肚子突然不合时宜地"咕咕"叫了两声，在静谧的环境里显得格外突兀，清清楚楚地通过免提传到了毛力申的听筒里。

认识也有段时间了，毛力申怎么会不清楚边小槐那个不喜欢给人惹麻烦的性子？

"没有就好。"毛力申斟酌一二，先不在电话里勉强她，"上次的人物信息，我又做了几遍详细排查，结果不太好，全都匹配不上。你们做好找不到小乔弟弟的心理准备，别太难过。"

"嗯。"

有个段子说得好，"人生不就是起起落落落落落落落落落落落吗？"

她早就习惯蹲在人生的谷底了，也没什么好难过的。

边小槐简短地回应完，两人就陷入了冷场的尴尬，听筒里只剩下了节奏不太均匀的浅浅呼吸声。

毛力申见边小槐兴致低落，随便说了两句后便挂了电话。

真挂了电话边小槐又有些后悔了——自己怕是有病吧？喜欢的人主动打来电话，她却这般冷漠，也是没谁了。

她似乎真的不懂控制自己的情绪，总是会因为一点点的小事就陷入情绪黑洞里出不来，那种绝望与迷茫总是深深地包围着她，别人拉都拉不动，只能靠她自己一点一点慢慢走出来。

好不容易毛力申才把她从一团糟的生活中拯救了出来，可她自己不争气，就因为一点小事又缩头乌龟一般缩回了过去那种糟糕透顶的情绪里，不愿意出来面对人。

她懊恼着，胡思乱想着，不知不觉又昏睡了过去。

也不知道睡了多久，直到门外一阵局促的敲门声响起，边小槐才再次从沉睡中醒了过来。

"谁啊？"

"是我，毛力申。"

他怎么来了？边小槐来不及细想就迷迷糊糊地从床上爬起来，摸去给毛力申开门。

门一打开，毛力申那熟悉的气息就一股脑儿顺着门缝钻了进来，扑了边小槐个满怀。边小槐怕热且不舍得开电扇，平日里在家总是不穿内衣，只罩一件薄款透气的 T 恤衫。以前李姐没少笑她是"看不见自己走光就格外大胆"，待她想起来自己没换衣服就来开门，两颊瞬间就滚烫烧了起来。她羞涩地把门又往回压了压，只留下一道不太大的细缝，躲在门后瓮声瓮气地问他："申哥，你怎么来了？"

"不放心你，就过来看看。"

毛力申的话音刚刚落下，边小槐就突然感受到一股男性气息在逼近，本能地绷紧了背，直直往后躲去。然而身后就是墙，躲无可躲，她吓得腿一软，靠着墙根毫无征兆地滑了下去。

再次醒过来的时候，边小槐也不知道自己是在哪里，房间有些冷，枕头有些硬，未知的恐惧感从她心底升起。她伸了伸有些酸麻的胳膊，发现还是能动的，便挣扎着想坐起来，不料却被立马按了回去。

"你别乱动，吊点滴呢！"

"我在哪儿？"

"你烧糊涂了吧？除了医院还能在哪儿？"按她的护士有些毒舌，"别乱动啊，正在给你换瓶，今晚你还有四瓶点滴。"

自己发烧了？

边小槐伸出舌头舔了舔唇，才发现嘴唇已经烧得如同久旱过后的大地一样，到处都是裂痕，舌头一碰便隐隐作痛，这才相信自己真的病倒了。

"谁送我来的？"

"还能有谁？你男朋友啊。"护士说，"那个穿制服的警察帅哥是你男朋友吧？"

果然是毛力申送自己来的，边小槐如是想着。刚要开口否认她和毛力申之间的关系，却突然想起来毛力申前些时日教育她要学会保护自己，没必要跟陌生人较真，便随口敷衍了一句："嗯。"

"果然是你男朋友，我就说你们肯定是男女朋友，她们非说不像，你们谈了挺久吧？对了，你身上那件衣服是他问我借的，吊完点滴记得还我啊。"

边小槐闻言摸了摸自己，果然身上多了件罩衫。

糟了，昨天她穿得那么薄，毛力申一定不该看见的全都看见了，所以才会找护士借件衣服给她披上遮羞。

羞耻感立刻就冲上了脑袋，让她有些无所适从。

边小槐羞涩的表现落在护士的眼里，约等于默认了她的问题。她又说了句："你男朋友我看着有点眼熟，他是二中队的吗？"

偏偏这会儿毛力申回来了，站在门口刚好一字不漏听全了，黑着脸敲了敲门，提醒护士道："护士小姐，你是在查户口吗？"

护士没想到身后有人，吓得一惊，立马闭紧了嘴，低着头闷声不吭地走出去了。

病房里陷入了沉默。

安静了好半天，边小槐才主动用讨好的语气向毛力申解释："我是听你的话，觉得没必要在不认识的人面前透露自己的真实信息，才骗她你是我男朋友的。你要是不高兴，下次我一定不这么说了……"

"你做得很好。"

毛力申倒不是因为这个在生气，他只是想到了别处，脑子暂时开了下小差而已。上次那个相亲对象也在这个医院工作，不知道刚才的护士问东问西会不会是……打住，自己又用刑侦思维去看待周围的人和事了，累不累啊？

他摇摇头，不再去想那些有的没的，转而把手中的食盒袋放在床头柜上，从中取出热乎乎、刚出锅的暖胃小粥，端到边小槐的面前。

香气顺着鼻孔勾进了边小槐的胃里，她鬼使神差地张开了嘴，模样乖巧地等着毛力申喂她。

毛力申瞅了一眼她那戳了好几个针眼才扎进针的手背，估摸着让她自己吃饭也不现实，当真挖了一勺粥，放到嘴边吹了几口才喂进边小槐的嘴里。

边小槐从来都没如此心满意足过。

她含着那口粥，嘴角的笑意怎么压都压不住，愣是含在嘴里好半天才依依不舍地吞了下去。

紧接着第二口粥也吹凉喂到了她的嘴边："是太烫了吗？"

"不不。"边小槐立刻心虚地解释，"是我嘴里没什么味，尝了半天才尝出来这好像就是一口白粥……"

"医院食堂只有白粥。"

"嗯。"

是比蜜还要甜的白粥！

边小槐吃得慢吞吞，想让这种难以置信的甜蜜多延续一会儿，哪怕只是一小会儿也好啊。她一小口、一小口慢慢品着，毛力申也不催，索性搬了个凳子坐在病床边耐心喂她。

还在警校的时候，毛力申救过一只受伤的小麻雀，每每到了喂食的时候，那只小家伙也是慢吞吞地一颗一颗在他的手掌心啄食。那种感觉就像是有电流从手心缓缓流过，让他特别心平气和。年轻小伙子性格未免都有些暴躁，警校的训练量又特别大，然而在那个冬季，是那只小雏鸟抚平了他所有的压力和火气。

到了社会上，虽然工作压力也很大，但他已经渐渐学会自我调节，去适应高强高压的工作节奏，不需要什么东西来治愈了。

眼前慢吞吞等他喂粥的边小槐，神奇地让他回味了那种久违的平静……

突然，边小槐停了下来，耳朵一动，空洞的双眼朝门外盯着，冲着毛力申问道："门外有人？"

毛力申猛一回头，门外一个鬼鬼祟祟的身影吓得立马躲闪到一旁。

"我出去看看。"毛力申放下了碗。

躲在外面偷看的是一个白衣护士，她就是毛力申前阵子的相亲对象，往他单位送海蟹的那个。她刚刚听这层的同事告知自己挺喜欢的那个男警察陪女朋友来吊点滴，觉得难以置信，完全没了工作的心思，慌慌张张就下来看看到底是什么情况。

当毛力申向她走来时，她整颗心都提到了嗓子眼。

不知所措的她撞上毛力申有些不悦的眼神，顿时连呼吸都变得困难，等毛力申掩上了病房的门，她才鼓起勇气小声地问他："里面那个，是你女朋友？"

"嗯。"

毛力申简简单单一个字，直接戳破了她最后一丝幻想，哭唧唧地抬手给了毛力申一耳光："骗子！"

有女朋友了还出来相亲，不是骗子是什么？

这一耳光打得很轻，与其说是愤怒，不如说是委屈。

毛力申懒得解释，他不排斥相亲，大家彼此聊得来才有往下走的可能性。可这个相亲对象不顾他的意愿，单方面纠缠不休，就有些烦人了。快刀斩乱麻，直接让她死了心也好。

许是不甘心，她啜泣了一会儿，又有些恨恨地仰头起来问他："你很喜欢她？"

"嗯。"

毛力申冷漠的态度让她又气又恨，她咬牙切齿了好半天，才哭哭啼啼地走了……

平等尊重

陪边小槐吊完点滴，回到家已经是凌晨三四点了，毛力申蹑手蹑脚地开了门进了屋，生怕吵醒他妈。他妈有些神经衰弱，向来睡不安稳，这毛病好些年了，他早出晚归没少被她抱怨。

果不其然，他洗个澡出来，就见他妈愁眉苦脸地站在房门口，甚是吓人。

"妈……"

"这都几点了，你今天不是不值夜班吗？怎么现在才回来？"

"有个朋友生病了，没人照顾。"

"你是医生还是警察啊？自己的事不上心，成天照顾这个照顾那个，我看你就是不想回家！"

"妈，你瞧你这话说的……"

"我看你就是成天瞎忙活！都奔三的人了，也没个对象，让你去相亲你还这个没感觉那个看不上，过两年你同学的娃都上小学了，你还这么混着，你心里真不急吗？"

"找对象也急不来啊，再说了，也不全是我看不上别人，我也经常是被嫌弃的那一方好吧。"毛力申一听他妈三两句话离不开找对象，立刻连哄带骗地把她往房间里送，"老妈你放心，找对象的事，我心里有数，明年一定把儿媳妇给你领回来，行吧？"

"你可别哄你老妈。"

"不哄你。"

"你这啥表情？有中意的人了？是上回相的那个护士吗？"

"好了好了，老妈你赶紧回房睡觉，天都要亮了，人家明天还要上班呢……"

毛力申平时在外头办案那是雷厉风行，说一不二，可一旦回到家里面对他妈，就秒变小绵羊，事事都尽量顺着他妈。他爸死得早，他妈拉扯他长大不容易，做儿子的能孝顺一些自然就孝顺一些。平日里他妈求人给介绍的那些相亲对象，他都会认真见一面，相处相处，免得他妈担心，只是缘分未到，一直都没遇到合适的。

有时候看别人成双成对的，也会有些羡慕。可只要案子一多，忙碌起来，这私人情感就又被他抛到了脑后……

耐心把他妈哄进屋睡觉之后，毛力申才吁了一口气。

其实他妈说的也并不是没有道理，再过几年他就三十岁了，也到了找对象结婚生孩子的年纪了……

这一宿折腾下来，没闭几个小时眼，毛力申就又起床上班了。

出乎意料的是，一贯喜欢掐着点来上班的姜飞竟然一大早就到了办公室，还很是勤劳地搞了一圈卫生。

"今天太阳打西边出来了？你个懒鬼怎么这么勤快？"毛力申看着一尘不染的办公桌，觉得有些难以置信，"你是不是在特别行动小组里犯了什么错，被扫地出门了？"

"去去去，我怎么可能犯错被罚？"姜飞不屑道，"这次暗网的案子能破，我可是立下了汗马功劳。"

"暗网的案子已经破了？"

"破了！"

"效率挺快啊……"

"嘿嘿，那是，不然怎么叫特别行动小组呢？老大，我跟你说，这特别行动小组里面可真卧虎藏龙，牛人多到你都不敢想。"说起这个姜飞一脸兴奋，"省公安厅的袁队亲自带队，上头派了技术大咖来支援，你猜我还见着了谁？当年那个轰动全国的推墙中学生你记得不？没想到这个计算机天才被破格招进清华了，这次的特别行动他也参加了。"

暗网这个案子不同于常规案件，属于网络信息犯罪，国内的网络安全防范做得比较好，在世界范围内都属于领先水平，几乎没有暗网生存的空间。这次通过北城一号的案子牵扯出的暗网，是在境外架设，专门从事跨国非法交易的暗网。

暗网涉及技术侦查的东西太多，省里便提走了相关卷宗，直接成立了特别行动小组来跟。

边小槐猜得没错，琨哥是骗色又骗钱。

暗网确实存在，但这个暗网根本就不买卖人口，而是给假币和虚拟货币提供地下交易平台。特别行动小组的计算机高手们夜以继日地技术追踪，很快就将这个藏在暗处的毒瘤网站连根拔起。暗网一破，拔了萝卜连着根，揪出了国内外一连串大大小小的造假贩假团伙，在国际上造成了很大的轰动。相传，币圈庞氏骗局的亚籍创始人也涉案在列，被公安部门纳入了跨国追捕的名单之中。

技术这一关破了之后，后续的追捕行动会有其他的行动小组跟进。姜飞就回宁泰市了。

他提起这些技术大咖就滔滔不绝，心头的那股热血仿佛全被勾起来了，要不是毛力申提醒他上班时间到了，他没准要拉着毛力申喋喋不休个一上午。

下班的时候，姜飞坐到毛力申的办公桌旁，又是挤眉又是弄眼："毛队，你上次说的那个火锅店，咱们今晚去吃，如何？"

"不行。"

"为什么？"

"这两天我有点私事，周末吧，周末我请客，大家把家属都带上。"

"私事？毛队你有什么私事啊？"姜飞一听"私事"两个字，浑身的八卦细胞都被激起来了，"莫非你背着我谈恋爱了？"

"我要是谈恋爱，用得着背着你吗？"

"毛队，你当真谈恋爱了？"姜飞知道毛力申那个性格绝不会多说，便好奇地转身问陆老六，"老大跟谁谈恋爱了？是跟边小槐吗？他们俩不会是一夜定情，真好上了吧？"

陆老六耸耸肩表示自己并不知情。

毛力申翻了姜飞一个白眼："懒得听你鬼扯，我还有事，先走一步。"

"别走啊，老大，说说呗，到底是谁啊？"姜飞又是拦又是堵，愣是没能成功阻挡毛力申开溜的脚步，只能不满地在他身后嘟哝着，"老大，那我们改约周末，周末带上嫂子一起吃火锅！"

连续吊了两天的点滴，边小槐这烧才彻底退了下去。

有毛力申陪她，生病也变得不难熬了。只是毛力申比较沉默寡言，也只是陪陪她而已。大多数时候，他都是带着一本书在她身边安静地看着，和不存在也没什么区别。边小槐问他看的是什么，他答她是《犯罪心理学》，她便不再好意思打扰他。细数下来，看似相处了两天，其实只有每天晚上喂粥的时候稍微亲近一些。

病好了，她倒是有些盼望着这病能再拖一拖了。

当她悻悻地想着下次也不知道什么时候才能再见时，毛力申就突然邀请她周末一起吃火锅。

"就我们两人吗？"边小槐惊喜不已。

"那倒不是，姜飞从省里回来了，大家聚聚，给他接个风。"

"这样啊……"

原来不是单独约她啊，不开心。不过，能跟大家一起吃火锅，听起来似乎也很不错哦。

一颗少女心随着他的话一会儿上一会儿下，上上下下最后抑制不住满腔的喜悦，破天荒得寸进尺地向他提出要求："那你来接我？"

这两天边小槐躺在病床上，总是病恹恹的没什么精神，这会儿终于又活泼灵动了起来，毛力申仿佛看到自己养的鸟儿又飞起来了。

他微微一笑，点头称好。

衡远路上的那家火锅店新店开张，生意兴隆。等毛力申载着边小槐赶到时，大家全员到齐，坐在喧闹的大厅里等他们很久了。

姜飞隔着玻璃窗，远远看到边小槐，就兴奋地冲着陆老六挤眼睛："看，我猜中了吧！"

陆老六笑而不语，也一副早就心中有数的模样。

付勤勤看他们两人狂打暗语，一头雾水："你们在说什么？"

姜飞嘿嘿一笑，卖着关子就是不肯说也就算了，还偏偏要打击付勤勤一下："付勤勤，你大哥我不在的这段时间，你咋就一点没进步呢？连我们在说什么都推断不出来，这眼力见，以后怎么当刑警啊？"

付勤勤听完气得在桌下踩他的脚："我可没哥，你要点脸！"

偏偏那姜飞早就猜到她要动手，动作敏捷地闪身让了出去，让她连连踩空，甚是得意。

"老大，嫂子！"跳起来的姜飞冲着刚刚跨入火锅店大门的毛力申和边小槐卖力地挥了挥手。

店里这会儿刚好人声鼎沸，付勤勤没听清他在喊什么，一头雾水地问他："你刚才叫小槐什么？"

陆老六倒是听清了，冲着姜飞使了个眼色，提醒他别瞎喊，嘴上把点门，别搅黄了毛队的好事。

姜飞赶紧补救："你听错了，我是叫老大再点些饺子。"

付勤勤白了他一眼："就你事多，刚才点菜的时候不点上，这会儿又要吃饺子……"

大家正聊得热闹呢，毛力申领着边小槐就过来了。

队里多半都是年轻的单身汉，陆老六怕他们胡说让边小槐不自在，便主动开腔向另外几位没见过边小槐的女家属介绍："这位姑娘是边小槐，别看她年轻，她可厉害着呢，这回姜飞跟着省队破掉的大案子，就是她提供的线报。"

边小槐头一回听人这般夸她，有些不好意思地低下了头。

"老六你不说我还寻思着这是毛队的女朋友呢，失敬失敬，原来是大功臣啊，巾帼不让须眉，现在像小槐姑娘这样正直又勇敢的女孩子可不多了。"旁边一位随老公同来的家属这一夸，边小槐更不好意思了，连手都不知道往哪放才合适，半个身子悄咪咪地往毛力申身后躲。

毛力申的女朋友她倒是想当，只是……

当她走神的时候，毛力申已经拉开了座椅扶她坐下了。一贯喜欢凑热闹的姜飞也是手脚勤快地给她布好了碗筷，顺着递过来的话头就开始说。他难得有机会参与这种轰动全国的重大案件，趁着大家都在，眉飞色舞地把特别行动小组破获暗网一案的惊险过程向大家大说特说。

姜飞素来说话有些夸张，付勤勤又是个较真的人，但凡姜飞的话里有什么纰漏之处，她就逮着刨根问底，一定要搞清楚到底是怎么回事。一整个晚上，就听他们两个在那叽里呱啦争个面红耳赤。

边小槐完全听不懂姜飞口中那些深奥的计算机术语，只能低头默默吃菜。

毛力申就坐她旁边，怕她不方便，不管是什么菜下锅，都一定会捞一份放在她的碗里。他照顾得如此娴熟，少不了引得其他家属夸他体贴。

队里的人个个爽朗直率，聚餐少不了要喝几杯助助兴，这酒倒到了边小槐面前，毛力申自然而然地替她挡了。

"老大，你这人真专制，小槐都没说自己不喝，你就自作主张替她拦了，男女相处要平等尊重你懂不懂？万一人家小槐想喝呢？"姜飞一杯烈酒下肚，胆量猛增，直接端了酒瓶过来劝酒，还不忘趁机奚落毛力申一番。

"就是啊！"

明明是护着边小槐的行为，被姜飞这么形容一番，倒成专制了，毛力申摇摇头，真是拿他没办法，只能转头象征性地问了边小槐一嗓子："你想喝吗？"

还没等边小槐回答呢，姜飞就把酒倒上了："就给小槐喝点红酒，醉不了。俗话说得好，酒壮尿人胆。小槐我教你一招，你要是喜欢谁又不好意思说出来，就喝点酒再告白，这叫酒后吐真言。成了你就借酒趁机亲他，失败了也别不好意思，第二天就说是酒喝多了说胡话。"

他招还没传授完呢，付勤勤就在一旁拆他台："尿人果然就只会教尿招。"

姜飞警惕地回望付勤勤："你说谁呢？"

付勤勤自酌一杯自言自语："谁尿谁对号入座了就是说谁呗……"

毛力申头疼地看着队里这两个活宝，等着边小槐说"不喝"。

没想到边小槐小心翼翼地抬了抬头，像是有些害怕，又有些好奇，斟酌了好半天，才用试探的语气询问毛力申，像是想得到他的允许："我还没喝过红酒，我可以尝尝吗？就尝一点点……"

借酒壮胆

边小槐当真没喝过酒。

那酸中带点苦涩的暗红色液体滚进她的喉咙里时，差点没把她呛吐。

"你没事吧？"毛力申眉头一皱，连忙替她拍背。

"没事没事，我就是……不太适应这个味道。"其实也没什么，边小槐咳了几下就没事了。那股酸苦味冲过去之后，舌根上慢慢回味出一点甜来，反倒勾着她再尝一口，"我再试试。"

"不能喝就别勉强。"

"嗯……"

她小心翼翼地又抿了一小口，这一回才稍稍体验到个中奥妙。

初入口是苦的，是酸的，有点像初春时节连绵不绝的细雨，惹人心烦，再往后嘴里又麻又甜，像终于熬过寒冬盼来春光的花骨朵，悄悄吐出了芬芳。

难怪世人都爱借酒浇愁。

这喝的哪是酒啊，分明就是喝的人生。不经历一番，你也不知道哪段是苦的，哪段是甜的。

边小槐胡思乱想着，不知不觉中又抿了几小口。

大家见她能喝，便都纷纷敬她酒，她也不太懂这喝酒的门道，有人敬她便喝，不消一会儿便把一杯红酒喝见底了。

一种说不上来的燥热浮了上来，边小槐扇着手，想把脸上那两团红晕给扇下去。

这一回换了付勤勤来替她倒酒。

"小槐，他们都说你喜欢毛队，真的假的？"冷不丁，正在倒酒的付勤勤冒出了一个直白到不能更直白的问题来，吓得大伙全放下了手里的酒，也不聊天了，纷纷扭头看向了这边。

毛力申也似笑非笑地看着她，任谁也看不出来他是个什么态度。

边小槐愣住了。这叫她怎么回答啊？

刚刚姜飞酒喝多了，在付勤勤耳边提了一嗓子八卦，说小槐八成要跟毛队好上了，他哪知道付勤勤会这么直截了当地过来问当事人了啊。

姜飞惊出了一身冷汗，立马过来捂付勤勤的嘴："又不是断案，你问这么直接，神经病……"

"怎么就不能直接问了？喜欢一个人又不丢人。"

喜欢一个人是不丢人，但边小槐还没准备好把自己的情感暴露在那么多人的面前，更何况，她也不确定自己的喜欢会不会给毛力申带来困扰。

她思想挣扎了一番，慢吞吞地回答了付勤勤的问题："可能不是你说的那种喜欢，只是觉得毛队很厉害，人很好，想跟他做朋友的那种喜欢。"

"只是想跟他做朋友的那种喜欢？"付勤勤不依不饶，追问到底。

"嗯。"

边小槐没有胆识承认自己对毛力申其实是"想做男女朋友的喜欢"，好在饮酒染上的酒晕遮住了她脸上的不自在，谁也发现不了她提到"喜欢"两个字时那种少女含羞的媚态。

"那我就放心了。"付勤勤松了口气。

"你放什么心啊？"姜飞心中突然有种不好的预感，直觉告诉他，付勤勤要搞事。

果不其然，付勤勤问完了边小槐，突然转过头去，直直地看着毛力申，深吸一口，更加直截了当道："既然小槐不喜欢毛队，那我也不算是夺人所爱了。毛队，我喜欢你很久了，反正你也一直在相亲，不如考虑考虑我。竞争上岗也行啊！"

陆老六一口茶直接喷了出来。

大家更是看蒙了——今晚这是个什么情况啊？月老乱点鸳鸯谱了？

姜飞再次伸手去捂付勤勤的嘴巴："你喝多了。"

付勤勤正色："我没喝多，我是认真的。"

眼见着事情朝着不可预料的方向发展了下去，毛力申说："拿自己的领导开玩笑，像什么样子？"

付勤勤挨了批，有些泄气，可还是心有不甘："你说的，做人要坦荡荡啊。"

"是让你这么个坦荡法吗？"

眼瞅着毛力申有些生气，边小槐有些迷茫，付勤勤有些郁闷，陆老六赶紧给姜飞使眼色，让他拦着付勤勤一点，别搞得大家都下不来台。

"她喝多了就喜欢胡说，别理她，她上回喝多了还说喜欢我呢。"姜飞赔着笑，连拖带拽地把付勤勤拉回自己的座椅上。

付勤勤告白失败，正难受着，被他这么一搅和，差点没绕过弯来，好半天才想起来质问姜飞："我什么时候喝多了说喜欢你？"

"就上回啊……"

"哪回啊？"

"你很薄情啊，自己说过的话都不记得。"

"你别回避问题，时间、地点，到底是哪回你给我交代清楚，在我面前说谎你自己掂量掂量后果。"

"我就不说，急死你，有本事你把我抓起来啊。"

两个年轻人一旦斗起嘴来，尴尬就消散得快，一阵插科打诨，仿佛刚才就真的只是一场玩笑，很快便被大家抛在脑后了。该吃饭的吃饭，该喝酒的喝酒，桌子上又恢复了方才热闹轻松的气氛，只是边小槐有些心事重重，还真有点需要借酒浇愁了。

毛力申看边小槐是自己想喝，便也没太拦着。只是眼看边小槐喝下去的酒越来越多，毛力申的眉也皱得越来越厉害——她竟然这么能喝？

也不知道是谁先打开了话匣子，好奇边小槐的身世，还有她一个人又看不见要怎么生活。

毛力申见大家都喝多了酒，怕他们平日里盘问人惯了，会触到边小槐不愿意回忆的伤心事，连忙叫了服务生买单。

当他刷完卡，往回走时，看到边小槐伏在王弋老婆的肩膀上似乎是在哭泣。吃到了这个点，火锅店里已经只剩寥寥几桌客人了，边小槐有些隐忍的哭腔，便格外引人注意。

其实边小槐没哭，眼泪在她的眼眶里打了个滚，又被她强行憋了回去。她并不喜欢哭，因为生活既不同情弱者，也不相信眼泪。

"小时候出车祸，爸妈都没抢救过来，就我命大没死掉，只瞎了一双眼。一个人活下去不难，难的是在偏见里活下去。我小时候饿慌了去讨饭，别人会骂我，想和别的小朋友玩，别人家长会说'不要跟脏兮兮的小瞎子玩'。我成年了，捡瓶子自食其力总可以吧？可我翻废品的时候被当成小偷抓了好几回。有时候我就在想，谁都可以骂我，谁都可以打我，我还当什么好人啊，我就真偷东西呗……"说到这里，她顿了一顿，像是突然停歇的暴风雨，那狂躁的风慢慢温柔了起来，"其实我挺感激申哥的，要不是遇见他，我也不知道我会变成一个什么样的人。我从来都没有想过，有一天我也可以过上每个月按时领薪水的日子，不用担心下一顿没着落，甚至还有朋友喊我吃火锅，喝红酒……那什么，红酒真好喝……"

毛力申静静停在那里看着她的背影。

他知道她坚强，知道她不容易，却不知道她有那么多的委屈。

这个世界，有人生来就是"简单模式"，有人生来却是"困难模式"，投到了"困难模式"也不是人的错，可这生活的苦却只能由自己来熬。

以前他妈也没少在他面前抱怨，孤儿寡母的日子有多难，拉扯他长大受了多少的苦。看不见的姑娘，日子肯定比四肢健全的人更难过吧。可认识这么久了，他还是头一次见她哭，见她抱怨生活对她不公平。就算她抱怨了，到最后也还是笑着说"红酒真好喝"……

他想拥她入怀，告诉她余生有他，别怕。

酒桌散席，姜飞拖着酩酊大醉的付勤勤上了出租车，带了家属的都成对回家了，万年老光棍陆老六没喝酒，一个人晃晃悠悠地骑着自行车往回走，只剩下了有些微醺的毛力申和看不出来醉没醉的边小槐。

"你还好吧？能走吗？"

"还好。"边小槐乐呵呵地冲着毛力申的方向点点头，点完又觉得动作太猛，头有点晕。

"那就走回去吧，散散酒气。"

"好呀！"

边小槐晕乎乎地正要往前迈步，冷不丁一只温暖的大手就伸了过来，将她麻秆般的小细手包在了掌中。

"牵你走吧，喝了酒的，小心点车。"

"嗯啊！"

"没想到你酒量可以啊，第一次喝酒，就能喝这么多。"

"嘿嘿……"

毛力申发现，不管问她什么话，她都是傻乎乎的表情，口齿不清地嘟囔出两个字打发他。可能酒喝得有点多，上头了。

算了，不说话了，多半她也没听进去他在说什么。

两人就这样牵着手，慢慢沿着街边走，高的在前，矮的在后，矮的那个努力地走着直线，用力过猛的样子仿佛刚刚学会走路的小

138

鸭子，看起来有些滑稽，也有些可爱。

走着走着，突然边小槐停了下来。

毛力申跟着停下来，回头问她："怎么了？不舒服吗？"

边小槐委屈巴巴地撇了撇嘴："你怎么都不跟我说话了？是不是不喜欢我了？"

毛力申愣住了——什么情况？莫非醉了？

他比画出三根手指在她面前晃了晃，准备问问她"这是几"，试探看看她到底醉没醉，可比画完了才想起来她根本就看不见。

他觉得又好气又好笑："我什么时候说我喜欢你了？"

这个问题把边小槐问住了……

她歪着脑袋想了想：对喔，好像是没有说过。

她口齿不清地认真纠正道："错了，错了，是我喜欢你。"

毛力申差点没笑出声来。

果然是醉了。看来下次不能由着她喝了，不，是没有下次了。

正想着以后一定要控制边小槐饮酒，冷不丁边小槐就顺着他的手拉扯上了他的手臂，像小孩子一样摇晃着胳膊，露出了一丝鲜有的娇嗲姿态："你都不知道，我也喜欢你好久好久了。"

"是吗？"反正她也看不见，毛力申索性任嘴角上扬。

为什么要说"也喜欢你好久好久了"呢？这小姑娘，莫非是受了付勤勤的刺激，不高兴别的女人在她面前向他告白？

难怪晚上吃饭的时候，她情绪有点怪怪的，像是有什么心事……

付勤勤酒后告白，他拒绝得相当利落干脆，甚至可以说是有些严厉过头了，可面对边小槐的酒后告白，他就温柔了许多，连他自己都没察觉到，回话的语气有些喜悦。

"喜欢很久了，怎么一直都没告诉我？"

"不敢说，怕你凶我……"说到这里，边小槐讪讪地噘起了小嘴。那副模样，活脱脱就像是熟了的樱桃，让人垂涎欲滴，看了忍不住想去采摘。

她凑得越近，毛力申越是告诉自己要冷静。

她醉了，他可没醉。

毛力申压了半天，才把心头那股子无名的冲动给压下去，明明知道对方只是在说醉话，却还是忍不住刨根问底："那怎么现在敢说了？"

边小槐歪着脑袋想了半天，突然嘿嘿一笑："酒壮尿人胆！"

"噗……"

这回毛力申没忍住，直接笑出声了。

姜飞那小子说的话她也信，还真是酒壮尿人胆！

月光静静地洒在边小槐的脸上，毛力申可以清清楚楚地看到她小巧的鼻翼，随着因为醉酒而有些急促的呼吸张开闭合，又张开又闭合，他甚至可以感受到她此刻的心跳有多激烈。

"申哥。"边小槐突然唤他，声音有些颤抖。

"嗯？"

"我可以摸摸你吗？"

笑意逐渐凝固在了毛力申的脸上，他绷了很久的那根弦，在她面前，毫无防备地断了。

秘密线人

"你知道你在说什么吗？"

喉结动了动，热血本能地往上蹿，毛力申只觉得浑身上下都快被这醉酒的小姑娘给点燃了。

偏偏那始作俑者毫无察觉，一脸天真无邪。

她委屈巴巴地嘀咕着："他们都说你长得帅，可我连你长什么样都不知道，眼睛大吗？鼻子挺吗？嘴唇厚吗？看不见，摸摸也是好的……"

她说得毛力申心里酸酸的，心疼无比，真想把她搂进怀里好好疼一疼。

一双小手被轻轻地抓到了脸上。

"那你摸摸这算大的还是算小的？"

边小槐听了他的话，激动不已，指尖沿着他面部的轮廓，轻微地颤抖了起来，从那线条硬朗的下巴摸索上了柔软的嘴唇，又从嘴唇探索上了高挺的鼻梁，最后踮着脚尖摸上眼睛、眉毛、额头……

"真好看，他们没骗我。"边小槐呢喃自语着。

毛力申身材高大魁梧，五官线条硬朗，没少被人夸帅气。他本人倒是对这些夸赞不甚在意，有时候还觉得长得帅是种负担，在便衣追踪的时候太过显眼容易被察觉。可边小槐的夸赞却让他打心眼里高兴，即使知道她看不见，只是摸着脸庞在心里描画出了一副他的模样，那也足够让他欢喜了。

只可惜，他欣赏得到她的美，她却看不见他的脸。

毛力申安静地任她摆布着。她的呼吸，越靠越近，近到毛力申都快压不住心头的燥火了……

突然，边小槐脚力不稳，歪了下去。

毛力申慌张地弯下腰，将她一捞，把她扶稳了，她才又踮着脚尖重新凑近了他的脸。

她只是踮脚太久，脚趾麻了，又醉了酒，才会突然身体不稳。

等她仰着脸再次摸上来时，她发现自己似乎与毛力申四目相对，挨得挺近。

在电影院的时候，哪怕只是躲在他怀里给人让路，都让她百般不自在，不敢动弹。这会儿酒壮尿人胆，她胆子果真是说大就大了起来。

她抬手又摸了摸。

果然很近……

原本需要踮着脚才能勉强够着的眉毛，抬点手就能摸到了，近到她能明显感受到他的呼吸，就在……自己的唇边？

鬼使神差地，边小槐摸索着，哆哆嗦嗦地凑了上去。

柔软的唇，带着一点少女特有的体香，还有一点饮酒后的苦涩，慢慢贴在了毛力申的唇上，毛力申愣住了。

他是断然不会趁她喝醉的时候占她便宜的，可她主动……

来不及细想，那唇便轻轻地吮吸了起来……

第二天醒来的时候，边小槐觉得后脑勺有点疼。

工厂里的同事知道她生病，给她请了假，等她以为自己迟到了，匆匆忙忙赶到工厂的时候，同事们还关心地问她病好些了没，以至于她心里很是愧疚，一整天干活都格外卖力。

到了中午的时候，毛力申给她来了电话，也是关心她怎么样了。

此时同事们都去食堂吃饭了，车间里没几个人，边小槐依旧压低了声音，有些羞涩地回他，像是情侣间打电话生怕有什么小秘密让别人听了去。

"我没事了，已经在上班了。"边小槐有些吞吞吐吐，"那个，昨天晚上，是你送我回家的吗？"

她从来都没喝过酒，也不知道红酒后劲这么大。当她早上醒来的时候，完全不记得自己是怎么回到家的，又是谁给她换了衣服脱了鞋。

想来想去，也只有毛力申了。

可毛力申是男人啊，要是他给自己换的衣服，那岂不是……

一想这个问题，她就脑壳疼。

果不其然，电话那边理所当然地承认了："不然呢？还能有谁？"

"啊？"边小槐脑子都快炸了，那岂不是把她看光光了？

正当她纠结着要不要问这么难以启齿的问题时，毛力申先发问了："难道你不记得了？"

"我……我昨晚喝得有点多……"

"断片了？"

"断片了……"

"真断片了还是装断片了？"

这个问题让边小槐莫名有些害怕，她努力想了想，怎么都想不起来昨天喝酒之后自己都干啥了，似乎记忆被强行抽空了一段，无论她如何努力，都回想不起一点信息。

边小槐小心翼翼地捂着话筒问他："申哥，我是不是昨晚喝多之后丢人了？"

她在北城一号工作的时候，没少听见客人喝醉了发酒疯，有见人就撒钱的，也有抱着柱子哭的。

喝醉了容易丢人，这个观念在她脑子里已经根深蒂固了。

一想到自己可能喝醉了在大家面前做出什么丢人的举动，她就忍不住抖了抖。

毛力申皱眉："真不记得了？"

被问第二遍，边小槐就确定自己肯定丢人了："我是不是吐了？"

电话那头沉默了。

边小槐心想完蛋了，好半天才鼓起勇气道："申哥，我要是昨晚做了什么丢人的事，你就直接告诉我，我有心理准备……"

说完，她又觉得不妥，抱歉地加上了一句："对不起，我不该喝酒，给你添麻烦了。"

指不定昨晚她吐了毛力申一身，光是想想就够她哆嗦的。

"算了，没什么。"好半天，电话那头才传来语气有些意味不明的回话，"你没事就好，不记得就算了。"

"对不起……"

"没什么对不起的。"只不过是撩动了他的心，却又失忆罢了。

失忆了也好，告白这种事，本来就该男人主动。毛力申这么想着，忘了也好，知晓她的心意就行了，回头寻个合适的机会，再认真向她表白。

边小槐不知毛力申心中所想，紧张地握着手机，整个人都有些紧绷。

她的紧张哪怕是隔着千里，透过手机都能感受得到，毛力申知晓她敏感又细腻，便把话题拐到其他事上，免得她一直在这个圈圈里打转："对了，有两个好消息要告诉你。"

"什么好消息？"边小槐依旧小心翼翼。

"你之前不是问我，警队要不要线人？原则上我们是不要的，不过要是有特别机灵的，我们也会考虑考虑。我把你的情况向上面提了一下，上面同意了。"

"真的？"

"你也别高兴得太早，做线人是有风险的，你可别声张，跟任何人都不能说，包括我队里的同事，只能跟我单线联系，明白吗？"

"我明白，我明白！"边小槐抑制不住的兴奋，"我要做些什么？是不是以后我就有线人费了？"

"平时也不需要你做什么，待命就行，有需要会通知你。"警队根本就不招线人，他们不会用钱换别人的命去涉险，这不过是毛力申编出来的由头想给边小槐打钱罢了。他去过几趟边小槐的家，看得出来她生活很拮据，明着资助又怕伤了她的自尊心，再说了直接给钱，她也未必会要，"线人费不多，一个月一千，你能接受吗？"

再说了，这也不是资助。

队里几个结了婚的，都会按时把工资上缴给媳妇。

"就一千啊？"边小槐有点失落，倒不是失落钱少，而是觉得怎么跟电影里的不一样，"电影里不都是动不动就好几万的线人费……"

"你也知道那只是电影，电影跟现实那能一样吗？你要是不愿意做，那我就……"

"我愿意！我愿意！"

一千块钱呢！而且是每个月都有一千！

边小槐喜滋滋地想着，整个人都快开心得上了天，这可真是个天大的好消息。

"另一个好消息是什么？"

"梁朝伟的新片子快上映了，你想去看吗？"

上次同她一起看了场爱情电影，看完毛力申才知道，其实边小槐跟他口味差不多，喜欢的是警匪片，尤其喜欢梁朝伟拍的警匪片。

毛力申想象力匮乏，不太懂浪漫，他能想到的浪漫，无非就是约她看场电影，然后告白。

电话那头显然被这接连不断的好消息砸得有些迷糊："申哥你是要约我去看电影吗？"

毛力申点头："嗯。约你，愿意吗？"

千里抓人

从毛力申约她看电影的那一天起，边小槐就盼星星盼月亮，每天一醒来就等着毛力申约她的电话，可等来等去，却等到了毛力申出长差的消息。

说不失落是假的，但边小槐明白，人活着，就不会事事都称心如意。

不管你开不开心，日子都得往下过。

毛力申是和姜飞一起走的，暗网虽然破了，但是牵扯出了一连串制造、兜售假币的团伙，还有些专门从事虚拟货币诈骗的集团。部分犯罪分子潜逃国外，上面很重视，专门成立了跨国追捕行动小组，专人专案一追到底。这个案子是宁泰市二中队挖出来的，上头自然要给二中队立功的机会。姜飞在之前的行动中表现突出，很受特别行动小组领导的赞赏，这后续的行动，便连同参与过好多次大案要案的毛力申一起，被抽调到了省里。

走之前，毛力申特地交代了办事稳妥的陆老六，在梁朝伟新片上映的那天，替他买张电影票，给边小槐送去。

陆老六心领神会地笑笑，让他放宽心。

倒是姜飞在付勤勤面前各种炫耀，生怕她不知道自己被省领导点名表扬的事情。

付勤勤兴致不佳，被他烦狠了，推开椅子，呸了他一声："就你最厉害，行了吧？"说罢，便气呼呼地走开了。

姜飞受了她的无名火，有点蒙。

他挠着头，问平时最擅长洞察人际关系的陆老六："我哪里得罪她了？"

陆老六竖着手指往上头指指，压低声音暗示他："今天付局长来了一趟，特地点了付勤勤进办公室谈了会儿话。"

姜飞："她挨批了？"

付局长这人比较严厉，对下属一贯要求甚高，奖罚也很分明。姜飞刚到局里的时候，好几次领导视察工作都因为桌面不够整洁被点名批评，不过随着他业务能力的提高，付局长也不吝惜对他的褒奖。这次的抽调，就是付局长把他俩的名单提上去的。

一说到付局长来了，姜飞想当然地就认为，付勤勤是因为表现不佳挨批了。

陆老六显得有些神秘兮兮："你不觉得，付勤勤的身份很可疑吗？

她来队里实习也有两个多月了，却从来都没提过自己的家庭状况。"

姜飞一想还真是……

哪有女孩子出来工作，住在单位宿舍，每天就吃单位食堂，从来都不调休，放假也不回家的？

上次吃火锅，他送付勤勤回宿舍，她的宿舍简洁到不像女孩子住的地方，除了单位发的生活用品和几套换洗的警服，一件多余的衣服都没有。

"难道她……"姜飞迅速地在脑子里把这些细节都串了串，得出一个惊人的结论，"莫非她是付局长的亲戚？怕我们知道她的背景，不给她锻炼吃苦的机会，故意隐瞒了我们？"

他为自己的聪明机智拍案叫绝："我怎么就一直没想到呢？付局长，付勤勤，听姓就该想到他们可能是一家人啊！"

陆老六："很有可能啊。明明付局长是和蔼可亲地把付勤勤叫过去谈话的，出来的时候，付勤勤却差点哭了，不应该啊。"

姜飞很快又有了判断："付局长平时那么严厉，做他的晚辈压力大也很正常。而且你看付勤勤，上班这么卖力，恨不得二十四小时都泡在局里，肯定是想早点做出成绩来给家里的长辈看看。"

陆老六表示赞同："你分析得有道理。"

姜飞直摇头："现在的年轻人哪，太急功近利了。付勤勤她实习期都还没过呢，就天天想着破大案了……"

陆老六："你啊，就少说两句风凉话吧，她一个女孩子，这么短的时间，能做到这种程度，已经很不错了。"

姜飞看着付勤勤走掉的方向，回想起来她的眼角似乎有点红，心情也突然跟着低落了下来，心不在焉地说："我也就那么随口一说。"

付勤勤确实是因为被付局长叫去谈话而心情不佳，但她不是付局长的亲戚，跟付局长也没半点关系。

当晚，她独自坐在警局宿舍的单人床上，回想着付局长下午跟她说的话，眼泪不争气地往下掉。

付局长说："我能理解你想当警察，但这家庭关系还是得处好啊。"

付勤勤回道："他们不同意我当警察。"

"他们不同意，你就骗他们说你出国念书啊？这学费交了，机票买了，你不去念书偷偷考到这儿来当警察，你能骗他们一辈子吗？"

"我是准备等转正了再告诉他们的……"

"你觉得计划挺周全是吧？结果呢？你父母到国外去看你，学校说你压根没去上学。他们报了警，说你失踪了。现在在查人查到我们这来了，你准备怎么收场？"

付勤勤撇了撇嘴："我……"

付局长耐心地告诉付勤勤："解铃还须系铃人，你回去想想清楚该怎么面对，你父母多半已经在赶来的路上了。"

从付勤勤老家赶到宁泰市要坐大约三个小时的飞机，还要转一趟火车，当初报考警局的时候，付勤勤比着地图，特地选了个离家远的，就是希望能逃脱父母的控制范围。

付勤勤不是姜飞口中的"官二代"，而是个货真价实的"富二代"。

她家有钱到什么程度？

就她老家那个地级市，市中心有半条街都是她家的产业，这还只是不动产的部分。她爸做实业起家，控股了几家规模不小的企业，每年给政府交的税，都是以亿为单位计的。连她自己都说不清楚家里到底多有钱，反正她念大学的时候，她爸三天两头念叨，让她毕业了就进公司锻炼，为日后接班做准备。

她家就她一个孩子，子承父业在她家人的心里就成了理所当然的事。

付勤勤早就表示过她对经营企业没兴趣，她从小的理想就是当警察，但她父母觉得那只是小孩子的幼稚想法罢了。她家就她一根独苗，她不接班，那家中企业怎么办？总不能关门大吉直接把工人都遣散回家吧？

不止一次，她爸语重心长地教育她，企业做大了就是在做社会责任心，下面成千上万的员工都指望着老板养家糊口呢。

可她不想当什么企业老板啊，她有自己的理想。

付勤勤太了解她爸那个专制的性格了，才会不动声色地策划这么一场"金蝉脱壳"，明面上谎称想出国学经济打好基础再回来接班，暗地里却偷偷报名参加了几个外省公安系统的统招考试。她考上宁泰市公安局之后，先飞去国外拍点照片糊弄父母，紧接着借口学习紧张、避免外界骚扰关了手机，转头她就飞回国内，来宁泰市公安局报到了。

在她原来的计划里，等实习期过了转正了，她就立刻向父母摊牌，到时候生米都煮成熟饭了，他们也奈何不了她。

可没想到这么快父母就发现了她忽悠人的把戏，追查到宁泰市来了。

付勤勤都能想象得到她爸气势汹汹地带着人过来，逼她回家的模样。

要屈服吗？

不能屈服啊，屈服了可就真完蛋了！

这回是逼她回去接班，下回指不定就是逼她结婚了。她可不想这一辈子都做着不喜欢的工作，嫁给不喜欢的人，像个木偶一般任人摆布。

"唉，兵来将挡，水来土掩，睡觉睡觉！"付勤勤想来想去，实在想不到有什么好法子说服父母，只能把被子一蒙，先闭眼睡觉。

她只要铁了心不回去，他们还能拿她怎么着？

第二天一大早，付勤勤就躲去单位。

一整个上午，她都踱来踱去，坐立难安，整个办公室里来回响着她焦虑的脚步声，任谁都能看出来她心事重重。

到了中午下班的点，门卫秦大爷朝着里头问了一嗓子："付勤勤在里头吧？你爸妈找你！"

付勤勤背脊一僵，如临大敌。

其他同事都陆续下班吃饭去了，只剩了陆老六在办公室里，付勤勤慌张地拉住也准备去吃饭的陆老六，低声求他："老六，别走……"

陆老六不知这其中原委，只当是付勤勤家长辈严厉，见她怕父母怕成了这个样子，顿时觉得有些好笑，更加相信了姜飞的判断，于是拍拍付勤勤的肩膀，宽慰她道："放轻松点，你爸妈又不会吃了你。"

付勤勤一副哭腔："不，我爸妈真会吃了我的！"

付勤勤家教甚严，强压之下长大的她一直都是长辈们夸口不绝的乖乖女，长得好，学习好，家世好，性格也好，没有人不喜欢她。

她从未做出过什么离经叛道的荒唐事，谁也想不到她会为了实现自己的梦，撒下如此弥天大谎，瞒着父母跑这么远来一个小城市当警察。

这也就是为什么当她父母飞去国外探望她，想给她一个惊喜却发现她人根本不在国外时，第一反应就是女儿被绑架了或者失踪了，立刻报了警，根本不会往她自己设局金蝉脱壳这方面想。直到查身份信息查出付勤勤已经考进了宁泰市公安局当警察时，她父母都还不太相信那是自己女儿，生怕警察找错了人……

"嚯，付勤勤，你家什么来头啊？这么……"看到四个黑衣保镖在前面撑伞开路，后面跟着气宇轩昂的一对中年夫妻时，陆老六有点被震撼到了。

门卫大爷

"爸，妈……"付勤勤见了父母，犹如被老鹰抓的小鸡，之前打好的腹稿一句都讲不出口，老老实实低着头，一副知错认错的样子。

陆老六没想到平日在局里英姿飒爽的付勤勤见了父母会这般胆小忌惮，有些意外。

果然，付父火气十足，人未至，声先到，脚刚迈进大门就是一顿猛批："翅膀硬了长能耐了是吧？你还真能骗啊，这种荒唐事你都做得出来，要不是警察说你在这儿，我们还以为你已经死在国外了！"

付勤勤颤颤巍巍地躲在陆老六身后，只冒出个小脑袋来，声音都带着点颤抖："我……我不是故意要骗你们的。"

"不是故意要骗我们，是故意想气死我们，是吧？"

局里暂时也没别人，陆老六见这剑拔弩张的架势，也不知道付勤勤到底捅出了什么篓子让她父母千里迢迢来骂她，只能硬着头皮挡在中间打圆场："有什么事都先消消气，生气也解决不了问题。既然是一家人，就没隔夜的仇。付勤勤，你爸妈这么老远来看你，还不赶紧去给他们倒茶！你这到底是怎么回事，坐下来慢慢说清楚嘛。"

付勤勤心惊胆战地"哦"了一声，转身就要去倒茶，不料她爸大手一挥："不必了，没什么好坐的，回家再跟你好好算账。"

她妈也跟着附和："是啊是啊，有什么话回家再说，司机还在外面等着呢。你爸一从国外飞回来就报案找你，公司都积了一大堆火烧眉毛的事等着我们回去处理。"

付勤勤的背一僵，慢吞吞回过头来："我不走。"

惊讶的神情浮上她爸的脸，他眉头越皱越紧，都快挤到一起去了："你说什么？你再说一遍。"

付勤勤重复："我不走。"

付父从没想过自己的乖巧女儿有一天会"失踪不见"，更没想过她有胆在自己面前公然违背他的命令。

不管是在公司，还是在家里，他都是说一不二，绝对的权威，从不允许任何人挑战他的威严。

当即，他就拉下脸来，冷哼一声道："走不走由不得你，你不走，打断了腿也给你拖回去。"

陆老六还当这是一句玩笑话呢，正要从中调解，没想到，付父冲着带来的四个人手一挥，没有半分开玩笑的样子："把她带回去。"

四个人你看看我，我看看你，也不好违背老板的命令，只能形成一个半包围圈，一步一步慢慢向付勤勤逼近。

陆老六还没见过敢在警局里动手抢人的，立刻冷下一张脸来，严肃警告他们："想干吗呢？当这是什么地方？再胡闹我可不客气了。"

"老子教训女儿关你什么事！"

"教训是这么个教训法吗？"

"老子还轮不到你来教训。"付父根本不理陆老六，径直朝保镖们再次下了命令，"都愣着干吗？赶紧，把人给我带回去，出什么事我兜着。"

眼见着五大三粗的保镖们渐渐靠近，陆老六算是明白付勤勤为什么见到她爸会如此害怕说真会吃了她，竟然对自己女儿动真格的！他快速在心里衡量了一下双方的实力，皱眉低声冲着付勤勤耳语："我两个，你两个，你能应付得来吗？"

他是指，一打二。

若是换了年轻的时候，别说一打二了，一打五他都打过。现在毕竟上了年纪，体力有些跟不上了，打两个勉勉强强。剩下两个交给付勤勤应付的话……他担忧地看了付勤勤一眼，觉得她那边怕是够呛。

付勤勤进警队也就两个多月，各种擒拿散打技能才练了没多久，实战经验更是少之又少。她咬了咬牙，点头道："我试试！"

虽然付父说了他来兜着，但这几个人还没胆在公安局里大肆动手，四个人避开陆老六，齐齐向付勤勤扑过去。

陆老六眼疾手快地擒拿了一个，一脚踢飞一个，厮打成一团。付勤勤勇敢地对上了另外两个，也是一番厮打。

付母在一旁急得直挠头，付父却一脸淡定地看着女儿和保镖们周旋。开始的时候，他看付勤勤一招一式有模有样，还有点意外，可看了几招之后，付勤勤就一个不留神被绊住了腿，瞬间被那两个保镖制服，压得死死的，付父脸上就开始露出不屑之色。

"我还以为你真长能耐了。"见付勤勤这么快就被制服，付父一番冷嘲热讽，"就你这点三脚猫的拳脚功夫，还当警察，不嫌丢人？少做白日梦了，老老实实跟我回家。"

付勤勤不服输，咬牙切齿地顶回去："给我两年时间，我会厉害给你看的。"

付父不屑地环视一周，看着这个昏黄老旧的办公室和年迈白发的陆老六，很是有些鄙夷："我付政的亲生女儿，志气就是花两年时间，在这种地方当个厉害的小警察？可真够出息的！我只给你两分钟走出这个大门。"

付勤勤只恨自己平时没有练好格斗术，偏偏这会儿是午休吃饭的空当，人都走空了，要是其他的同事在，就这几个保镖，绝对奈何不了她。

许是眼见陆老六那边逐渐占了上风，付父也不恋战，冲着押付勤勤的那两个保镖使了个眼色，让他们立刻把人带上车。

随着离大门越来越近，付勤勤的心就越来越沉。

她爸妈真要用这么暴力的手段把她带回去吗？

从小她就没什么自我空间，小时候她写日记，总会被父母撬开偷看。交往了哪些朋友，父母也会过问，没少干涉她择友。

其实她也不是没有在父母的面前提过自己毕业后想去当警察，只是每次都被当作笑话直接无视了。

一直以来，毕业、进自家公司锻炼、时机成熟的时候接班，这条路早在她面前铺好了，霸道的父母没有给她任何商量的余地，不然她也不会剑走偏锋，瞒着父母来考警察。

实习的这段时间，她确实有些心急，因为她明白自己迟早会被父母发现。这一天终究还是来了。

付勤勤迎着烈日，有些经不住直射，眼眶湿润了。她回头看这承载了她梦想的大楼，心中满是不舍……

电动伸缩门外，司机已经毕恭毕敬地把车门打开，等着付父一行人上车。付勤勤胳膊拧不过大腿被强行带回去似乎要成为事实，却没想到半路上杀出个程咬金来。

门卫秦大爷伸出头来，看到被押的付勤勤，皱着眉头大声质问："什么情况？"

付父瞪了秦大爷一眼："带孩子回家，别乱管闲事，开门。"

秦大爷不乐意了："这怎么能叫管闲事呢？我看大门的自然就要看好这个门，没经过允许，别说你要带个大活人走了，从这屋子里带走一针一线都不行。付勤勤，你这啥情况？这真是你爸？"

电动伸缩门仅半人来高，付勤勤对这根本不抱希望，心里清楚这门翻一下也就过去了。她眼神坚定地哀求秦大爷："记住我爸的车牌号，等会儿他们回来立刻立案拦截，我爸非法限制我的人身自由。"

付勤勤口中的"他们"自然是指去吃饭的同事们。

做了两个多月的实习警察，拦人的程序她再清楚不过了，只要她爸没把她带太偏，天网系统就能查到行车轨迹，及时拦截下来。

"等什么等？光天化日之下掠人，还是在公安局，想造反啊？"

秦大爷出乎意料地出手了。

还没等大家反应过来，秦大爷就手脚麻利地擒拿住其中一个保镖的胳膊，只听"咯吱"一声响，对方就传来了疼痛的叫唤声。付勤勤一喜，赶紧蹬了另一个保镖一脚，趁着他吃痛，从他手中挣脱出来，反手又是一肘子，正中他的痛点。

秦大爷的擒拿功夫扎实，没几下一个保镖就被他彻底控制住。

付勤勤这边只对付一个人就轻松多了，没一会儿工夫，另一个保镖也被她偷袭放倒。

一时之间，付父这边的人，全军覆没。

付勤勤与秦大爷背靠背，形成防御圈，秦大爷甚是得意地朝着付勤勤邀功："怎么样？你大爷这两手练得还可以吧？宝刀未老吧？"

"牛！"

"听大爷一句劝，孩子不是这么管的，你抓得了一时，难道还能抓一世？你们这一个个的。"

这会儿工夫，陆老六也放倒了另外两个保镖追了出来，见了眼前这情景，配合地亮出手铐："付勤勤，你要追究他们袭警的责任吗？要我就全扣押回去。"

付勤勤怎么可能追究自己父母袭警？

她只是想留下来做警察罢了。

"爸，妈，你们回去吧，我的心意已决，不管你们同意不同意，我都想试试做自己喜欢的事，就算你们抓我回去，我也一样会逃出来，强扭的瓜不甜。"付勤勤认真冲着父母道，"给我两年时间，就两年，让我做自己喜欢的事，OK？"

付父被她气得怒火攻心："你！"

头顶的烈日恍恍惚惚幻化出好几个形来，付父只觉得一股不顺的血冲上了后脑勺，头昏眼花了几下，突然就控制不住向后倒去，好巧不巧就压在了付母的身上。付母吓得失声尖叫："老付！老付！你怎么了？你别吓我啊……"

第五章
谎　言

跨国追捕

在 G 国南部的热带雨林里，一列绿皮火车以龟速在慢慢前进着。毛力申所在的跨国追捕小组便衣潜伏在这列火车上，寻找可能搭乘这列火车逃亡的币圈大佬 Lee Ching。

Lee Ching 其人在币圈可谓是传奇人物了。

自从比特币的行情水涨船高，数日内疯狂增值数倍之后，网络上便如雨后春笋般冒出挂着各种名头的虚拟货币，皆疯狂鼓吹自己是"下一个风口""虚拟货币中的潜力股"，实则设好了圈套，就等想通过投机倒把一夜暴富的投资者跳进来高价接盘，俗称"杀猪盘"。

这其中，以 Lee Ching 的信徒最为疯狂，但凡是由他"背书"引路的虚拟货币，都能在一夜之间被抢空。疯涨之后便是疯跌，鲜闻有人因此发财，倒是没少听说因玩币家破人亡的，全国各地不少自杀案件都与此有关。那些疯狂的投资者看不到血本无归的惨烈教训，只会被暴富的假象蒙蔽，将全部身家押进这个吃人不吐骨头的庞氏骗局里。

Lee Ching 日常的兴趣爱好除了在网上炫富，就是开启"上帝"模式撒钱。据说他每天会在留言区选一位粉丝，根据对方的愿望打钱，少则几千，多则几万，一年以来从未间断，因此吸引了大量的粉丝。导致他每次"背书"带货虚拟币，都会引来大规模的流量涌入。

警方注意这个 Lee Ching 已经很久了，可这个活跃于互联网的 Lee Ching 到底是何方神圣，却众说纷纭。有人说他是新加坡籍；有人说他是马来西亚籍；还有人说他是中印混血，有一半的中国血统……

这次破获的暗网，终于获得了一丝疑似 Lee Ching 的线索，根据对方交易的 IP 地址，中国警方将他的活动范围圈定在了 G 国南部的几个城市。

这次的跨国追捕，分为多个行动小组，不同行动小组追捕不同的犯罪对象，涉及多国之间警方的合作。毛力申与姜飞所在的行动小组，便是与 G 国警方深度合作，追捕币圈大佬 Lee Ching。

根据 G 国警方提供的线索，Lee Ching 已经察觉到暗网出事，准备逃往茶胶。

茶胶位于湄公河三角洲西部，地理环境复杂，既有大片便于藏匿的原始森林，也有人声鼎沸的市集，最重要的是茶胶还与越南临界，随时可以偷渡逃往越南。

G 国警方已经查到 Lee Ching 所搭乘的火车班次，协商之后决定与中国警方共同查找 Lee Ching 的下落。

G 国警方将列车上的所有乘客都细细检查了一遍证件，一无所获。

毛力申等也便装潜伏在车厢中，排查疑似 Lee Ching 的人员。

眼看着火车就要抵达终点站，依旧找不到人，大伙有些急了——若是让 Lee Ching 成功逃到了茶胶，这后面的搜寻难度肯定就更大了。

"老大，你在想什么？"姜飞见毛力申不像其他成员一般抓紧最后的时间排查乘客，反而坐在餐车车厢里闭着眼睛想事情，好奇地问道。

"我在想，他为什么放着快的车次不坐，要坐这么慢的绿皮火车。"毛力申口中的"他"就是目标人物 Lee Ching。

"对啊，我也奇怪，既然是出逃，不是越快越好吗？"

"除非……"

"除非他想半路跳车？"姜飞灵光一闪，与毛力申异口同声道。

"很有这个可能。"

"但是咱们两方已经很配合地在这列火车上布下了足够多的警力，更何况，火车上还有那么多的乘客，想在那么多人眼皮子底下公然跳车而不被发现，难度有点大吧？"

"所以我在想，我们是不是搜错了方向，他并不在乘客车厢里。"

姜飞恍然大悟："老大，你的意思是，他在驾驶舱或者装货车厢？"

毛力申点头："不是没这个可能。"

刚上火车的时候，毛力申就注意到了，这趟列车属于载货载人两用火车，一半载货，一半载人。G 国警方最近严厉打击互联网犯罪，对此次的行动非常重视，可谓是布下了天罗地网来追捕 Lee Ching，眼下地毯式搜查了几遍都找不到人，毛力申不免怀疑起来。

火车还有不到十分钟就到站了。

毛力申立刻向随行领导提出了自己的设想，两国警方简略商谈一番，决定按照毛力申说的，搜装货车厢。

整个火车约有一半的车厢都用于货运，时间紧凑，大家火速分配了一下搜查任务，就分头行动了。

毛力申和姜飞被分配与 G 国另一个当地的警察一起搜查 19 号货仓。

19 号货仓里空无一人，只有满仓罗列整齐的货物，一目了然。当毛力申正要小心地翻查一堆货物后面比较隐蔽的地方时，突然听得隔壁 18 号车厢发出急促的求助声："人在这里！别让他跑了！"

紧接着，就是几声冲天的连环枪响。

正常情况下，警察是不会主动开枪伤人的……

158

毛力申和姜飞相互看了一眼，眉头一皱，迅速冲进了 18 号车厢。

地上躺着一位不省人事的警察，另外一位警察与一名戴着金丝眼镜、看似眉目斯文的持枪歹徒近距离扭打成一团，不用多想，那人多半就是潜逃的 Lee Ching 了。

Lee Ching 也看到了前来支援的毛力申一行人。

他抬起手来就向着毛力申的方向又开了几枪，好在毛力申警觉，稍稍一侧，避开了子弹，绕过货物，大步流星地冲向他们打斗的方向。

Lee Ching 见射击落空，抬手连着又是几枪，由于准度不高，全都放空了。眼见着警方形成了包围圈朝他扑来，他也不多做纠缠，乱放枪，掩护自己，火速向外爬去。

最近的那位警察眼疾手快，一把抓住了 Lee Ching 的脚，却猝不及防被重重踢伤了眼，本能地一松手，让 Lee Ching 又逃脱了。

毛力申立马跟了上去。

姜飞也紧跟着毛力申翻了出去。

果然如毛力申所推测的那样，Lee Ching 原本是想搭乘这趟火车入茶胶，若能平安抵达最好；若半路有情况，装货车厢也方便他躲藏；若还是被发现了，他也能跳车保命。火车两旁皆是高耸浓密的热带雨林植物，最适合逃命藏身了。

Lee Ching 麻溜地翻上装货车厢的顶部，预谋跳车。

他朝着跟过来的毛力申开了一枪，紧接着就跳了下去。

"毛队，小心！"姜飞话音还没落地，毛力申也护着头跳下去了。

毛力申枪法不错，每次都能在公安系统的射击比赛中拿名次，可真遇到这种随身佩戴有枪支的危险歹徒，难免有些紧张。

他落地后打了个滚趴下，警惕地环视了一番周围的情况，拔出了 G 国警方统一配发的手枪，火速在心中做出了预判——Lee Ching 手持的应该是格洛克 18 型手枪，这种枪只有十八发子弹的容量，刚才在打斗中 Lee Ching 已经打出了十七发，若是没有其他枪支傍身，那只需避开最后一枪便可与其近距离搏斗。至于搏斗技巧与力量，据他刚才的观察，近距离搏斗他占优势。

毛力申环视一圈，眼见侧前方的树丛微微一动，他不动声色地蹲爬了过去，直到明显看到 Lee Ching 潜逃的身影，才对准他的脚跟开了一枪。

打活人与在训练场打靶感受完全不一样。

这一枪，毛力申故意打偏未中。

同时，他本能地朝地面一趴，贴地躲避，果然，对方一发子弹被他骗出，朝着他的方向"砰"一声袭来。

这一枪，果不其然也打空了。

骗出这最后一发子弹之后，毛力申果断地全速出击，朝着 Lee Ching 的方向以五十米冲刺的速度狂追了上去，不消一会儿，便将 Lee Ching 追上，从他身后将其狠狠扑倒在地，引他近战。

好在 Lee Ching 只是个善于藏匿的高智商罪犯，实战打斗的经验还是欠缺，他被毛力申扑在地上按得无法动弹，只能伸手胡抓去抢毛力申的枪。可毛力申早有准备，一边枪入套筒一边同步秒提手铐，直接将 Lee Ching 的手反铐，让他逃都逃不掉，最终被活捉归案。

待到毛力申出色地完成追捕任务，铐着瘟鸡一般的 Lee Ching 与两国警方会合，只见姜飞担惊受怕地捂着胸口在毛力申面前，说："毛队，我差点以为你回不来了……"

毛力申呸了一声："乌鸦嘴。"

姜飞一脸严肃："真的啊，G 国人生地不熟的，在人家的地盘上你也这么拼，万一对方有伏兵怎么办？你要是有个三长两短，我回去怎么跟兄弟们交代啊？"

毛力申横他一眼："怕死当什么警察？"

两人正说着，突然有 G 国的警察过来敬礼，然后递过一个钱包，问毛力申："Is this your wallet?We found it on the train."

毛力申一摸口袋，自己的钱包还真丢了。

"Thank you."

毛力申的谢刚出口，姜飞就替他接过钱包，冲着对方也回敬了个礼，然后随便地把毛力申的钱包打开了。

再简单不过的黑色男皮夹，里面整齐地叠放着钞票、身份证件与银行卡，唯一的亮点就是透明塑封夹层里夹着的一张旧照片。

"哇，现在在钱包里放照片的男人可不多了！"姜飞像是发现了什么新大陆一般，把那照片举过头顶看了又看，"这是你小时候吗？咦，毛队，你从小就脸臭啊！"

"很臭吗？还好吧……"

"这是你爸？啧啧，叔叔可真帅！难怪你长这么帅，原来是基因好啊。毛队，你是不是特崇拜你爸，所以才当了警察？"

毛力申抚摸着旧照片上男人英姿飒爽的脸，闷声"嗯"了一声。都说他长得特别像他爸，其实他不仅遗传了他爸英俊的五官和高大魁梧的身材，还遗传了他爸那颗英勇无畏的心。

他爸去世的时候他还小，其实毛力申对他爸的样子有些记忆模糊了，倒是对他妈如何含辛茹苦拉扯他长大的印象更深刻一些。

警嫂不容易，死了丈夫的警嫂更不容易，"因公殉职"四个字，就是压在他妈心口的一块大石头。她每天都睡不安稳，时常半夜醒来看着空荡荡的房间说哭就哭。数年后毛力申也当了警察，他妈更是担惊受怕。

他能理解他妈为什么总是催婚，就是想早点生孩子……

毛力申看着照片，有些微微走神，出来好些天了，他有些想家了。秋天雨水多，一到下雨的日子他妈肩周炎就要复发，也不知道他妈在家一切可好？还有边小槐……他也不知怎么的，就想到了边小槐。

也不知道她去看了梁朝伟的新电影没？

家庭矛盾

"付勤勤，你看我给你带了什么？当当当，G国的特产棕榈糖！以后可别说我抠门了，每个人我都买了，人人有份。"

一回国，姜飞就献宝似的把从G国带回来的礼物分给局里的同事们，可没料到付勤勤兴致不高，收了礼物也没拆，冲他敷衍地道了声谢就去资料室闷头整理资料了。

"老六，她怎么回事啊？心情不好？"姜飞有些丈二和尚摸不着头脑。

"付勤勤怕是干不长了。"

"啊？"姜飞震惊，"付局长又找她谈话了？"

"那倒不是，是家庭矛盾。"陆老六叹了一口气，给姜飞补课，"前几天她爸妈来了一趟，不同意她当警察，闹得可凶了，还打起来了。"

"凭什么不同意她当警察啊？"

"家家有本难念的经呗，唉，听说她爸现在还在医院里住着呢，也不知道是个什么情况，这么一闹，勤勤夹在里面挺为难的。"

"这样？"姜飞有点担忧地看向资料室。

资料室里没有开空调，闷得让人透不过气，付勤勤的衣衫全都被汗打湿了，黏糊糊地贴在身上，很是不舒服。

可她就是想闷一会儿自己。

她爸住院已经好些天了，倒不是身体真的不行了，而是借题发挥，趁着被气病了索性赖在医院里，给她戴上"不孝"的帽子，等着看她是个什么反应。

付勤勤不是真的冷血，每次她去医院，看到她爸没精打采地躺在病床上，胡碴满脸都没人修，老态龙钟的样子与平时那个在商场上叱咤风云的付总判若两人，心里就说不出的难过。

她就像是夹心饼干里的那层夹心，左右为难，干什么都提不起精神。

姜飞进来的时候她正在装订散落的资料，一个不留神订书针就戳破了手指，疼得她立马就掉了眼泪。

"怎么哭了？"斗嘴姜飞擅长得很，可哄女孩子他就有些力不从心了，一看付勤勤哭了，也不知道该怎么办才好，竟然先递了一颗糖过去，"不哭了，不哭了，给你吃糖。"

递完他才想起来，傻了，递啥糖啊，赶紧包扎伤口啊！

他笨手笨脚地取来医药箱，手忙脚乱地替她消毒，包扎，等包扎完了才松下气来，发现自己满头是汗。

"那个，我听他们说……"姜飞挠头，一贯能言善辩的他竟然有些卡壳，"说你最近不太开心，父母不太满意你的工作？"

"嗯。"付勤勤苦笑一声，倒是直接，"等实习期做完，我就不做了。"

"啊？！"话从付勤勤嘴里亲口说出来和从陆老六口中听到风声是完全不一样的感觉，姜飞被这突如其来的消息给打击到了，好半天才回过神来，有些不太愿意相信一般，喃喃道，"就没回旋的余地了？"

"我爸他……有点难搞。"

其实何止是难搞，付勤勤再清楚不过，自己的父亲是个什么性格。

她爸能白手起家发展到现在的身家，可不仅仅是靠运气，他既能放下颜面做任何事，又有永不言弃的干劲，更有不被外界任何声音左右，只做自己认为对的事的决心。

这性子，从逼付勤勤回家这件事上就可见一斑了。

他认定了付勤勤必须回家接班，就不择手段一定要逼她回家，甚至在强掠失败之后，还能厚着脸皮躺在医院里演苦情戏，每天唉声叹气说自己不想活了，花那么多心血培养女儿，到头来家也不愿意回，养了等于白养。

付勤勤真是拿他没辙。

姜飞也不知道该咋安慰她好了，但是他很确定一点，他心里一点都不想付勤勤走。

"你再做做他们思想工作，磨磨呗。王弋也没少吐槽他媳妇总威胁他再断手断脚就离婚。嗨，其实家里人都是这样，就是心疼你，怕你吃苦。当警察是挺累的，挺苦的。别看你爸妈现在不高兴你当警察，等你哪天立了功，奖章抱回家，保证他们比谁都自豪。"

付勤勤苦笑："但愿如此吧！"

毛力申没一回国就去上班，追捕 Lee Ching 的过程中他受了些伤，倒也不严重，但是领导硬要批他假，让他在家里先休息几天。他拗不过领导，只好在家休整休整。

毛力申休假，最高兴的就属他妈了，一大早就上菜市场买了只甲鱼，杀了炖汤，说是要给毛力申好好补补身体。

毛力申哭笑不得，不过就是些皮外伤罢了，看着狰狞可怕有些吓人，其实很快就能养好。

不过他也拗不过他妈，只能随她去了。

甲鱼汤炖好了，他妈又说既然闲在家里，不如趁机出去见见人，相个亲，万一相中了呢？毛力申被她叨叨得头疼，推托有伤在身出去相亲会吓着人，他妈想想确实是这么个道理，这才肯消停。

到了下午，毛力申想抽个时间去看看边小槐，他妈却又说降温了想出门逛逛添件秋衣，非得他陪着一起。

逛着逛着，他妈突然又开始提相亲的事："上回在医院工作那姑娘，妈还挺中意的。工作好，家世好，人长得也有福气……"

"妈，那件衣服不错，适合你。"毛力申赶紧转移话题。

"你这孩子，一说相亲你就打岔。"

"是真适合你。"

毛力申推着他妈进了店，直到他妈去了试衣间换衣服，他才松了一口气。找对象这种事，谁中意都没用，要厮守一辈子的人，得自己中意才行啊。

毛力申趁机给边小槐打了个电话。

多日不见，甚是想念。

电话一接通，毛力申倒有些不知道说什么才好了。还是边小槐热情洋溢地先开口："申哥，你回来了？"

毛力申挺喜欢活泼状态下的边小槐。

从前的她，太拘着了。

人真的挺奇怪的，付勤勤也挺活泼的，但付勤勤的活泼在他眼里就只是活泼，并不会让他心生欢喜，甚至有时候还嫌她工作中活泼过了头不够稳重。而边小槐的活泼就不一样了，即使是喝醉了酒亲了他占他"便宜"，那在他眼里也是极可爱的，心里更是盼望着她能多活泼一些。

毛力申看了眼试衣间，捂着手机走出来找个安静的地方回边小槐的话："嗯，刚回来。对不起啊，没陪你看成电影，票老六给你送过去了吧？"

"嗯！收到啦，可好看了！"

"好看就好。"

毛力申其实挺无奈的，难得筹划了一番，想看完电影就向边小槐表白，却碰上出差。

不过警察这个职业就是这样，谁也不知道什么时候会有突然行动。

数着日子过了这么些天，毛力申终于来电话了，电话那头的边小槐喜形于色，是说不出的欣喜："申哥，你找我有事吗？"

"有……"

毛力申头一次察觉，自己竟然像个毛头小伙一样，傻里傻气，总不能直说是想她就给她打电话了吧？

他清了清喉咙，一本正经道："线人费批下来了，你把银行账户发给我一下，给你打钱。"

"这么快？"边小槐有些讶异，"我还什么事都没做呢……"

"钱你先收着，等有需要的时候自然会安排你做事。"

"那……好吧！"

边小槐正高兴着，也没往深处想，她有好多的话想跟毛力申说，却又不知从哪里开始说才好。正酝酿着，突然听到电话里有个女声问毛力申"好看不好看"，偏偏毛力申还认真回了个"好看"。

她突然就有些沮丧，好半天才佯装好奇："申哥你又在相亲哪？"

毛力申哑然失笑，生怕她误会："在陪我妈逛街。"

"啊？"边小槐发现自己醋坛子扔错了方向，脸唰唰就红了，"那你好好陪阿姨逛街，我就不打扰了。"

明明是他想她了，打电话给她，偏偏被她说成了她打扰他……

毛力申真想穿过电话，瞬移到她的面前，把她揉进自己的怀里，看看她为何会如此惹人怜爱。

"你在跟谁打电话啊？打这么久？"

"没什么。"

不等毛力申跟边小槐说再见，边小槐就先心虚地挂了线。

毛力申哭笑不得，只得冲着他妈晃了晃手机，道："妈，你刚刚把你未来的儿媳妇给吓跑了……"

长远计划

只休息了两天，毛力申就闲不住了，提前回到局里上班。

"毛队，我有个惊天大八卦你要不要听？"一见到毛力申，姜飞就神秘兮兮地跑到他面前卖弄消息，"是关于咱们的前途的。"

"表彰下来了？"

"表彰哪能算，咱们队获的奖章证书都能摞老高了。"

"那是？"

"昨天付局长找我谈话了，那可是把我一顿猛夸，夸得我都有些不好意思了。回来我一琢磨，觉得有点不对劲。他话里话外总是提省里的领导很器重咱们，问我有没有什么长远的打算。我仔细分析了一下，觉得他很有可能是想把咱们俩提拔到省里去锻炼锻炼。"

"你确定？"毛力申皱眉。

"八九不离十吧，我的分析能力你还不放心？你看今年，他给咱们俩争取了多少去省里学习的机会？破暗网那个特别行动小组好歹我是对口的，可追捕 Lee Ching 那任务谁不能上啊，却又派了咱俩啊？"

姜飞这么一说，毛力申倒是觉得有些道理。

素来姜飞都是以擅长技术侦破出名，体力与打斗经验在警队里算是下游水平，跨国追捕这种危险且难度系数很大的任务一般不应该落到他头上才对。这么频繁地调他们去大案要案，多半真的是想给他们一些经验——当然了，他们的表现也不俗，只给领导长脸，没给领导丢人。

不过就算领导有那个心，毛力申也不可能去省里。

他生在宁泰市，长在宁泰市，这里的一草一木，早就成了他生命里不可或缺的一部分，他是不会轻易离开的。再说了，他要是去省城工作，他妈怎么办？

"毛队，你是怎么想的？我估计很快付局长也要找你谈心了。"

"再说吧。"

"啊？你这意思，难道是不想去省里发展？"

"只是推测而已，八字都没一撇的事，不能太当真。"

"那万一是真的呢？这可是涉及我到底该在哪买房子结婚的大事，不能不想清楚啊。"

"你连对象都没有，都考虑到买房子结婚那一步了……"

"未雨绸缪啊！"姜飞振振有词，"买房子和找对象这是哲学上经典的'先有鸡还是先有蛋'的问题，没房子谁要嫁给你啊，再说了，娶媳妇就是要回家疼的，没房哪成家啊？"

说到激动之处，姜飞还从抽屉里掏出一大摞的楼盘资料："要是调到省城去，我这些买房功课可就白做了！"

毛力申随手翻了翻，看上面好些楼盘还被姜飞圈下来做了备注，有些讶异："这些楼盘你都去看过？"

"必须看啊，毛队我跟你说，买房不仅要看楼盘的位置，还要看容积率、周边配套、交通状况，最重要的就是学区了，这里面门道可多了呢！还有房贷的银行利率，选商贷还是公积金贷，这些都很有讲究，差别可大了。"

"有道理。"毛力申若有所思，他放下那一堆花里胡哨的楼盘资料，想了想，认真同他道，"下次你去看楼盘，可以叫上我。"

姜飞眼前一亮："毛队你要买房？"

毛力申笑笑没理他。

姜飞不气不馁："毛队你这是买婚房吧？"

毛力申继续笑笑不搭理。

姜飞穷追不舍："毛队你跟边小槐走到哪一步了啊？婚房都安排

上了，牛啊！"

毛力申一直没太懂一件事，他从来都没有表露过自己心仪边小槐，为什么大家都看得出来他喜欢她。

毛力申买了热水袋和取暖器，陆老六立刻就猜出来是送给边小槐的；单位过节发的羽绒被他没有及时拿回家，姜飞就八卦兮兮地问他是不是要拿去给边小槐；甚至连春节贺岁档的电影赠票，队里都特地给毛力申留了两张，说是可以带家属浪漫浪漫。

春节还早着呢！

不过毛力申收好了那两张电影票，他和边小槐之间，还没捅破那层窗户纸，上回告白未遂，他还没找到合适的机会重新来一次，或许，春节就是个好机会。

他本不是什么浪漫的人，他原本计划，到了适婚的年龄，去相亲，找个还算聊得来、能够理解自己工作的女人，然后办个简单的婚礼，携手共度一生。

可这一切因为遇到边小槐而改变了。

当一个人心中有所爱，诉求就不再是"我想怎样"，而是"她想怎样""我能给她什么"。

毛力申知晓边小槐前半生孤苦伶仃，快乐的时候少，才格外在意这个"仪式感"，想给她一个难忘的回忆。

当人回望过去，若有那么一个高光甜蜜的时刻，那他所受的苦难都会因此而黯淡。

眼看着边小槐那个空空荡荡就几张二手家具，跟"家徒四壁"也没啥区别的家，慢慢被他添置得有模有样了，毛力申很是欣慰。宛如他当年救了小鸟，搭了窝，铺了棉花，甚至还笨拙地给它缝了一床小被褥，里里外外到处都透着他的爱。

不过每回他自掏腰包往边小槐家拎东西，都借口说是"单位发的用不上"，有时候也不说是自己的，说是陆老六、姜飞让他捎来的，以至于边小槐有些不好意思，同时也有点小羡慕："当警察福利可真好，连肥皂都发。"

毛力申笑笑。

每次毛力申来边小槐家，但凡能帮她做的，都会顺手做了。倒是边小槐像个客人一般，摸到厨房门口，不好意思地探出脑袋问他晚上要不要留下来吃饭。

可惜毛力申要值晚班，只能婉拒了。

边小槐想了想，又一次问他做线人的事："线人费我都收了好一阵子了，怎么还没安排我做事啊？"

毛力申敷衍她："上面自有安排吧！"

边小槐回道："我总觉得，拿钱不干活有点良心不安……"

和平年代，警察就是老百姓的守护神，什么鸡毛蒜皮的事都得管。

每年的秋冬都是各类偷窃案件的高峰期，宁泰市公安局抽调了不少警力在预防和查处各类偷窃案件上，以保证市民的财产安全。

偷窃都是小案子，涉案的金额往往也不大，但查起来却很麻烦。

比如近期频频发生偷车事件，小偷就专门挑那种老破旧——没安摄像头的小区下手。监控的缺失给破案带来了很大的难度。老同志们都习惯了，小年轻未免就有些微词。连着好些天都一动不动蹲在天网前排查可疑人脸的姜飞，忍不住向毛力申抱怨，查这种小偷小盗的案子没劲。

但他们做基层警察的，就是得大小案子一把抓，来什么案子处理什么案子，没得挑，有劲没劲都得干。

这一日，毛力申正和大家开会分析最近几起作案手法比较类似的偷窃案件，突然付勤勤一脸不高兴地推门进来说有人找。

毛力申短暂地中止了一下会议，出来看看是谁找他。

170

"毛警官！"办公室里一位中年妇女见到毛力申，立马激动地冲他挥手打招呼，"你还记得我吗？我是小槐的朋友，是她让我来找你的。"

毛力申一贯记性好，自然记得这位大姐是谁。

很多时候，不是案子难搞，是涉案当事人难搞，啰唆讲不到重点无法沟通也就算了，还喜欢提各种莫名其妙的要求。

李姐在毛力申接触的案件当事人中，绝对能排上不好沟通的前几位。

果然，李姐见到毛力申，就委屈巴巴地向他投诉："我电瓶车被偷了，本来不想麻烦你的，但是我来报警他们拖着不给我处理……"

付勤勤急了："大姐，你怎么能睁着眼睛说瞎话呢？我们那是不给你处理吗？是让你回家等消息，这破案也需要时间的啊。一言不合你就嚷嚷你认识领导要投诉我们，你认识领导也没用啊，领导也不知道你的电瓶车是谁偷的啊。"

见了领导，李姐说话的声音都大了很多："毛警官，你看她这个态度。"

付勤勤不乐意了："明明就是你胡搅蛮缠，不可理喻！"

毛力申自然知道付勤勤工作中是个什么态度，全队都挑不出来比她做事更积极的人了，尤其是在她和她父母妥协，答应干到过年就辞职回家之后，更是铆足了劲儿拼命地做事。他给了付勤勤一个眼神，示意她别争了，这个事他来对接。

付勤勤转身去处理别的事了。

等付勤勤走了，毛力申客气地给李姐倒了杯茶，趁着她喝茶的工夫，火速扫了一下李姐登记的案件信息，皱着眉头冲李姐道："你这电瓶车丢的地方没监控，确实会有些难找，刚刚我的同事也不是敷衍你，这破案确实需要花些时间，你还是回去等我们的消息吧。"

李姐讪讪地喝了一口茶："我看那个小姑娘说话有点冲，我就是怕她故意拖着不给我找，拖久了我的电瓶车就找不回来了。你是领导你不懂，我们小老百姓办点事有多难。"

毛力申回道："不会的，报案就必须受理，这是我们的工作流程，任何人来报案我们都会马上调查的。你放心，你先回去等着，一有消息我们肯定联系你。"

李姐这才满意了一些："我放心，我肯定放心，领导都发话了，下面人肯定会用心去找的。还好小槐认识你这么一个朋友，不然我真不知道该怎么办了。"

毛力申闻言很是有些无奈。

李姐走了，他才想起来——边小槐那个事事都不愿意求人的性子他又不是不知道，这个李姐张口闭口都不离边小槐，口口声声说是边小槐让她来找他的，怎么这个事也没听边小槐知会他一声呢？

买房事宜

几起偷窃电瓶车案手法都挺雷同，毛力申他们经过初步的分析，暂定为同一团伙所为。这对他们来说，并不算什么棘手的案子，只需耐心一些，从各起案件中抽丝剥茧，找到突破口，再结合案发地点附近的监控锁定嫌疑对象，多半就能成功破案。

被偷的电瓶车有新有旧，新的都是整车搬走，旧的就只偷了电瓶。偷这么多的电瓶车，肯定有固定销赃的地方，要么就是出售电瓶车的商铺，要么就是维修电瓶车的地方。

分析下来，他们暂时将搜查的方向锁定在了被偷窃地点附近的摄像头与可能出售电瓶车和电瓶的商铺附近。

城市小，卖电瓶车和维修电瓶车的商铺并不多，数都数得出来。

经过进一步的监控排查，他们很快就锁定了两个嫌疑人，这两个嫌疑人既频繁出现在被偷窃地点附近，又与某家电瓶车维修点有不少往来。

偷窃案件而已，毛力申安排警力前往突袭搜查，果然在两人的家中搜出了不少还未来得及脱手的电瓶车和电瓶，将两人及时抓捕归案。

李姐被偷的电瓶车也在其中，物归原主之后李姐万般感激。

这样的小案子，警队三天两头都会经手，完结了便过去了，谁都没放在心上，只有毛力申私下特地找了李姐出去，跟她聊了一小会儿。

没有人知道毛力申到底跟她聊了什么，只有刚好坐在窗边的姜飞眼尖看到了这一幕。

等毛力申回来，姜飞问："毛队你跟那个大姐聊啥聊了那么久？"

毛力申懒得搭理。

姜飞依旧锲而不舍地在他身后追问："不说就是有秘密！是不是因为边小槐？"

"你管太多了。"

"不否认就是默认咯，你真是为了边小槐啊？毛队你还没跟小槐摊牌呢？"

毛力申确实是因为边小槐才会找李姐聊聊的，但并不是什么大事，只是在李姐面前提了提边小槐是个好姑娘，她一直期待哪天李姐可以回去看看。

李姐的电瓶车失而复得，又经毛力申点醒，就直接骑去了边小槐家，又是感激又是道歉的，惹得边小槐特别蒙。

听李姐说完毛力申帮她找电瓶车的事，边小槐就更蒙了："李姐，你怎么都不跟我说一声，就去找申哥？"

"当时那个女警察说话有点不好听，姐心急，怕她欺负我们平头小老百姓，不给我找电瓶车，姐记得你跟人家毛警官关系挺好的，就找他，也没想太多。"李姐提起毛力申就止不住地夸，"你别说，那个毛警官真是挺好的呀，又能干，又客气，他还跟我说……"

"他说什么？"

"没什么没什么。"李姐发现自己差点说漏了嘴，赶紧把话收回来，笑得一脸尴尬，拉着边小槐的手，认认真真道，"总之，是姐不好，心里就惦记着乐乐，也没想过就这么搬走了你方便不方便。"

"这么多年的朋友，说这些做什么？"边小槐本就是个不太擅长表达自己情感的人，被李姐这么一拉手，突然就不知所措了起来。

李姐突然带乐乐搬走那件事，要说她心里完全不介意了，那是不可能的，可李姐突然来这么一出温情的戏码，她又有些说不上来的滋味。那种被她埋藏在心底，渴望有家人、有朋友、有爱人相伴的奢求想法又有些压不住了，开始蠢蠢欲动。

她告诫自己，奢求就只是奢求，她能把温饱问题给解决了就是眼前最大的幸福了。

李姐不知她心中所想，拉着她的手感叹着："这个毛警官真是怎么看怎么好，年纪轻轻就当上领导了，能力棒，长得也帅。要不是乐乐太小了，我都想让他到我们家来当女婿呢。"

"李姐，你在瞎说什么啊……"

"姐开玩笑的。对了，毛警官有没有女朋友啊？要是没有，你把握把握啊，这么好的男人！"

"李姐！"边小槐真的是无奈得很。

偏偏李姐看不出她的尴尬，还拉着她，语重心长地传授她追男的技巧："姐跟你说，男追女，隔座山，女追男，隔层纱。只要你主动关心他，暗示他，那就没有捅不破的纱。"

"我配不上他的。"边小槐轻声说道。

他是年轻有为的警察，她却是一无所有的盲人，一个在天，一个在地，他们之间隔的不是一层纱，是子弹都打不穿的铜墙铁壁。

一想到这点，她就有点惆怅。

原本就不属于同一个世界的两个人，突然有了交集，成了朋友。能拥有毛力申这样的朋友，她本应知足了，可为什么心底还在做无妄的奢求，想把这种关系发展成恋人呢？

好在理智总是在她做黄粱美梦的时刻，敲着警钟提醒她：人呢，贵有自知之明，千万不要自作多情。

老天就是喜欢与人开玩笑，你想进一步争取机会的时候，他偏偏要退一步远离你，当你退一步想放弃的时候，他偏偏又进一步招惹你。

边小槐好不容易才定下心，说服自己放下那些自作多情的"歪"心思，老老实实和毛力申做普通朋友，毛力申却一通电话喊她江湖救急，假扮一下他的女朋友。

接完电话，边小槐整个人都处于蒙掉的状态，完全不敢相信刚才自己听到的话。

江湖救急？扮他的女朋友？

她实在无法把这两个信息点连上线，凑成一个完整的因果。直到毛力申上门来接她，她都还没太回过神来。

"怎么也不换身衣服？"毛力申看她一身家居的衣服，觉得有点好笑，"你就准备这样出门？你衣服在哪？衣柜里面？"

"我们……要去哪里？"

"陪我去买个房，就穿这件吧，进去换上。"毛力申直截了当地递过一件衣服。

买房？这个词让边小槐极度不能适应。

她接过衣服低着头、红着脸去里屋换，可满脑子都是疑惑，带她买什么房？救什么急？她又没钱。

她想问，又不敢问。

纠结了半天，她才隔着木门小心翼翼地问毛力申："申哥，买房为什么要带我去啊？"

"我看上的那个楼盘，今天正式开盘，会搞促销活动，有些小游戏什么的，看介绍说带上另一半参加，玩赢了可以得代金券，买房子能省不少钱。"毛力申如此解释。

当然了，这是原因之一。

其二嘛，订婚房，当然要带喜欢的人去看看了。

"喔……"边小槐有点失落，但又觉得合情合理，想想也是，买房子可是一大笔钱，平时申哥对自己这么好，能替他省些钱也算是投桃报李了。一想到这里，她就突然浑身是劲，士气满满地推开房门，冲着毛力申道，"申哥，你放心，我肯定帮你赢个大奖回来。"

换上衣服的边小槐一身简单利落的白色麻布长裙，随手挽在耳边的麻花辫衬托得她格外清秀。

看着她，毛力申心跳都慢了下来。

"申哥？"好半天都没等到毛力申的回应，边小槐又有些犯怵了，她轻轻叫了毛力申一嗓子，确定他还在。

毛力申这才回过神来，低咳了一声道："赢不赢奖无所谓，主要是想你帮我参谋参谋。"

边小槐真不知道自己都看不见能帮毛力申参谋什么？不过毛力申需要她帮忙这件事就足够让她偷偷开心的了。

毛力申可没少帮她，她正愁用什么方式感谢他，没想到机会这就来了！

到了售楼部，果真如毛力申所说，这个开盘仪式搞得挺热闹的，来了不少有买房意向的客户。售楼部临时搭建了一个简单的舞台，主持人已经在上面开始有说有笑地暖场了。

"等下你就装是我女朋友，玩游戏的环节一开始，咱们就报名上去参加。主持人念规则的时候，你就认真点听，都不难的，主要是咱们俩要有点默契，来点配合，能行吗？"毛力申在边小槐耳旁低语道。

他的声音，就像是悄悄掠过的春风，吹得边小槐耳朵里痒痒的，心里也痒痒的。

她抑制住自己内心的躁动，佯装镇定："没问题！"

这种活动，她自诩是有点经验的。以前在公园里捡瓶子的时候，经常会遇到品牌搭台子做活动，一般都是请些人唱唱跳跳，问些简单的问题发发礼品，她没少弄些毛巾茶杯之类的小礼物回家。

不过当她听完活动规则时，整个人都傻眼了——游戏内容竟然不是玩抢答，而是玩身贴身炸气球？

其实这个游戏挺简单的，要求参加活动的情侣面对面夹住一个气球，不准用手脚，只能用彼此身体向前挤的力量去压破气球。在规定的时间内，哪对情侣压破的气球越多，哪对情侣就赢了。

这个楼盘以都市青年宜居的小户型为宣传亮点，基本上过来看房的都是年轻人，所以售楼部才策划出了这么一个开盘活动。活动方案倒是策划得轻松有趣，可对边小槐来说，就有点不便了，毕竟她看不见。

不过她都答应了毛力申，也只能赶鸭子上架了……

主持人刚刚讲完游戏规则，就有好几对小年轻挤上了舞台参加游戏，毛力申怕晚一步活动名额就满了，索性掐着边小槐的腰，借力往上那么一举，在她的尖叫声中将她托到了舞台上。

紧接着，毛力申自己也跳了上来。

"我们报名！"

"一、二、三、四……八、九、十对。好了，不要再上来了，游戏马上要开始了，请我们的工作人员把气球发给每一对参赛者。"

趁着工作人员发气球的工夫，主持人活络地做着采访来暖场："现场来的帅哥美女不少，我采访一下，这位帅哥，您是来买房子的吗？"

被采访的人刚巧就是站在正中间的毛力申。

平时在单位里看姜飞激情四射地谈买房，毛力申倒没什么感觉，真揣着银行卡到了买房现场，看着沙盘上那一栋栋规划整齐且漂亮的高楼，听着身边其他买家热烈的探讨，心情不免也跟着澎湃起来。

毛力申难得笑笑："嗯。"

"您买房是自住呢，还是投资呢？"

"自住。"

"好的，自住。"主持人打量了毛力申和他身边的边小槐一番，极其聪明地把话题往楼盘上面引，"看两位的情况今天是来买婚房的吧？可以讲讲为什么会看中我们楼盘的房子吗？"

毛力申也看了边小槐一眼，认真回答了主持人的问题："因为你们楼盘位置不错，设计温馨，价格也很优惠，很适合我们年轻人。"

边小槐安安静静地站在一旁，她知道这个时候自己什么话都不用说，那些难缠的问题申哥自然会应付，只是心情不免有一点点复杂，有些开心，也有些失落……

买房这么大的事，申哥叫她来帮忙，她自然是开心的。

只是假的终究是假的，"女朋友"这个身份只是为了买房优惠才让她假扮罢了。总有一天，申哥会交真女友，也会有一天，和某个幸运的女人一起住进这里，然后结婚，生子……

正当她想出神的时候，主持人突然把话筒递到了她的面前："帅哥说得真好，我们再来采访一下他的女朋友。美女，您对我们楼盘满意吗？"

"啊？"边小槐受宠若惊，不免有些紧张，连说话都结结巴巴，"满……满意。"

主持人继续说笑热场："等下的比赛，如果拿第一，是可以赢万元大奖的哦，有整整一万块的现金可以拿，你对你男朋友有信心吗？"

边小槐一听得第一能给这么多钱，立马绷紧了身子："有。"

一万块钱呢！这可不是小数目，这钱，她务必替申哥赢回来！

主持人煽风点火："你觉得你们能拿第几？"

边小槐气势如虹："必须拿第一。"

狭路相逢

当边小槐抱着那个象征他们做游戏拿到第一的奖牌，被毛力申牵着去选房的时候，她还有点晕晕乎乎不敢相信。

方才的游戏太过刺激。

她太想争第一了，几乎全程都是绷紧了身子拼命往毛力申身上挤，挤炸一个气球都顾不上疼，就又立刻往他身上挤。

一个，两个，三个，四个……

边小槐也不清楚自己到底挤破了多少气球，总之主持人喊停的时候她浑身上下都有点隐隐作痛。

"帅哥这边选房。"售楼小姐见是方才台上的胜出者，立刻热情洋溢地过来招呼他们，"帅哥你女朋友有点厉害啊，说要拿第一就真的拿了第一。"

边小槐还迷糊着呢，就被毛力申高高兴兴地揉了脑袋："她厉害着呢！"

突然被夸，边小槐也开心得不得了，嘿嘿了两下，把那奖牌抱得紧紧的，仿佛她手里抱的不是个牌子，而是沉沉甸甸的一万块现金。

到了接待客户选房的沙盘前，售楼小姐每介绍完一层的特点，毛力申都要细细问过边小槐的意见，问她喜欢不喜欢。

"这个一楼会送个小院子，里面可以种花挺漂亮的。二楼到十楼差不多，就是每高一层价格就稍微贵点。喜欢住高点咱们可以看看十楼往上的，视野比较开阔。顶楼也挺漂亮的，层高还特别高，装修的时候可以隔成两层，面积就大了。你喜欢哪一层？"

面对毛力申的问题，边小槐有些尴尬地拉了拉毛力申的衣角，提醒他自己只是来凑数的假女友："申哥，你决定就好。"

偏偏那售楼小姐接话快："美女你福气真好，你男朋友长这么帅，还这么细心，以后结了婚，你肯定幸福死了。"

边小槐尴尬地笑了笑，真不知道说啥好了。

偏偏毛力申还入戏太深，一本正经地反驳她道："男人在外头忙得多，女人在家里忙得多，谁住得多就参考谁的意见，哪能我决定呢？"

边小槐想想也是，他未来的媳妇，一定会替他操持好这个小家，她站在女人的视角，给他点参考意见，这不正是申哥带她来买房的原因之一吗？

她斟酌了又斟酌，才大着胆子张口说了一点自己的看法："我之前申请廉租房的时候，就听他们说选楼层蛮有讲究的，底层太潮湿了，家具容易发霉；顶层特别热，万一屋顶漏水就麻烦大了；二到九楼采光不好而且容易水压不稳；超过十七层火灾的时候云梯架不上去逃不掉，最好的就是十楼到十六楼之间的楼层。"

售楼小姐急着成交，马上说："美女你真的很懂选房子啊！"

一套连环夸下来，边小槐又不好意思了："其实我什么都不懂，就是听人家说说记住了……"

毛力申在一旁，难得的笑意吟吟，他揉了揉边小槐那洞察力十足、记忆力倍儿棒的小脑袋瓜，温柔无限："好，那就听你的，选十到十六楼之间的楼层。"

忙活了一上午，选了房，签了合同，交了订金，终于大功告成。毛力申没有直接送边小槐回家，而是带她去吃东西，说是要谢谢她，顺便庆祝一下自己终于买房了。

边小槐没有拒绝。

军功章本来就有她一半，那可是实打实地省了一万块呢！

"只能请你吃点麻辣烫了，交完订金我就口袋空空，得勒紧裤腰带过日子了。"毛力申开玩笑道。

边小槐听得出他在开玩笑，也能听出他今天心情真的很好，就像当初她申请到了政府的廉租房一样开心——有房才有家，房子有了，家还远吗？

他高兴，她就高兴。

边小槐也难得在他面前开玩笑："好啊，你要小心点哦，我可是很能吃的，吃麻辣烫照样能把你吃穷！"

"你就不怕我真没钱了，吃完把你抵在那里洗碗？"

"要洗也是一起洗，我怕什么？"

两人有说有笑，毛力申真带她去了一家自己经常光顾的麻辣烫店，不太起眼的招牌，小小的店面，看起来确实很"便宜"。

比起前几次毛力申请客吃饭的地方，还是这里让边小槐更自在一些。

边小槐顺从地随着毛力申坐下，非常罕见地在听完毛力申给她报菜单之后，没有说"随便"，而是认真选了下自己想吃的东西。

并肩作战省下的一万块，仿佛将她和他拉上了同一地平线，让她在他面前有了底气。

受过他太多的恩惠，她总是惶恐不安不知道自己究竟能回馈他什么，只恨自己空有一腔报答的心，却没有任何可以帮人的能力。好不容易可以帮他一次，还是帮了一个不小的忙，边小槐非常喜欢这种感觉。

毛力申看她歪着脑袋认真抉择吃什么的模样，哑然失笑。

私下里，姜飞问过他，为何会喜欢边小槐这种类型的女孩子，莫非是因为这种看起来柔柔弱弱的女孩子可以激起他作为男人的保护欲？

当时他没有回答姜飞。

当然不仅仅是他想保护她，也因为她能治愈他。

像他这种成天跟罪犯打交道的，常常都处于紧绷焦虑的状态，搏命打斗更是家常便饭。他很需要一股柔软的力量把他拉回到平和的状态，而边小槐恰恰就是这种柔软的力量。

她需要慢慢摸索的世界，她总是惶恐不安的神情，她任何事都小心翼翼的模样，让他忍不住耐下心来，去配合她的节奏，在生活和工作中找到一个平衡点。那个平衡点，就是他想要的东西。

都说铁汉也有柔情的一面。

毛力申还真没太多柔情的时刻，他的青春期是在警校里度过的，荷尔蒙旺盛的少年成日就在操场上练习擒拿散打，回到教室就与枯燥的刑侦课程还有法律法规为伍，柔情的那一面早就被磨砺成铮铮铁骨，藏进了内心深处。细数回望那几年，可能也只有在照顾那只小麻雀时，才能透露出少年特有的欢喜与柔情。

他很确定，他喜欢她，但还是要徐徐图之。

他的老师曾经说过，爱不是占有，是共同成长。

他想陪着她，照顾她，看她羽翼日渐丰满，直到有一天能欢欢喜喜地向他飞来。

一顿饭，吃得两人都很满意。

吃完麻辣烫，边小槐擦着快被辣肿的嘟嘟唇，乖乖巧巧地坐在店里等毛力申结账。

边小槐耳朵一贯灵敏，她坐在里面刚听到毛力申喊买单，就听到另一个惊喜的女声冲着毛力申说："咦？好巧！你怎么也在这里？"

女人天生的第六感告诉她大事不妙。

一张刚抽上手、干净未用的餐巾纸被她不由自主地紧紧攥住……

果然，毛力申给了对方一个疏远又客气的招呼，并不想招惹，火速地付完款要走，却被那女声叫住，接踵而至的是戏剧般的道歉。

"上次的事，是我情绪有点过了，才会那么冲动。对不起，其实我一直都想找个机会向你道歉，却又约不上你。"

"不用道歉，你也没错。"

"不，我有错，我错在喜欢上你了。"女声有些迟疑，又似是鼓起了所有的勇气，才敢在这马路边上的小店对人告白，"回去之后我认真想过了，你有女朋友这件事我改变不了，我喜欢上你这件事我也控制不了，我不应该迁怒于你。如果哪天你分手了，可以优先考虑我吗？"

女声明明紧张得要死，却还故作轻松："好歹也是前相亲对象，我可以插队领个爱的号码牌吗？"

屋外的人看不到屋里面的边小槐。

此刻，她惆怅失落，低头而坐，昏暗的灯光根本照不清她脸上的表情，好不容易才被点亮的好心情因此突然黯淡了——她差点忘了他是有多招人喜欢了，出来吃顿饭的工夫都能……

还没等她胡思乱想完，毛力申的脚步声铿锵而至。

稀里糊涂的，手就被牵了起来，人也毫无准备地被拉到了阳光之下。

"抱歉，没这个可能性，我跟我女朋友……"当着前相亲对象的面，毛力申淡定地看了一眼略带不自在的边小槐，说道，"我们已经准备结婚了。"

边小槐看不见那女人的脸，但是边小槐可以想象，此刻她会有多难过。

要是哪天毛力申在自己面前说这样一番话，自己肯定也会被伤个千疮百孔吧？

己所不欲，勿施于人。

边小槐也不知道是哪根筋搭错了，鬼使神差地伸出了手，向那女人递出了自己方才没来得及用的餐巾纸。明明她是被拽出来挡枪的那个，可这张餐巾纸，她竟然递出了惺惺相惜的感觉。

第六章
家 庭

针锋相对

事后，两人都很有默契地不问不解释。

毛力申心里想的是，事情都做到这个份上了，边小槐应该能够通晓他的心意了吧？

边小槐却宽慰自己，站在好朋友的立场上帮毛力申排忧解难是应该的，毕竟他也帮助自己很多。女朋友这个"善意的谎言"，只是帮他解决一下情感困扰，毕竟被不喜欢的人迷恋也是一种负担。

情感的事放一边，日子一忙碌起来，人也就不会去想太多有的没的。

边小槐算了一笔账，她现在一日三餐都在食堂，花不了多少，工厂给的工钱还可以，她又有额外的线人补贴，一个月下来能攒不少钱。这钱，她要好好攒着，争取到年底能存上个两万块钱！

其实，她的心底一直有一个卑微的愿望。

她的眼睛，也不是没得救，但无论是等眼角膜捐赠，还是攒够手术费，对她来说都是天方夜谭，痴人说梦。

先攒着吧，攒够了手术费，总归是离希望近了一步。

厂里的人都说她是拼命十三娘，干活跟不要命似的，只有她自己清楚，挣着钱了，她才踏实，辛苦点又算什么？

这一天，边小槐正干着活，突然门卫唤她："边小槐，有人找你。"

边小槐赶忙应了擦汗出来。

"你就是边小槐？"对方直接开门见山，"我是毛力申的母亲，有些事想跟你谈谈。"

"要谈……谈什么？"这突如其来的，让她心里七上八下的，拿捏不准这个自称毛母的妇人来找自己有何用意，说话也结结巴巴，连基本的礼貌都忘了。

妇人见她这般畏首畏尾、有些小家子气的模样，不禁皱了皱眉："你要是不介意人多口杂，就在这里聊几句好了。力申跟你说过我们家的情况吗？"

"没……没有。"

"那阿姨今天就跟你说说。我们家呢，现在就两口人。力申他爸原来是个警察，死得早，追捕杀人犯因公殉职走的。总之吧那时候力申还小，没太多印象。是我一个人辛辛苦苦把力申拉扯大的，我就怕有一天死了老公又没了儿子才不想让力申当警察。他倒好，偏要考警校继承他爸的衣钵当警察。"

"……"

这还是边小槐头一次听人说起毛力申的家事，还是从毛母的口中听说的，这让她感觉太过荒谬不真实。可眼前的妇人有条不紊地说着，又不像是在开玩笑。

她沉默了。

她又不是跟毛力申相亲处对象，毛力申家是什么情况不用特地跑来向她介绍吧？真是奇奇怪怪的。

边小槐既不好意思问，也不好意思驱客，只好老老实实站在那里受训一般听着妇人说话。

"阿姨今天跑这么远，来跟你讲这些，也没别的意思，就是想告诉你，警察这个职业看起来很好，其实牺牲概率很大的。好多小姑娘年纪轻轻不懂事，都崇拜警察，特想嫁个警察有安全感，一头热，却没想过警嫂不好当，自己吃得了苦、耐得住寂寞吗？

"我不反对力申处对象，甚至还希望他早点挑个稳重踏实的对象结婚生孩子。但是处对象总归要看看条件。我就不说别的，小槐你要是跟力申结婚了，哪天他像他爸那样出意外了咋办？就你，能一个人拉扯孩子长大吗？"

听到这里，边小槐已经快要听不下去了。甭管毛母来找自己是好心劝退，还是棒打鸳鸯，这传递出来的意思就是三个字：她不配。

再说了，他们还真不是鸳鸯。

她是喜欢毛力申，可她清楚自己和毛力申之间的差距，所以一直都是小心翼翼地藏着自己那点小心思，对毛力申并未有过逾越。

但她自己琢磨出来"她不配"，与旁人特地告知她"她不配"，是完全不一样的感受。

边小槐的自尊心被打击了，可她再愤怒，那也只能是将微不足道的自己焚烧成一摊灰罢了。

"阿姨。"边小槐几乎是带着哭腔，却还强撑着仅剩的那点自尊，倔强道，"您可能想多了，我是什么条件我心里有数，我身残心没残，也不喜欢给别人添麻烦，早就做好了就这么过一辈子的准备。您问我的好多事我也想象不出来……"

半个小时后，毛母回到了家里，看着空荡荡的屋子，情绪突然说崩就崩了。

也不知道低声啜泣了多久，她才抬手抹了把眼泪，冲进房间一顿乱翻，直到从床头柜里翻出老公的旧照片，才彻底放开了搂着相框哭起来。

照片上年轻充满朝气的面孔就像是被封印在了相框里，无论如何也生动不起来。

"老公……"

心中万般委屈到了嘴边，却只化作一声叹息。

突然，门口一番响动，窸窸窣窣，吓得她立刻收住了声，赶忙抬手擦掉眼泪，慌乱不安地站立起来，冲着外面叫道："力申，你回来啦？"

今天是毛力申上班的日子，毛母才会背着他偷偷摸摸去找边小槐"谈心"，哪知道这会儿儿子会突然回来……

"力申？力申你是没带钥匙吗？"见门口只有响动却迟迟不见人开门进来，毛母略感不安地走过去，想主动去给儿子开门。

她人刚刚走到客厅，就闻到一股异常刺鼻的气味扑面而来。

油漆味？

毛母顿时皱眉，心想莫不是隔壁家又在偷偷摸摸搞什么名堂？

她一个女人独自拉扯儿子长大，其中的艰辛自然不必说。邻里之间摩擦起来也没人帮她撑腰，左边那户邻居总是有事没事找碴，不是嫌弃她在过道里放了太多东西，就是埋汰她烧菜油烟太大，味都串到隔壁去了。

这些拿不上台面的小矛盾，毛母从来都不会在儿子面前说，能忍便忍。可这次的异味越来越重，渐渐超过了常人可以忍受的范围，毛母终于待不下去了，捏着鼻子起身开门准备去提醒邻居注意点。

哪知门一打开，突然迎面撞上一个凶神恶煞的小伙子，紧接着，就泼来一桶油漆。

她毫无防备，躲闪不及，被泼了个浑身都是……

毛母从来都没遇到过这种情况，像是傻子一样呆呆站在那里。

偏偏那人还恶狠狠地丢下了几句狠话："告诉你儿子，光脚的不怕穿鞋的，以后再招惹不该招惹的人，就不是泼油漆了。老子把他的命根子都切掉，让他彻底断子绝孙！"

毛母被吓得连话都说不出来，恍恍惚惚直到那人都走了，才如同受尽了欺负的小孩子一般，"哇"的一声杵在原地哭了。

"力……力申……"

"妈，怎么了？你怎么哭了？"毛力申听着自己母亲六神无主的哭泣声，心中一紧，压低声音道，"发生什么事了？"

"你……你快回来，快点回来！"惊吓过度的毛母连句顺畅话都说不出来，只能反反复复地强调让毛力申回家，"你快回来啊！"

电话里也听不出个所以然来，毛力申担心他妈，临时请了假，匆匆赶回了家。到了家门口，只见过道里被泼满了乱七八糟各种颜色的油漆，他妈就蹲在门口，浑身上下也是刺鼻难闻的劣质油漆，他立刻皱了眉。

"怎么回事？这谁干的？"毛力申大步跳开未干的油漆地面，绕到他妈的身边，小心地扶起她。

"是她……一定是她……"

"谁？"

"那个瞎了眼的女的，她好毒，儿子你不要再招惹她，听到没？"

"边小槐？"毛力申愣了愣，这怎么就跟边小槐扯上关系了？简直就是莫名其妙啊。

"就是她，肯定是她，咱们不招惹她，好不好？"

"妈我先扶你进去。"

毛母现在的状态就是六神无主，说话颠三倒四，没个逻辑。毛力申非常担忧，便没有追问下去，先把人弄进屋将这一身都快干了的油漆处理下再说。

油漆上身非常难处理，毛力申替毛母换了身衣服，耐心擦拭了很久，他妈才看起来稍微干净了一些，只是明显被吓得半死，精神状态依旧非常糟糕。

毛力申像哄小孩子一般，哄她睡觉。

就算是躺进了被窝里，他妈也还是瑟瑟发抖地提醒毛力申："那女孩太毒了，咱们招惹不起啊……"

直到他妈睡着了，毛力申才敢悄悄走出房间，给边小槐打了个电话。

"有事？"对方的语气明显有些生疏。

"那个，我妈今天有点不对劲，嘴上絮絮叨叨的，老说到你，我寻思着你们也没见过啊，是不是之间有什么误会？"毛力申是个破案经验丰富的警察，他心里很清楚他家被泼油漆的事与柔弱的边小槐没有任何关系，不过他妈神神道道的异常举动绝对和边小槐有关联。他并没有在母亲面前正式提起过边小槐，他妈为何会把矛头指向她？又是何时认识的她？

可偏偏边小槐冷漠地回复道："我想你应该问你妈，而不是来质问我。"

不等他再张口说话，边小槐言简意赅，一句"我忙，挂了"便无比敷衍地挂了电话。

毛力申听着电话挂断的嘟嘟声，看着房里在睡梦中都还紧锁眉头的母亲，心想："完了！"

这八字还没一撇，他就得提前处理婆媳关系了？

意料之外

这一夜，毛力申几乎没合眼，一直守在他妈身边，生怕她会半夜三更被吓醒。直到第二天早上，他妈的精神状态稍微稳定了一点，他才敢盘问她昨天究竟发生了什么。

毛母被吓得够呛，也不敢说谎，一五一十把自己背着毛力申去找边小槐"谈心"的事情和盘托出，告诉毛力申自己回家后没多久就被泼油漆了，还被人警告管好儿子。

毛母将矛头指向了边小槐，坚持认为是边小槐心眼小，因为自己上门同她讲道理，惹得她心生不满，才会喊人跟踪自己回家，并在家门口泼油漆打击报复。

在她看来，这人、事、时间线，全对上了。

毛力申哭笑不得。

他告诉他妈，边小槐平时朋友并不多，也基本都是胆小怕事的老百姓，哪有可能找人跟踪她还泼油漆的？这种无赖行为分明另有其人。

可毛母说什么都不信，固执己见，真是让人头疼不已。

这油漆是谁泼的，查查附近的监控，花点心思自然能知道，也不必跟他妈在这费嘴皮子功夫。毛力申话头一转，又细细盘问他妈究竟是怎么知道边小槐的，又怎么会找到边小槐上班的地方去的。

原来那日前相亲对象，也就是医院那姑娘被毛力申在麻辣烫店门口秀了一番恩爱，回去后有些郁郁寡欢。父母见女儿心情不佳便关心了一二，得知此事之后跑去怪罪媒人，怎么会介绍了一个有结婚对象的男人给自己女儿？媒人也是百般委屈，便来怪罪毛母，毛母听那媒人转述才知自己儿子有个瞎了眼的"未婚妻"，震惊无比。

毛母深知自己儿子的性格，不到木已成舟是不会跟她多说的。当年考大学报警校他就这么干过，志愿都填好交上去了，他才说出自己报了警校的事，入职做警察也是如此⋯⋯

毛母在家坐立难安，只能换着法子向旁人打听。

姜飞接到毛母的电话，见她提起"眼睛瞎了的姑娘"，便立马报出了边小槐的名字，还特别感慨了一句："我说老大最近怎么天天跟我一起研究买房呢，还真是动了娶小槐的心思啊！"

这句话坐实了媒人的指责。

买房这事，毛力申之前对毛母说是现在房价涨得厉害，单位的公积金攒了这么些年也有不少了，加上他自己还有些积蓄，够付个小房子的首付了。再说，他们现在住的这个老房子不太行，附近也没什么好学校，以后自己总归是要结婚生孩子的，未雨绸缪买个小点的学区房肯定不是坏事。

毛母听了也觉得有道理，毕竟相亲的时候，大家也挺关注男方家的经济实力的⋯⋯

可现在转念一想，毛力申是想买房娶那个不知道是个什么情况的盲女，毛母就心急如焚，有点坐立难安了，生怕自己儿子被骗——找什么姑娘不好，要找个盲人啊？

盲人自己生活都够不方便的，别说以后带孩子了。

万一这盲人姑娘心存不轨，图他们家的房子，那可就⋯⋯

她急得要命，忙向姜飞问清了边小槐的情况。姜飞当时也没想太多，只当是做母亲的着急儿子的婚姻大事，便乐呵呵地把边小槐聪明机智，帮助警队破了几回案子的事告诉了毛母。

男人看女人和长辈看晚辈是不一样的角度，毛母听完心更沉了，只觉得这个姑娘心机好重，是处心积虑地靠近毛力申，想方设法地和警队的人打成一片。越是听姜飞把边小槐吹上了天，她越是觉得边小槐这姑娘不简单。

她向姜飞打听清楚边小槐的住所与上班的地方，悄悄记了下来后，趁着毛力申上班偷偷去找了趟边小槐，便有了这后面的一串事。

毛力申也是无奈了。

他原本还想着和边小槐正式确定心意之后，寻个合适的机会把边小槐介绍给他妈。现在可好，两个女人自己先接上头，正负极一碰，原地爆炸了。

"妈，你就别瞎操心了，你儿子是个警察，这油漆是谁泼的，到底是怎么一回事，我都会查得清清楚楚明明白白，一定不放过一个坏人，但咱也不能有空口无凭去冤枉一个好人，对不对？"

"肯定就是那个女瞎子啊，肯定是她找人跟着我一路跟回来的……"

"好了，妈。"毛力申及时打断了他妈，"一切都会水落石出的，你儿子还得去上班，还得查查这泼油漆的事儿，你今天一个人在家能行不？不行我就请假再陪你一天。"

"你去工作吧，工作要紧。"毛母郁郁寡欢道，"我不出门就是了。"

毛力申有些不放心他妈的精神状态，正犹豫着要不还是在家陪陪他妈，突然手机响了起来。

毛力申一看，来电的是姜飞，便立马接了电话。

刚刚接通，姜飞的声音就咋咋呼呼地传了过来："毛队，从昨天下午开始，队里好几个同事都反映家门口被泼了油漆，都传到领导耳朵里了，付局长让我统计一下，一共有多少家被泼了。你家有没有被泼油漆啊？"

毛力申闻言眉头一紧："好几家都被泼了油漆？找出来是谁干的了吗？"

姜飞："还没来得及查，付局长这不是让我先统计一下……"

毛力申："我马上到局里来！"

等毛力申赶到局里的时候，姜飞已经将各家被泼的情况统计做成了表格，汇报发给了付局长——身为警察，大家都有遇事先拍照存证的习惯，姜飞都不用跑现场就搜集齐了每家每户的现场照片。那些触目惊心的照片，直接气得付局长在办公室里拍桌子："荒谬！这事严查到底，我倒要看看谁有这么大的胆子，打击报复到警队家属身上了！一旦查实，严惩不贷！"

付局长当年也是从基层警察干起，靠着实打实的功绩一步一步升到局长这个位子的。以他多年的断案经验判断，这么集中这么多起连续的泼油漆行为，一定是某些不法分子打击报复，想通过恐吓警队家属，来达到泄恨的目的。

警察为了城市的治安，二十四小时辛勤守护着城市的每一个角落，却总有人不懂珍惜和平年代的安稳生活，屡屡从弱势的家属下手，挑衅大家的容忍底线。

这不是第一次有人恐吓警察家属了。

过去的这些年里，有家属收过寿衣，也有家属子女在学校门口被堵截威胁的，甚至还有家里被放进好几条毒蛇的……

有些查到了罪魁祸首，有些根本没线索查。

就像毛力申他妈说的那样：警嫂不好当。

这事不光付局长一个人震怒了，全警队没有谁不震怒的，大家一边集中火力查到底是谁干的这种缺德事，一边纷纷感慨真要多多注意家人的安全。姜飞甚至还给大家推荐了一款不需要埋线的摄像头，让大家都买一个安装在自家门口。

"你直接帮我下单买一个，多少钱我转给你。"毛力申刚刚开口请姜飞代买，就改口道，"不，帮我买两个。"

"好嘞！收货地址填你家，还是填单位？"

其中一个他是买给边小槐的，发回家不免要被问东问西，毛力申想了想道："发单位吧！"

"好嘞！"姜飞八卦地挤挤眼，"有一个是买给嫂子的吧？"

毛力申翻了他一个白眼："哪来的嫂子？"

姜飞回道："小槐啊……你不是都买房了……嘿嘿，毛队，你们现在发展到哪一步了？"

毛力申无力吐槽："你还好意思说，都快被你搅黄了。"

姜飞问："毛队，你在说什么？我怎么有点听不懂。"

"小槐在哪工作，是你告诉我妈的吧？她去找了趟小槐，搞得可尴尬了，现在我夹在里头两边都不是人。"

姜飞知道自己嘴不严犯了大错，赶紧说："我的天哪，我竟然好心办了件坏事？老大，我原本以为阿姨就是心急，想偷偷去看一眼未来儿媳妇长什么样，才告诉她的……"

毛力申气得想打他："我还不知道你？嘴里一点话都藏不住，要是哪天办的案子说漏嘴了，你一准完蛋！"

姜飞嘿嘿一笑，拍着胸脯保证："那不至于，我是有职业道德的。"

毛力申道："这祸是你闯的，回头摄像头到了，你给边小槐送去装门口，就说是你买的。不，说是你抽奖中的，也用不上。"

姜飞乐呵呵地说道："没问题，要不要我在嫂子面前给你美言几句？"

毛力申白了他一眼："你可别节外生枝。"

自从边小槐挂他电话之后，毛力申并没有再找过她，一来这泼油漆的事他得揪出真凶，好在他妈面前还小槐一个清白以解除误会，二来他也因为家属频繁被威胁的事更加谨慎了，他想将边小槐保护得更好一些。高调把人追到手也许会害了她，他不得不慎重考虑她的生命安全问题。

路遥知马力，日久见人心。他不急于一时。

上午刚刚过去，付局长就唤毛力申去他办公室里坐坐。

毛力申到了局长办公室，付局长先问了问油漆案的进展，在得知毛力申已经率领队里的兄弟们初步排查出是上次偷盗电瓶车团伙中逃罪的那人所为时，付局长深感欣慰，夸毛力申做事有效率。

"小毛啊，一看到你，我就想到当年的自己啊。"付局长由衷地感慨，"年轻，干劲足。甭管什么案子，就想着该怎么在最短时间内破案，也有那个能耐，到手的案子基本上没有破不掉的。"

"局长您过奖了，这些都是大伙的分内事。"毛力申说，"其实一直都没破的悬案还是有几桩的……"

"优秀又谦虚，好品质啊，局里的小年轻要是都像你一样，那咱们局年年都能拿先进了。说起来，还真有点舍不得放你走。"

毛力申听到这里有些糊涂，但他马上警醒反应过来："局长，您要调动我？"

"我哪舍得调动你啊？是省里想从你和姜飞之间选一个提上去，去省厅工作。这是个难得的好机会啊，我想先看看你们是个什么想法。论能力，论经验，你都在姜飞之上，排资论辈的话，应该是优先提拔你的。"

毛力申顿了顿，道："姜飞应该比我更想去省厅一些。"

"工作竞争，各凭本事，你不要在意别人的想法，就说说你自己，你想去吗？姜飞也是个优秀的小伙，但时间长着呢，以后有的是提拔的机会。再说了，小城市里小案子多，需要花费心思去侦破的案子少，以你的刑侦水平，留在宁泰市当个警察，着实屈才了。"

承蒙付局长青睐，毛力申还真有些不好意思。

上头的意思姜飞早就猜出来了，也在毛力申面前说过，可当真到了面对抉择的时候，毛力申就有些难选了。

一边是提拔去省里，一步走对也许日后就平步青云。

一边是割舍不下的故乡、母亲，还有……还有边小槐！

"付局长，感谢入队以来您的悉心栽培。"毛力申诚恳地说，"我家的情况，您也知道，我妈一直身体不太好，最近又受了点惊吓，我要是去省里工作，我妈就没人照顾了。而且我是土生土长的宁泰人，每个角落都熟悉到不能更熟，留在宁泰市工作，肯定更适合我一些。"

"你妈还没退休吗？"

"还有两三年才能退休。"

"那也是，不然带着你妈去省里，工作家庭两不耽误多好。"付局长感慨，"这个机会，确实好啊……"

"姜飞是外地考过来的，他倒是在我面前提过更喜欢大城市的生活，要不，您问问他的想法？"

"好吧。"付局长知道毛力申母亲是警队遗孀，过得挺不容易的，也就毛力申工作后才享了一些清福。毛力申一贯孝顺，他也不好太过勉强，只能点头道，"你叫姜飞过来，就说我有事要跟他聊聊。"

跑腿小妹

和毛力申闹别扭的日子倒也过得波澜不惊。

毛力申来过电话，但是边小槐没接，她不愿意一边在毛母面前放话"绝不高攀"，一边又偷偷接受毛力申的关心。

人总是要适应孤独，这么多年她不都是这么过来的吗？

倒是姜飞来找了她几次，不是帮她安装摄像头，就是给她送东西。她有些不好意思接受，可姜飞半真半假地说自己过完年就要调去省里工作了，单位发的东西他也用不完，不如送给她。

边小槐听过毛力申说那些送她的日用品都是单位发的，便信以为真……只是她有点奇怪，单位发肥皂发油米她能理解，为啥还发摄像头啊？

姜飞好想告诉她这是毛队特地给她买的，可怕自己又好心办坏事，话到嘴边愣是忍了又忍，谨遵毛力申的警告，没敢在边小槐面

196

前说漏嘴，只说是自己中奖中的，但这摄像头他根本用不上，想来想去也就送她合适。

末了，姜飞还说："警民一条心嘛，你也别客气，要真觉得过意不去，平常碰到有人干违法犯罪的事，你就多向警队举报，也算是帮了我们大忙。"

不用姜飞提醒，边小槐也把举报违法犯罪的事放在心上了——毕竟每个月她的银行卡里还会按时收到警队发给她的一千块"线人费"。她白拿这笔钱心中有愧，一直都想做点什么，却苦无门路。

这一日，边小槐接到了一个电话，是以前街道口一位王姓老街坊的孙子打来的。

当年那位老街坊看她可怜，没少招呼她去自己家吃饭。他家那位孙子同她岁数差不多大，就没那么善良了。只要大人一走开，他不是偷偷往边小槐碗里撒盐，就是悄悄踢开她的凳子，看她摔个狗啃泥，总之没少捉弄她。

当年边小槐吃人手短，从未在大人面前提过自己被他欺负的事，可那小子混球的形象已经深深印在了她脑子里，以至于只是听到他那公鸭嗓，就条件反射一般后背一紧。

"槐丫头，你最近在哪儿混呢？"

过分亲昵的声音反倒显得有些虚伪，边小槐吃不准他突然来电有何居心，想了又想，决定还是不要暴露自己现在的工作地点，便含含糊糊道："还是老样子，打点散工糊口呗。"

"那哥哥给你介绍一个肥活吧！这活你要是做得好，小费都能拿不少，有兴趣不？"

"什么活？"

"就周末两天来农村送送饭，一天送一顿，跑腿费是每天一百块，小费另算。朋友一说这活，哥哥就想到你了，怎么样，哥哥够照顾你吧？"

他左一个"哥哥"，右一个"哥哥"，叫得边小槐恶心反胃，不过这活听起来确实是个轻巧活。

边小槐在心里迅速盘算了一下，工厂那边她可以周末调休，倒确实可以接这活，这样每个月又可以赚八百块的跑腿费，算起来也不赖。只是……

边小槐警惕地问他："给谁送饭呀？送到哪个村？远不？有啥危险不？"

对方拍着胸脯保证："我的槐丫头哦，你想啥呢？送个饭能有啥危险的？危险哥哥也不舍得让你做哟。就是老板们吃不惯农村的饭菜，非得让人从城里做好了送来。到时候老板想吃哪家饭店的菜，订好了你就去拿，拿了坐个小巴趁热送到村里来就行，累不着你。"

边小槐将信将疑："就这么简单？"

"就这么简单！"

"那为什么不找跑腿公司送呢？"

"我的好妹妹，你赚钱就行了，哪那么多为什么啊？该问的问，不该问的别问，这活你不干哥哥可介绍给别人了……"

"我干。"边小槐犹豫了一下，点头接了。

到了周六，姓王的果然如约打来了电话，给她报了取餐和送餐的地址。

确实如他所说，这就是个跑腿的活。

边小槐气喘吁吁地拎着约二十人份的外送餐盒在公交站台等车，心里美滋滋地想着这一趟差事最多也就花她一个小时的工夫，要是能顺利赚到一百块，确实很不错。

她小心翼翼地把饭盒拎好了，生怕打翻了汤菜，别没挣着钱还要倒贴。

一路上倒挺顺利，当边小槐拎着大包的外送餐盒抵达目的地宏

198

村时，饭菜还是热乎的，姓王的那小子已经在村口等她了。

"我的好妹妹，辛苦你了。"那小子一见面就牵起了边小槐的竹竿，招呼她跟着自己走，"你跟着哥哥混，少不了你吃香的喝辣的。进去后你别乱说话，甭管我是怎么介绍的，安安静静把钱挣了，知道不？"

边小槐点点头，仿佛自己已经是个哑巴了。

那小子看边小槐如此上路子，满意极了，又压低声音指点她："等下要是有老板给你小费，你就都收了，然后出来咱们俩五五分。"

"嗯……"

听到这，边小槐才算是明白了，怪不得这家伙要给自己介绍活，原来是惦记着从她身上捞点好处。

只是她没明白，送个餐给一百块钱跑腿费已经非常大方了，怎么还会额外给小费呢？姓王的惦记着小费，想分一手，这小费怕是比跑腿费只多不少。

这钱，真那么好挣？

边小槐警惕地竖起耳朵，注意着周围的动静。她在心里盘算好了，万一有什么不对劲，她立马掉头就跑。

脚下的路越来越难走，周围也愈发安静，只有树叶的沙沙声和鸟儿的叽叽喳喳声，似乎越走越偏了。

"还有多远？"边小槐不放心地问道。

"拐个弯就到了，几分钟。"

正说着，前方就有了人影，见他们二人走了过来，远远就操着浓重的乡音大声质问道："这女的来干吗的？"

姓王那小子立刻赔着笑脸迎了上去："跑腿送饭的，看不见的。"

那人不太放心地打量了边小槐几眼："真瞎假瞎啊？"

"如假包换，赵老板让我物色个靠谱的跑腿给各位老板送饭，哪有比瞎子更靠谱的？你说是吧？再说了，这丫头是我表妹，从小我看着长大的。自家人，绝对听话，放心吧。"

那人盘问了半天，看那边小槐手里提着扎得严严实实的餐盒袋，模样确实乖巧，这才放行："进去吧。"

边小槐默不作声地在一旁听完他们俩的对话，心中就更打鼓了。

这怎么搞得跟特务接头似的……

边小槐有点后悔这事没有提前跟姜飞打个招呼，万一她被欺负了出什么意外，兴许还有人能来救她。

不等她深想，就已经到门口了。

"愣着干吗？进去啊，菜凉了就不好了。"姓王那小子见她发愣，赶紧连推带搡地把她推进了门里。

"要不你送进去吧，我不进去了……"边小槐退缩。

"我的小姑奶奶，你抖什么啊？送个饭而已，又不会吃了你，赶紧进去，别耽误事。"

这里农村的房子大多还保留着传统的几进式样，进了大门是客厅，客厅里面还有一小厅，再后面才是房间。

往里走了走，边小槐才发现里面别有洞天，好不热闹。

"真黑，又是四点！"

"哈哈，三六，九点！有比我高的吗？"

"你今天手气有点旺啊……"

"我说嘛，跟着孙老板押，准没错，押得多赢得多，来时自行车，回去开跑车。"

"都躁什么？我还没开牌呢，看见没？单张八，等我再搏个二，二八通杀你们一个都别想跑！二、二、二……来了！真是个二！绝了，哈哈，给钱给钱，每家六千，赶紧给。"

边小槐立马反应过来，这些老板是在这里赌博啊！

难怪他们神神秘秘的。

一群老板大周末跑到农村里来，派人守在大门口放哨，还吃不惯农村的饭菜，专门差人从城里送来……

不等边小槐把这里头的门道都想清楚，姓王那小子已经谄媚地迎到了各位老板的桌前："哟，我这才走开一小会儿，林老板就发财了啊？嗬，这么厚的堂子，这一把赢了至少得五六万吧？等下可得带我们吃喜钱啊！"

那位林老板满脸春风得意，面前一摞厚厚的钞票，冲着姓王的那小子瞟了一眼，这一眼就瞟到了他身后的边小槐。

"你这小子，出来看场子还带个漂亮姑娘，艳福不浅，会玩啊！"

"什么艳福呀，这是我表妹，特地叫过来给各位老板送饭的，她眼睛看不见，残疾人不容易，各位老板赢了钱的可得多给点小费。"姓王那小子见缝插针，立马就把边小槐推到前面，顺势卖一波惨。

"长你这样，还能有这么漂亮的表妹？"

"林老板，刚才摸牌也没见你眼神这么尖，你是不是看上人家表妹了啊？"

边小槐在一群男人的调侃中，通红了脸，生怕这些男人口头上占占便宜不够，还想揩她油，无奈之下只能把手里的餐盒袋举得高高的，冲着他们道："各位老板先吃饭吧，菜凉了就不好吃了。"

许是被那菜香蛊惑，大家还真有点饿了。

赌桌上的男人们纷纷离席凑过来挑选自己爱吃的口味，边小槐低着头，紧张地把袋子打开，小心翼翼地往外取着食盒。

个别赢钱了心情不错的老板，当真顺手塞了她几张钞票，算是小费。

姓王那小子见钱喜笑颜开，不住地从身后戳着边小槐，提醒她谢谢老板。边小槐拼命鞠着躬，把头压得低低的，生怕他们揩自己油。

"你这表妹看着挺单纯啊，不会还是个处女吧？"也不知道哪个油腻的男人问了一嗓子，大家都跟着哄笑了起来。

边小槐越是窘迫，姓王那小子就越是得意："恋爱都没谈过呢，干干净净，清清白白。"

恶心的感觉止不住地往上翻涌——果然天上不会掉馅饼，这钱给得再多，边小槐也不想再干了。

她闷不吭声，餐盒一分发完，就攥着小费默默退到房门口，紧捏着她的竹竿等着姓王那小子出来带她走。

许是惦记着分她手里的小费，姓王那小子倒也不拖拉，美言奉承了老板们几句，就麻溜地撤出来送边小槐出去。

果然到了外面，那小子就急着找边小槐分钱。

边小槐任他把钱拿去数，低声不爽道："这钱我挣不来，你还是找别人吧，下回我不来了。"

那小子欺负边小槐看不见，把百元大钞全都抽走，只塞了几张十元到边小槐手里："我的好妹妹，你是不是傻啊？送个饭你就挣了一百六，这天上掉馅饼的活，你确定要让给别人干？他们都是来赌博的，也就逗逗你，你不说话别当真就行了。再说了，男人哪有不好色的？他们越是逗你，给你的小费就越多，你何必跟钱过不去呢？有钱不挣王八蛋。"

闻言，边小槐沉默了。好半天，她才仰起头来，很认真地问他道："他们是每周末都找人送饭吗？"

姓王那小子当她见钱眼开，终于想明白了，心满意足地拍了拍她的肩膀，打包票道："放心吧，这钱每周都有得赚。明天还是这个时候，哥哥还是在这里接你啊。"

赌徒心态

第二天中午，边小槐再次如约拎着重重的餐盒袋，出现在了宏村村口的小路上。

姓王那小子还没到，边小槐略紧张地按了按胸口，查看藏在内衣里的卫星定位器是否还在。她刚刚确定完，前面的小路上就响起了姓王那小子油腔滑调的声音："我的好妹妹，你要赚到了，今天有几个特别大方的老板，等下你嘴巴甜一点，保准比昨天还拿得多！"

边小槐难以察觉地皱了皱眉，冲着他递过竹竿示意他带路："赶紧走吧，菜要凉了。"

姓王那小子办事倒是个痛快人，二话不说立刻牵着她的竹竿给她引路。

一路上，他不是闲扯一些儿时的旧事，就是聊些早就搬走的老街坊，话题一直都没断过。可关于赌博的事，那是一点也没提，看似漫不经心，实则警惕性很高，一看就是老江湖了。

边小槐也不多嘴，默默地听他唾沫横飞地瞎扯。

已经见过一面了，这一次门口放哨的人只是看了边小槐一眼，就放他们进去了。到了里面，边小槐驾轻就熟地把饭菜端了出来，依旧没有半句多余的废话，送完了饭菜就安安静静地站在角落里等着姓王那小子带她离开。

她这种人瞎话又少的作风很讨喜，赌桌上老板们果然掏起小费来一个比一个大方，不一会儿，她的手里就攥满了钱。

姓王那小子看着她手里的钞票，喜笑颜开，恨不得马上就把她拎出去分钱。

还没走出屋子，边小槐突然停了下来："哥，我肚子疼，我想上厕所。"

姓王那小子惦记着她手里的钱，不想节外生枝，便哄她道："农村的茅厕脏得要死，你忍忍回去再上。"

边小槐脸憋得通红："忍不了那么久……"

说完，不等他再张嘴，边小槐就主动把钱全塞到他的手里，哀求他道："哥，带我去吧，真憋不住了。"

"瞧你那点出息。"钱一到手，姓王那小子就放松了警惕，一边数落边小槐，一边给她带路，"屋后面就有茅厕，我给你守着门，你小心点，掉到茅坑里可没人捞。"

到了茅厕，姓王那小子就站去了门口给她守着，只留边小槐一人在里面。

边小槐虽然眼睛看不见，但是摸钱一摸一个准，从来都不会数错钱。昨天她就发现了姓王那小子明目张胆地黑了她小费。

刚才塞钱的举动，她更是故意的，笃定钱到了姓王那小子的手上，他定不会跟进来监视她，而是趁机背着她把钱分好，方便独吞大头。

一切都在她的预料之中。

她用竹竿四下探了探，确保没有其他人在茅厕里了，这才急急忙忙从胸罩里掏出一个粘贴式的卫星定位器，摸着墙边找到放卫生纸的垃圾桶，悄悄倒贴在了垃圾桶的底部。

待她伪装好定位器，这才一脸轻松地从茅厕里走出来。

此刻，姓王那小子已经将几张百元大钞全部装进了自己的口袋，依旧只递过几张十块的票子给边小槐，还不忘哄她道："今天比昨天多收了二十块小费，哥也不占你这点小便宜，多的都给你。"

边小槐坦然自若地接过钱："谢谢哥。"

半个小时后，突然几辆普通商务面包车不动声色地开到了宏村的路口，车上跳下来十多个身着制服的警察，悄无声息地四下散开，分三路从不同方向包抄进了村，目标正是边小槐送饭的地方。

那帮人在宏村私设赌场也没多久，特地选租了个偏僻且无人居住的农房，沿路贿赂了几个村民，见到警车就电话报信，甚至还安排了人在路口放哨盘问，一旦有什么不对劲就立刻拉铃，方便在里面聚众赌博的老板们跑路，隐蔽工作做得一流。

城里好些个嗜赌的老板一到周末就赶到这里来，每天赌桌上飘的现金都是数以万计的，包里不装个五万十万的，都不好意思上桌子。

老板们吃了午饭，个个都精神抖擞地坐回赌桌，正要大杀四方，突然那外头放哨的急急拉铃。

"有人来了。"看场子的人警惕地皱了眉，"收东西，撤。"

宁泰市禁赌很久了，警队每年都会进行几次大规模的扫赌，几番交道打下来，那些铤而走险的赌徒也提高了警惕，赌博活动组织得愈发隐蔽了起来，没人举报根本没法找。

昨天晚上，毛力申接到边小槐的电话，第一时间就开会确定了抓赌方案：边小槐看不见，讲不清楚那个隐蔽在农房里的地下赌场是怎么走的，毛力申便让边小槐携带卫星定位器先进村送饭，放置好定位器方便他们追踪位置，等她安全撤离之后，警队再突袭抓赌。

魔高一尺道高一丈，警方怕警车太过显眼，会打草惊蛇，特地开了普通商务车进村，然后根据定位器传来的方位，分几路火速包抄过去。

警察冲进屋子之前，老板们正慌张地将桌上的现金装回自己的口袋或皮包里。姓王那小子趴在窗户口，远远看到了警察包抄过来，急忙冲着老板们大叫："警察来了。"

有些老板经验丰富，立马扔了钱站到一旁，装傻充愣佯装看热闹的人。有些老板却是第一次遇上警察抓赌，听到"警察来了"，第一反应就是拔腿往外跑。

"要跑就往山上跑，走后门。"姓王那小子冲着无头苍蝇一般的老板们急急吼道。

这小子跟着一个专门开场子的"捞偏门"，歪主意一大堆。经他提醒，那些新入赌坑没多久的老板就齐齐朝后门涌去。

哪知道这一逃，刚好就撞上了从后门包抄的警察，顿时一个都没得跑，全被抓个现行。

负责这一路的王弋一马当先，一招擒拿按住一个，一脚飞腿扫倒一个，三两下就控制住两个。其他警员也如法炮制，把妄图从后门逃跑的赌徒全都控制住了。

姓王那小子见势不妙，从窗户跳了出去。

此刻，前门也冲进了一队警察，将那放哨的和逗留在屋子里还没逃的全都逮个正着。

漏网的，也只剩了那几个跳窗跑路的。

姓王那小子跳窗之后跟那几个侥幸跑掉的老板往山上冲去，山上都是树，隐蔽点多，且大家四散开来并不好抓，是逃避警察的最佳路径。

爬到一半，跟在他身后的那位林老板突然气喘吁吁地叉着腰，大口喘气，一副真走不动路的样子。

姓王那小子催促："快走啊，不然警察追上来了。"

林老板回道："走不动，钱太重，早知道不带这么多钱了，累死我了。"

姓王那小子知道他是大老板，伸手拉他跑："多少钱啊，累成这样？"

"二十万。"

这包里的钱，有一部分是他带来赌的本钱，更多的是他今天赢的钱。

"快，扔山上。"姓王那小子一听这么多钱，赶紧出主意，"人赃俱获你就完了。"

"钱不要了？"

"被抓了钱也是没收，还要坐牢，你藏在山上以后说不定还能找回来。再说了，钱重要还是命重要？"姓王那小子随便找了块大石头，拔了几株草，招呼林老板过来，"藏这里，我给你做个记号，明天咱们再回来找。"

"行！"

林老板听他的，果断把那装了二十万现金的皮包就这么藏在了大石头后面，用几株草胡乱遮挡了一下，又用碎石子在大石头上画了个标记。

姓王那小子心中暗笑，想这林老板果然人傻钱多好忽悠，还等什么明天啊，只要抓赌的警察走了，他就杀个回马枪把这二十万偷走。

只可惜他的精明算盘并没有打成。

第三队警察带了警犬上山，直接嗅着气味去追逃上山的赌徒。就那群挺着啤酒肚缺乏锻炼的老板，哪里跑得过身强体壮的警察，更何况还有训练有素的警犬……没多久，他们就一个个被警犬成功追上扑倒在地，吓得那是屁滚尿流，动弹不得。

林老板与姓王那小子自然也没逃过追捕，尤其是姓王那小子，被警察抓住的时候，他正鬼迷心窍返回林老板藏皮包的地方，偷那诱人的二十万……

警队抓了二十来人，几辆商务车都坐不下，又从市里临时调了好几辆警车，这才回警局。那阵仗，惹得不少沿途的村民跑出来看热闹，纷纷议论警察抓了什么人。

那一头，边小槐平安回到家后，心乱如麻，想打电话问问情况怎么样了，却又怕打扰毛力申他们做事。她忐忑不安地坐在家里，手上那一百几十块跑腿费都攥出了汗，一直忘记放下来。

自从她和毛力申他妈不欢而散之后，她就发誓从此桥归桥，路归路，绝不再"高攀"毛力申家。再占他一丁点便宜，她就是小狗。

可偏偏让她撞上聚众赌博这种违法乱纪的事……

其实她也纠结了一番，才主动打电话给毛力申——当初给线人费的时候，毛力申交代过她，不要随便暴露自己的线人身份，只能跟他单线联系。于私她并不想联系他，可于公她又是他的线人，不得不向他举报。

好在毛力申接到举报电话也只是公事公办的态度，迅速给了她回馈，并在确保她安全的情况下，安排她带着定位器再深入敌方一次，方便警方追捕。

需要边小槐配合的部分并不危险，就是伺机行事，把定位器藏在房子里就行，待她安全脱离之后警方才会去抓赌。准确说来，之后就没她什么事了，不必画蛇添足追问后续，可她就是很想打电话给毛力申。

边小槐忍了又忍，好不容易才把想给毛力申打电话的冲动忍了下去，有些丧气地躺在床上，想自己这究竟是怎么了。

她的自尊心，早就被那些吃不饱穿不暖的苦日子磨没了，为何却偏偏要在毛力申的面前如此坚持？旁人一两句难听的话，就将她久违的自尊心给戳出来了。明明就是喜欢他喜欢得不得了，却还要摆出一副她根本不稀罕"高攀"的样子来……

道理她都能想明白，可是唉声叹气了半天，还是没胆给毛力申打电话。

好在没等她纠结完，毛力申就主动给她来电话了——虽然听起来只是来致谢的。

"谢谢你。"毛力申如是说，他的声音有些沙哑，听起来挺费劲的。说完那简单的三个字，边小槐清清楚楚地听见毛力申找姜飞讨润喉糖。

"嗓子不舒服就多喝水、少说话。"边小槐连忙道。

电话那头传来一声浅浅的笑音，好半天，毛力申才意味深长地试探她："你这是在关心我？"

"谁关心你了？"边小槐拒绝承认，脸都红了。

边小槐胡思乱想着，毛力申却话锋一转："今天一共抓到了二十多个赌博佬，现场搜出来一百多万的现金，是今年抓赌抓得最大的一次。"

"一百多万？"边小槐听到数字吓了一跳。

"嗯。"毛力申沙哑的声音透过听筒缓缓传进边小槐的耳里，他夸她，"小槐，你做得很好……"

第七章
合　作

牵扯深远

基层警察这份工作，就是琐碎又身不由己，可能上一秒还在出警替人调解家庭矛盾，下一秒就被派去执行有生命危险的任务。

毛力申原本想趁机和边小槐缓和一下关系，约她出来吃个饭看个电影什么的，却被局里一堆的事拖着，抽不出身来。

有很多的案子，看似结了，其实却并没有真正结束。

任何一起案件，顺藤摸瓜查下去，都有可能查出更多、更深的犯罪行径来。

北城一号那个涉黄案就是这样一个情况，原本只是牵扯到聚众涉黄、贩毒，后来牵扯出的那起跨国暗网案件算是意外收获，真正让毛力申他们二中队下狠功夫在深挖的是毒品那条线。

在省厅的协助下，经过一段时间的侦查，二中队揪出了专为北城一号配送毒品的毒贩信息，可到抓捕时，却意外发现该毒贩竟然因为吸食毒品过量，和女友在欢爱的过程中双双暴毙身亡。当警察找上门的时候，尸体都臭了两天了……

线索又断了。

等毒品检验分析报告出来，警方发现，这批毒品的成分、量值、纯度很像是从药品中提炼出来的，而且制作出来时间不久，与省内另外几桩待破的毒品案中的毒品成分高度相似。

陆老六年轻的时候当过一段时间的缉毒警察，那个年代制毒多半是以罂粟等植物作为原材料，从中提炼制作毒品，哪里大量违规种植了罂粟等可供制毒的植物，哪里就一定有制毒团伙。随着时代的进步和发展，制毒的方式方法也越来越多元化，层出不穷的新型毒品面世，给警方的缉毒工作也带来了新的挑战。

现在很多药店里常见的药物都可以提炼出微量的麻黄素，再经过一系列的工序，就能合成苯丙胺类的毒品，比如冰毒。这种制毒方法在收药环节上比较耗时烦琐，成本却非常低廉，且工序简单，容易提纯。放眼全国，这几年有不少新破获的毒品案件都是以这种方法来制毒的。

只是怀疑归怀疑，该如何从断掉的线索里寻找新的证据和线索还需要再好好商榷分析。

宁泰市作为一个县级市，制毒涉毒方面的办案经验并不算丰富。省厅考虑到这个实际情况，派了两名有缉毒经验的警察来宁泰市协助调查，配合二中队行动。巧的是，这其中一位警察与毛力申同姓，另一位则姓侯，大家亲切地叫他们小毛警官与小侯警官。

小毛警官与小侯警官年纪并不小，只是碰巧都长了娃娃脸，看起来比较年轻罢了，实际上年龄都三十有加，比毛力申还要大上好几岁。

"你们的意思是，这个制毒工厂很有可能就在附近？可这一点线索都没有，难不成要一家家药店查监控，看看有没有可疑的人来大量买药？"付勤勤听完了大致的案件分析之后，好奇地问道。

"在没有线索的情况下，这也不失为一个法子，只是比较耗时。"小侯警官点点头。

"就算只查一个宁泰市，那也有上百家药店要查，更何况我们的排查范围不可能只圈在一个宁泰市吧？这样一家家查监控，要查到猴年马月啊？"姜飞忍不住吐槽，"而且你们说的这些药物，都是很常见的药啊，我感冒的时候也会吃。要是每个购买的人都排查一遍，那工作量也太大了些……"

"所以说比较耗时。"

"好吧！"姜飞耸耸肩，"就没有别的方法了吗？"

"省里那几桩案子和你们这个案子基本能断定是同一源头的毒品，那些案子也都是查到这附近的上家就断掉了，省厅推测附近有制毒工厂也不无道理。这样搜查也许是无用功，但毒品危害太大，该查还是要查，半点线索都不能放过，我们先从宁泰市排查起吧。"

"唉……"一想到要查监控，排查可疑人员，还要做人脸比对，姜飞就一个头两个大，忍不住直摇头。

陆老六拍拍姜飞的肩膀，道："缉毒就是这么缉的，毒贩都狡猾，有时候一点线索都没有，只能用这种笨法子排查，习惯就好。"

姜飞回道："我习惯啥啊，我巴不得全国上下一个毒贩都没有，别这么累才好。"

吐槽归吐槽，大家行动起来却毫不含糊，会议结束就划分了调查区域，前往每一家药店盘问可疑买家并调取监控。

市区的百来家药店盘查结束之后，周边乡镇的药店也被他们细致筛了一遍，一家都不放过。

这类含有特殊成分的药物，原则上都是限购的。据多家药店反馈，他们都是严格执行限购政策，每人每次最多只能买五盒，并没有发现长期购买的可疑人物。如果有毒贩大量收这类药物，理论上肯定要差人每家药店挨个收购的。可初步盘查完，并没有发现可疑的收购人员。

线索查到这里又陷入了无头绪的状态，不免让人沮丧。

"会不会是我们查的方向错了啊？"付勤勤弱弱地举手，"检验报告分析这个毒品成分是从普通药物中提炼制作出来的，但我看过市里的案宗，好像都没有提到过这种制毒方式。"

小毛警官否定了她："报告和推断都错不了，类似的案例我们遇到过两起，毒品成分都与这份检验报告极为相似。要错的话，只有可能是毒贩用了更为隐蔽的方法获取含有这类成分的药物，又或者药物的获取渠道地区并不在宁泰市。"

"不在宁泰市要怎么查啊？"付勤勤咂舌，"难不成还把全国的药店都搜查一遍？"

这桩制毒的案子可能是付勤勤在职期间能接触到的最大案件了。她与父母沟通协商，最终各退一步，父母同意她再体验几个月的警察生活，她也妥协年底辞职回家接班。在这最后的日子里，她迫切希望能够参与破获一个真正的大案，也算是给这小半年的自己交出一个亮眼的成绩单。

付勤勤背地里为此可是下了不少功夫，全市与毒品相关的案宗都被她找出来看了一遍，只可惜收获甚微，并没有太多的参考价值。

不过她的努力大家都看在眼里，连从省厅过来支援的缉毒警察小毛警官和小侯警官都没少夸赞她。

"搜查全国倒不至于，但周边地区肯定都要排查一遍才安心，这个我们会跟省厅报告，让上头跟其他兄弟县市协调配合。"

"唉，多市协动，那可真是个大工程了。"姜飞忍不住感慨。

"别乱说话。"毛力申提醒姜飞，"每年各市都会做基础的黄赌毒排查工作，这本来就是警方的职责所在。"

小毛警官点点头："我们这边现在能做的就是看看能不能从其他方面寻找突破口，转变思路，找些新线索出来，比如暴毙的那个毒贩子，再查查他。"

"毒贩子的家我们已经地毯式搜查过一遍了，所获甚微。还有他的手机，清理得也比较干净，电话都是打完就删，微信这些通信软件里留下的痕迹不多。通信公司拉出来的通话名单里，也没什么发现，他们多半并不是通过常规通信软件接头的。毒贩的家属更是对他的贩毒行为毫不知情，比较难搞。"毛力申汇报道。

那起意外死亡案件是他带队负责的，第一时间他们就搜查了现场，也是希望能够获得一些有利线索与证据，将幕后的大毒贩给揪出来。

正所谓狡兔三窟，真正的大毒贩是不会在这种销毒的娱乐场所抛头露面的。他们手里都养了好些散毒的小毒贩，单线联系，每个人只管给够那么一两家娱乐场所的长期出货。一旦发生意外，就立刻与小毒贩切断联系，弃车保帅。

这个给北城一号供毒的小毒贩，明显就只是颗弃子，很难查出点什么。

"再查一遍，也许有什么线索我们遗漏了。"

"好。"

散了会，小毛警官、小侯警官带了一队人马前往暴毙的那个毒贩家里，重新寻找线索，而毛力申则和姜飞留在局里，对已有证物重新分析，看看能不能找到一点新的突破口。

所谓的已有证物，无非就是现场收集上来的衣物、手机、电脑等重要物品。

公安部门有款最新的仪器，可以一键破除手机中所有软件的账户密码，手机证物在警方面前约等于是毫无秘密的存在。之前警方已经排查了一遍，手机里面没什么异常。

姜飞又仔细排查了一遍那个毒贩手机中的通信录，突然脑中灵光一闪，冲着毛力申道："毛队，你要是毒贩，肯定也会打一通电话删一通电话，小心翼翼处理联络痕迹的，对不对？"

"别说废话，讲重点。"

"手机里的痕迹可不止通话记录、短信、微信这些。还有很多其他痕迹同样会出卖一个人日常的行为习惯，也许在这里面，我们能发现一些不太一样的东西。我在想，我们上次是不是看漏了什么。"

毛力申眼皮一抬："你发现了什么？"

"我还在看。"姜飞低头飞速点开一个手机软件，随口道，"现在接头的方式花样百出，毒贩也在寻找发展途径啊。也许毒贩是用点外卖的方式运输毒品呢？这样神不知鬼不觉，谁能想得到一个毒贩，深夜点了一单外卖，留言店家珍珠奶茶两杯多加糖，实际意思却是来两包纯度高点的毒品？"

毛力申翻了他一个白眼："你的想法也太天马行空了一些，你瞎联想这些，还不如在那些买车票定民宿的软件上看看，他经常去哪些地方，有没有什么共性。"

警方早就查询过酒店身份登记的联网系统数据了，然而并没有这个毒贩的开房记录。但姜飞的话提醒了毛力申，现在五花八门的手机软件颇多，指不定毒贩出门都是故意避开那些查询身份严格的正规酒店，住那种根本不查人的民宿。

果然，姜飞一番摆弄下来，收获满满。

"毛队，你真聪明，这上面还真有不少订民宿的记录。"姜飞啧啧地感叹着，"没想到这么个五大三粗的汉子，订民宿竟然喜欢住那种粉嫩的少女风。这有套打扮得花里胡哨、粉粉嫩嫩的房子，他最近几个月重复订了七八次。不对啊，他在本地有房子，没事订什么民宿啊？"

线索断了

　　根据手机软件里的使用痕迹，姜飞获取的信息还挺多，比如他女朋友是他微信搜附近的人认识的；比如他每个月都会在手机软件上用他女朋友的身份证订某套位于市区的少女风民宿一天；比如住进去的那一天，他都会用外卖软件订两次外卖，每次都起码要点上三四百块的外卖，配送信息填的是民宿的固定电话。

　　"正常来说，大家住民宿，都不会特地问老板固定电话是多少，对吧？点外卖留自己的手机号就好了啊，为什么要画蛇添足用固定号码呢？"姜飞分析道，"可能是不知道来住的人是谁，也有可能是为了隐藏住进去的人的号码，也算是抹掉痕迹。可抹掉痕迹这个行为本身，也是一种痕迹。"

　　"每一次他都点七八个菜，四份米饭，这说明什么？"毛力申把问题抛给付勤勤。他也知道付勤勤快要走了，也许一辈子都当不了警察了，可他还是希望能多教她一些。

　　"说明里面每次都是住了四个男人！"付勤勤回答道。

　　"点四份米饭不一定就是四个男人。"姜飞一本正经地纠正她，"很多男人都挺能吃的，比如我，就是顿顿都要吃两份米饭。这套房子一室一厅，只有一个房间，不可能挤下四个男人，若是住四个男人，那肯定会选别的房源。你应该得出的结论是有一个或者两个饭量很大的男人，每个月来住一次。"

　　"那你怎么确定住进来的男人就是与他进行毒品交易的人？"付勤勤反问。

　　"经验。"姜飞微微笑，"会如此处心积虑地抹掉住宿人信息，这其中必然有问题。你还太年轻，多学着点吧！"

"哼，说得像你多老似的。"

只要姜飞一张嘴，付勤勤就控制不住想跟他拌嘴。

平时在队里天天抬杠也就算了，现在省里来的同志都听着笑，毛力申提醒付勤勤："注意点分寸，开会呢。"

付勤勤撇撇嘴，不敢再吱声。

民宿自然不如酒店宾馆好调查，警队找了房东来问话。房东一问三不知，表示自己并没有和住户打过照面，这个客户属于老客户了，都是自助下单，到了门口按照指示取钥匙，到了退房时间就会自己走，也不用催。房东留下的唯一线索就是负责打扫卫生的保洁大妈曾经向他抱怨过，住在里面的人太邋遢，垃圾乱扔，而且每一次来住，垃圾桶里都有一堆感冒药的外包装盒。

感冒药……

这个线索让警队成员们振奋了一下。

说明他们最开始的推论是合理正确的，这幕后的毒贩就是通过提炼药物中的某些成分来制作毒品的。并且每个月一次入住这套民宿的人，一定就是幕后的毒贩或者是制毒团伙中的一分子。

大家再接再厉，又找了当日接单送外卖的快递小哥来问话，只可惜外卖小哥每天的接单量过于巨大，实在是对这个单没太多印象。

不过没事，能查到这么一些线索，已经是很大的突破了。

毛力申他们以这个民宿所在的小区为中心，圈出了周边十来家药店，一家一家重新询问，在毒贩每个月住民宿的这一天里，有没有人来大批量买感冒药。

一般的监控都会存档五到七天，时间太过久远的也没法查，靠着药店柜员的回忆，终于有那么两家药店确定似乎是有这么一个人，会偶尔过来买感冒药，对号入座的话，确实可能是每个月一次。之前警方盘问的是长期频繁购买药物，大家便没有往那个顾客身上想，毕竟他买药的频率并不高，量也刚好卡在限购的数量上。

这药物的购买量虽不构成大量炼制毒品的可能，但起码能证明上游的毒贩会定期来这里。

没有监控，就只能靠人工画像。

陆老六根据药店柜员的描述，描画出几张幕后毒贩可能的长相时，付勤勤的下巴都快惊掉了。

这种用画像还原犯罪嫌疑人模样的技术，付勤勤只在电视里见过。没想到，宁泰市这么一个小小的县级市公安局，居然会有人工画像的高手……

"老六，你可以的，深藏不露啊！"付勤勤举着那几张素描像，感慨万千。以前她受那些刑侦电视剧的影响，总觉得自己学的心理学很厉害，可以通过分析犯罪嫌疑人的心理与行为破案。真正到了警局，她才明白破案可不是只靠分析心理与行为就够了，还有各式各样的仪器和刑侦技巧可以运用。

就比方说姜飞经常倒腾的那些仪器中，有监控的、做人脸比对识别的、让初始化过的手机恢复记录的等等。再比如说陆老六这一手人工画像的技巧，在没有监控录像的情况下就很实用。

陆老六谦虚地挥挥手，道："以前没有天网监控，缉毒都是靠画像来推进工作的，画像大家多多少少都会点，水平高低的差别而已，还不知道画得像不像呢。"

不等他话说完，药店柜员就兴奋地点头："像的，像的，那个人，长得很高很壮，虎背熊腰，脸也很凶，跟你这画的差不多。"

有了陆老六画的人脸画像，再加上合理的推论，基本上就能判断出一个可能性——幕后毒贩每个月都会来宁泰市一次，跟死去的毒贩接头，给他供货，顺便在周边买些可以制毒的药物回去，数量虽然不多，但他每次都会买。他很小心翼翼，习惯住在固定的地方，住宿信息用别人的身份证，留别人的联系方式，甚至连住宿风格都会选用女性喜好的来混淆视听。这一切说明这个人心细，做事滴水不漏，甚至可能还有些强迫症，并且这个人身材高大，饭量不小。

然而接头的毒贩已经死了，虽然可以推断出来这些情况，可短期内此人应该不会轻易回到宁泰市，这个案子，依旧不那么好破。

线索查到了这里，又断了。

省厅来的小毛警官与小侯警官商量，把陆老六绘制的毒贩画像传回省公安厅，与目前省里存档的留有案底的毒贩资料做人脸比对，看看是不是惯犯。

制毒跟贩毒不一样，制毒是个技术活，不是谁都能干的。按照警方以往的缉毒经验，制毒团伙往往都具备丰富的制毒经验，都是几进几出的老江湖了。

只是画像终究是通过人口描述绘制出来，与真实的长相不免有偏差，比对起来不够客观。省厅那边比对了以往的毒贩案底之后，圈出了几个疑似人物，发了资料过来。只可惜，宁泰市公安局这边比对后发现，基本上都只是容貌相似，身材口音都对不上号。

刑侦工作做到这里再一次断了线。

公安局每天都有很多大大小小的案子等着处理，不可能将所有的警力和资源都放在同一个案子上。这起涉毒案件久久没有实质性的进展后，宁泰市公安局经商讨决定将这个案子暂时搁一搁，等周边兄弟县市的药店排查结果出来再全力侦破，同时，他们要求本市的各大药店，如果再有疑似的人前去买药，必须第一时间联络警方，不得有误。

无头公案暂时搁浅的情况时有发生，大家并不会因为一个案子破不了就影响士气，依旧全力以赴地处理着新案件与新纠纷，只有一个人特别失落，那就是付勤勤。

付勤勤本盼望着能在就职期间，参与破获一桩真正的大案要案，可以给自己短暂的警察生涯画上一个圆满的句号。没想到，期待却变成了遗憾。

她的郁郁寡欢大家都看在眼里，姜飞以为她是舍不得离开，才会如此落寞，便吸了吸鼻子，主动示好："你说咱们俩的缘分是不是浅？认识才几个月吧，过完年我就要调去省城了，你也要辞职回老家了，这天南地北的，还不知道什么时候才能再见到面。"

付勤勤每天都跟姜飞呛来呛去的，突然间见他这么深情，还真有点不习惯，忍不住翻了他一个大白眼："又不是生离死别，我们家在省城也有产业……"

"你们家在省城也有产业？也太有钱了吧！啥产业啊？房地产还是开工厂啊？"姜飞心中一喜，"嗨，我还以为以后就难见面了，犹豫着要不要请你吃顿散伙饭的。这下省钱了！哈哈！"

"姜飞你可真够抠门的，同事这么久，以后见不到面才能值一顿饭？不行，我就没见过你大大方方请一回客，这回你可别想逃，必须请我们吃顿贵的！老六，咱们市有啥又好吃又死贵的馆子？"

陆老六乐呵呵地接话："怎么，要宰姜飞一刀啊？好啊，咱们局附近就有一家海鲜馆装修挺高档的，一看就很贵……"

姜飞一听大家要宰他，立刻急了："喂喂，我是拿死工资的，付勤勤才是富二代，你们要宰也该宰肥羊啊，放着富二代不宰来宰我这个穷小子，还有没有天理啦？"

"姜飞你这么小气巴巴的，难怪一直都单身！"

"请客不成仁义还在，付勤勤你别人身攻击啊。我单身是因为我太优秀，一般女孩都不敢追……"

"哼，就是因为你抠门！"

"你不抠那你请啊。"

"我请就我请，你抠门抠门抠门……"

付勤勤和姜飞斗着嘴，不一会儿就把眉间的愁云给抛在脑后了，丝毫没有意识到她让姜飞请客不成反倒成了"挨宰"的那一个……

热血分子

付勤勤在宁泰市做警察的日子，基本就是公安局和宿舍两点一线来回跑动，下班后既没娱乐活动，也没交什么朋友，请顿散伙饭，便把要回省城的小毛警官和小侯警官也叫上了，才勉勉强强凑齐一桌人。

这顿饭，付勤勤还真请在了那家看起来特别贵的海鲜馆里，不过大家都知道付勤勤是富二代了，谁也没拦着，馋嘴的姜飞甚至点了两道平时绝对不舍得吃的昂贵海鲜。

年轻总是伤离别，大家不免都多喝了几杯，喝得最多的还要数付勤勤。

这酒一下肚，付勤勤的胆子就大了起来，嚷嚷着"有话想问毛队"，就摇摇晃晃起身朝毛力申走去。

有了上次付勤勤醉酒后告白毛力申的例子在前，姜飞生怕她又喝多了搞出大家都尴尬的事来，赶紧跳起来去拦她："有感情就放在心里，不是什么话都非要说出来。一切尽在不言中，懂不懂？"

"说'酒壮怂人胆'的是你，说'一切尽在不言中'的也是你，姜飞，你咋那么双标呢？"

"付勤勤你不知好歹，我双标？我那是护着你，等下你胡说让毛队骂了可别又找我哭鼻子。"

"我什么时候找你哭鼻子了？"

姜飞见她没眼力见不算，还把上回喝多了回到宿舍抱着他哭的事忘得一干二净，便翻了个大白眼，不高兴再管她。

没人拦着付勤勤，付勤勤可大胆了。她径直坐到毛力申旁边的空位上，无比真诚地看着毛力申，冲他道："毛队，你别怕，今天不向你告白。”

姜飞听到“告白”这两个字，一下挺直了背，眼神极其不自然地往付勤勤身上瞟。

小毛警官和小侯警官都不知道之前付勤勤醉酒告白的事儿，但没少见毛力申板着脸教训人，见她喝醉了酒在自家领导面前说话如此“放肆”，忍不住都笑了起来，皆是睁大了眼睛等着看好戏。

果然，毛力申的脸说板就板了起来：“别胡闹，还有外人在呢，坐回去。”

付勤勤歪着头，大大方方狡辩道：“哪有外人？小毛警官和小侯警官怎么能算是外人呢？”

“胡说我可骂人了……”

“你骂我我也要问个清楚，反正以后想挨骂也挨不着了。”

付勤勤这话一说，气氛突然就伤感了起来。其实平时付勤勤没少挨毛力申的训，毛力申对下属要求严格，像她这种没念过警校，纯粹是专业勉强对口，靠考试考进来的新人实习生在他手下过得很煎熬，但是高压之下，付勤勤的成长也是肉眼可见。离队的日子是越来越近了，从此以后她大概率与警察这个职业无缘了。

“毛队，我这半年的工作表现，你能给我打几分？你别因为我要走了再也见不着就给我打安慰分，我想听听真话。”

毛力申都做好了她胡说的心理准备，正如临大敌，突然听到这个正经到不能更正经的问题也是一愣。

“真想听真话？”

“当然！”

毛力申缓了缓酒劲，认真想了想，中肯道：“如果满分是十分的话，给你的工作能力打个六分，身体素质也打个六分吧。”

付勤勤闻言立马撇嘴：“才刚刚及格啊……”

毛力申看着她失落的脸，难得温和地冲她笑笑：“工作态度倒是

222

可以打满分。有你这份工作热情，我相信你回家接班也能做得很好。好好干，就算这辈子不能爱一行干一行，那也要干一行爱一行。"

说到底，还是个安慰分，付勤勤叹了口气："好吧，我尽量。"

回家接班怎么能跟当警察比，这要她如何保持这种高涨的工作热情啊？

理想之所以是理想，当然不一样，那种打心底燃起的炽火，只有追过梦的人才会懂啊。

不过付勤勤也知道，刑侦是门复杂的学科，需要大量的经验积累，她又不是天才，入队这么短的时间，也不可能一下就变成神探的。付勤勤目前的能力，也就只能应付一些常见的小案子，毛力申打六分都算是肯定她这段时间的努力了。至于体力方面，付勤勤就更汗颜了，每天的体能训练她没拖后腿就不错了。

想到这里，付勤勤又重重地叹了一口气——她想当警察吧，偏偏家里人不让她当，想在离职前破个大案吧，偏偏大案暂时搁浅了。人生怎么就这么艰难呢？

陆老六看出了她心中所想，关切地拍了拍她的肩膀，递过一杯酒："人生不如意事十之八九，没什么烦恼是一杯酒不能解决的。来来来，喝酒，喝酒，这杯敬我们的警队之花——铿锵玫瑰付勤勤。"

付勤勤应声举起酒杯，仰头一饮而尽。

"风雨彩虹铿锵玫瑰，纵横四海笑傲天涯永不后退……"也不知是谁起了个头，大家情不自禁地打着拍子哼起了《铿锵玫瑰》，付勤勤本来嫌在高档酒店里大声唱歌的行为很土，可不知不觉竟也跟着哼起了词，眼中悄悄泛起泪光。

付勤勤出来买单的时候，服务员告诉她单已经买过了。

"是那个个头特别高，差不多有这么高的男人吗？"平时同事聚餐大多是毛力申请客，付勤勤自然就以为是毛力申偷偷买单了，冲着服务员形容比画了一番毛力申的样貌。

"不是。"服务生摇头，"是一个个子不太高，穿格子衬衫、戴眼镜的男人。"

"姜飞？"付勤勤惊讶至极。

姜飞那么抠门，从来不请客吃饭不说，出勤在外的时候连瓶水都不舍得买，付勤勤实在想不通他为何会偷偷把单给买了——更何况，这顿饭并不便宜。

账单上清清楚楚写着：已付，客户刷卡，两千五百二十八元整。

付勤勤讪讪地收起了自己的银行卡，冲着服务生道了声谢，进包厢去找姜飞，想问问他为何要这么做。可偏偏屋里没他人，问老六姜飞人呢，老六指了指阳台，示意她姜飞和毛队在外头。

她刚将包厢通往阳台的门拉开一道细缝，就听得阳台上传来姜飞的声音。

"老大，你今晚怎么不把嫂子带来？都是咱队里的，又没外人……"

嫂子？

付勤勤闻言顿住，手下意识地停在那里，没再继续拉门。

她倒是听过队里拿毛力申和边小槐开玩笑，也听过大家八卦毛力申相亲的事，可毛力申从来都没正面回应过和边小槐的关系，也没说过跟哪个相亲对象看对眼，怎么突然就悄无声息地冒出来个"嫂子"？

毛力申有些不耐烦的制止声也传了过来："别乱叫，什么嫂子不嫂子的，八字都没一撇的事，你可别在她面前瞎叫。"

姜飞大惊失色："老大，你不会还没和嫂子和好吧？"

毛力申冷着一张脸，没有回话。

姜飞继续道："上回嫂子主动给我们提供线报，帮我们抓赌，我还以为你们和好了……"

门缝内的付勤勤听到这里，心里也明白了七七八八，知道他们说的是边小槐。一时之间百感交集，说不上来心里是个什么滋味。

以前她是个乖乖女，知晓自己的身份，谨记父母的叮嘱，从不接受象牙塔里同龄男生的示爱。可到了警队，与这帮纯爷们相处了一段时间，她愈发清楚了自己的喜好——她喜欢有担当、聪明、热血，困境中可以冷静地分析情况，遇到危险也能毫不犹豫冲在最前面的男人，能让她崇拜的男人。

毛力申无疑就是这样一个男人。

可偏偏她遇到的对手是边小槐。若是旁人，她还有自信与之争上一争，但在边小槐面前，她那点优点，好像也没什么优势——她聪明，边小槐也聪明；她懂刑侦会心理分析，边小槐比她在这方面更有天赋；她懂警察的艰辛，边小槐尝遍人间冷暖，比她更懂每个人都不易……毛队喜欢边小槐也很正常，边小槐帮队里破了好些个案子了，队里哪个同事不对边小槐赞不绝口？

付勤勤在那胡思乱想着，酒劲这会儿也上头了，脑子里有些乱。

冷不丁毛力申悠悠回话了，她又重新打起精神仔细听他们两人的墙角。

"咱们做这行的，成天跟犯罪分子打交道，每天不是风里来就是雨里去的，自己危险也就算了，家属还要提心吊胆。别的不说，就说前阵子家里被泼油漆的事，唉……"毛力申难得感慨了几句，"小槐她又看不见，生活本来就够不方便的了，我要是跟她真好上，只怕会害了她。"

"毛队你这话就不对了，警察的工作是很危险，可难道因为这个，你就不结婚了？那你之前跟别人相亲，不也是害人家？放轻松点，你就是太喜欢小槐了，才这么患得患失。"

风吹得毛力申脑子有些钝，他没有承认，也没有反驳。

是患得患失，所以才迟迟不敢告白吗？

沉默了好久，他才缓缓道："我再想想吧……不舍得让她辛苦啊……"

姜飞正要一鼓作气劝毛力申别想太多。偏偏屋里有同事撺掇大家走前来个大合影，一把拉开了通往阳台的大门，大声唤着姜飞和毛力申的名字，喊他们进去合影。

姜飞有好多话堵在嗓子眼也来不及说，只得先拍拍毛力申的肩膀，一切尽在不言中。

走到门口的时候，姜飞刚巧撞上付勤勤，一低头，就迎上了她慌乱甚至还有点红的眸子。

"你哭了？"

"没啊……"付勤勤急忙抬手揉眼解释。

"那你眼睛这么红，进沙子了？我帮你吹吹。"借着酒胆，姜飞还真抬手去扒付勤勤的眼睛。

"姜飞，你别碰我，你很讨厌啊！"

"我懂，你们女人话都爱反着说，讨厌就是喜欢，喜欢就是讨厌，你讨厌我，意思就是你喜欢我。"

"谁喜欢你了，你可别自作多情，我是真的真的很讨厌你！"

"我懂，你是真的真的很喜欢我。"

"你个自恋狂！"

"一般一般，世界第三。"

毛力申看着打打闹闹的付勤勤和姜飞，无奈地摇了摇头，似乎从付勤勤进二中队开始，他俩就像一对欢喜冤家，无时无刻不在相互拆台，就算即将分别，也消停不下来。他们的青春活力似乎永远都使不完，就像是新鲜沸腾的血液始终流淌在血管里。不管这些血液最终会流向何方，他们都曾是兄弟。

随着手机的"咔嚓"声，这些即将各奔前程的好兄弟，把真诚与永远定格在了相片里。

传递信息

当付勤勤来敲边小槐家门时，边小槐倍感意外。

付勤勤一贯爽朗，人还没进门，就开门见山道："我要回老家了。单位过年发了些年货，都是些菜油、火腿之类的，很重的，不方便带回老家，同事们又都有，想想你肯定用得上，就给你送过来了。你不介意吧？"说罢，她就提了提手上沉甸甸的油和火腿，只是边小槐看不见。

付勤勤说的倒是实话，她此行并无其他目的，纯粹就是"送温暖"来了。可边小槐一贯都是个心思重的人，实在是想不明白一贯跟她不是很对付的付勤勤为何如此殷勤。

"你们单位里的人都太客气了……我不能老是收你们的东西……"

边小槐推托的话还没说完，付勤勤就直截了当地把东西拎进了屋里："嗨，就是点吃的用的而已，我还担心不合你口味呢！"

面对如此热情的付勤勤，边小槐也没了辙，只能讪讪地跟着她回了屋，还没来得及道谢，付勤勤就眼尖发现桌子上的小音响很眼熟。

"这不是姜飞的音响吗？怎么在你这儿？"音响上贴着姜飞最爱的齐天大圣孙悟空，付勤勤绝对不会认错，她眼疾手快地拿起那个小音响，心直口快道，"他是不是要调动，不方便带走的东西就送给你了？"

说完，她又撇撇嘴，习惯性地讽刺起姜飞来："姜飞这个小气鬼，送人东西竟然送个用过的，也太小气了点……"

边小槐匆忙替姜飞解释："他送来的东西蛮多的，也不全是旧的。这个音响挺好的，都不用按按钮，跟它说话它就能放歌，还能定闹钟听小说，特别方便，特别适合我用。"

听到边小槐的维护之词，付勤勤吐吐舌头，放下小音响："好吧，算我错怪他了！"

音响刚刚放到桌面上，付勤勤又发现了新大陆："你这保温杯，和毛队用的那个一样啊，是毛队送你的？"

"啊？不是不是。"边小槐始终对付勤勤有些说不上来的惧怕，不想当着她的面和毛力申扯上关系，以免造成不必要的麻烦，立刻解释，"这个也是姜警官送我的。"

"也是他给的？这小子送你保温杯做什么？还特地选个毛队同款，简直了，哪个女孩子会喜欢这种老式的保温杯啊？又笨又丑……"

"呃，保温效果还蛮好的，实用就行，丑不丑我也看不见的……"

"也是。这帮男人，审美水平根本不在线的，也不能指望他们注意到什么好看不好看，实用也就行了。"

话说到了这儿，边小槐也不知道该接什么，只能默默地点了点头。

跟一个盲人聊审美，其实挺尴尬的。可惜付勤勤大大咧咧惯了，一点也没意识到自己和边小槐之间并没有什么可聊的共同话题，依旧自顾自地问东问西："听说你和毛队闹别扭了？"

"什么？"边小槐紧紧攥着衣角，愈发揣摩不清她的来意。

"我听单位里的人说的，是真的吗？"

"都是朋友，有什么可别扭的。"

只有在毛力申的面前，边小槐才会偶尔卸掉防备，流露出一点年轻女孩该有的娇态。在其他人的面前，她依旧还是习惯性地竖起自己的保护壳，不会随意敞开心扉，更何况付勤勤的话像极了在试探——试探她是不是喜欢毛力申。

付勤勤丝毫没有察觉到她语气中的冷淡，继续吐槽："那可不好说，现在的男人比女人还善变，今天缠着你，明天冷着你，没个准的。"

边小槐自然是尝过这"今天缠着你明天冷着你"的滋味，那感觉就像是用头发丝吊着一颗心挂在半空里，根本不知道自己的心会在什么时候摔到地上，"啪叽"一声碎掉。

她是为毛力申患得患失过，但这不代表她愿意在旁人面前诉说心事。

在过去的二十多年里，她习惯了独自承受一切，遇上什么事都只能自己揣摩，没有旁人的意见可以参考——反正揣摩对也好，错也好，结果不都得自己担着？

少说少错，不说不错，边小槐索性闭上嘴巴不接话。

付勤勤就不这么想了，在她看来，边小槐没有否认就近似于承认，再结合那天听到的话，更加肯定了心中所想，连连感慨："没想到毛队这个人，谈起恋爱来这么落俗，竟然会和女人闹别扭。"

"我和申哥没有……"

"没有闹别扭？"

"没有谈恋爱。"

"没谈恋爱姜飞会叫你嫂子？"付勤勤一贯心直口快，想到什么就说什么，从来都不说一半留一半，有什么观点一定会据理力争，"再说了，毛队一直就不喜欢别人开他玩笑，你觉得要是没他默许，姜飞敢叫你嫂子？"

是这样吗？边小槐沉默了……

她看不懂毛力申的心，准确地说，边小槐没有对谁心动过，也没有谈过恋爱，她不懂男人在暧昧关系中会想什么、做什么。

她只知道，自从那事之后，毛力申就一直躲着她，没来哄她，也没来找她，要不是抓赌让他们之间又产生了一些交集，边小槐简直怀疑毛力申是不是再也不会跟她联系了。

说不伤心是假的，可要是伤心过头又没用。

明明都告诉自己不要自作多情，看开点，再看开点，可偏偏听到一声不知真假的"嫂子"，那好不容易才平复的内心又勾起了涟漪。

直到后来送走了付勤勤，边小槐都还反反复复想着付勤勤说的那句话："你觉得要是没他默许，姜飞敢叫你嫂子？"

那条一直没送出手的好运珠在边小槐的枕头下面压了很久，她很想寻个由头把它送了，可她想来想去还是不敢——特地去送这玩意儿显得太隆重，别人看到保不齐又要开他们俩的玩笑。万一申哥不喜欢被人开玩笑乱点鸳鸯，她就丢人了。

可她想见毛力申，抑制不住想见他。

也许是被付勤勤的话刺激了，想弄明白毛力申对自己究竟是什么态度，也许只是压抑久了，纯粹想见他罢了。

边小槐憋了又憋，始终还是没憋住，爬起来就着家里有的食材煲了一锅汤，一出锅就倒进保温壶里，提着就往公安局的方向赶去。

到了二中队，她别的不提，只说是知道付勤勤和姜飞要走了，没什么拿得出手的，就着付勤勤送的火腿，煮了点火腿冬瓜汤送过来给大家践行。

一听有吃的，姜飞立马冲过来，抢先倒上一碗。

"小槐，这汤你没放盐？怎么有点淡啊？"一口下肚，姜飞皱了皱眉。

"淡了？"边小槐一下就紧张了，自己急着出门，好像真的是煮完就起锅，把放盐这事忘到九霄云外去了，"是不是不好喝？我带回去添点盐再送来？"

"不用那么麻烦，借点盐不就行了，我去下岗嫂那里借点。"说罢，姜飞就伸手去提装了火腿冬瓜汤的保温壶。

付勤勤忍不住吐槽他："这是上班时间……"

边小槐没有把保温壶交给姜飞，反倒是善解人意道："还是我去借盐吧，上班时间，打扰你们工作不好。"

"你看不见，也不方便啊。"

"方便的。"边小槐坚持道，"下岗嫂馄饨店嘛，我知道的，走到马路对面拐个弯就是了，我和申哥就是在那里认识的。"

毛力申看他们聊得热火朝天，一直远远地坐在自己的座位上没吭声，直到听到了这句话，面部才有些牵动，神色复杂道："让她去吧，借个盐而已，别小看她的本事，丢不了。"

那些初见时分的记忆片段，就像是排山倒海而来的波涛，拍打上了他的心房。

自从在下岗嫂馄饨店里被毛力申当成偷包贼抓了之后，边小槐就再也没进过这家店了，就算不得已要路过也会刻意低着头，迅速从门前走过。

可方圆几百米就这么一家小食店，要想借盐，也没得选。

边小槐鼓了半天的勇气，红着脸再次踏进了下岗嫂馄饨店的大门："老板娘，我想借点盐。"说罢，她还画蛇添足道，"是对面的毛队让我来借盐的。"

关于下岗嫂馄饨店的故事，边小槐聚餐的时候听毛力申他们简单提过一嗓子。这家馄饨店的老板娘确实是个下岗嫂，多年前金融危机，工厂裁员，她和老公双双丢了饭碗。那会儿到处都是下岗潮，工作也不好找。万般无奈之下，她便和老公一起支了个露天小摊卖起了馄饨，倒也能糊口度日。后来经济渐渐好转，他们的馄饨摊名气也渐渐做出去了，生意兴隆，便租了个店面，挂上了"下岗嫂"的牌子，开店卖馄饨，这一卖就是十几年。

下岗嫂的馄饨在这一带也算是远近闻名，食客络绎不绝，不过现在不是吃饭的点，店里比较冷清，就坐了那么两三个人。

一听是毛队派来借盐的，老板娘立刻热情地把边小槐拉进半隔断的小厨房里面，一边给她倒盐，一边委托道："姑娘，毛队还欠我一个月的早饭钱没结，你帮我捎句话，让他有空来结下账，好吧？"

闻言边小槐有点蒙，她不明白毛力申为什么会拖欠人家早饭钱，红着脸道："他欠多少钱？我替他给吧。"

"不用不用，你把账带到，跟他说来结账就行了。"说罢，老板娘就撕下一张单据，匆匆在上面写了几笔，对折折好，揣到边小槐的手里，"回去一定要跟他说啊！"

"哦……"

边小槐拎着加好盐的火腿冬瓜汤，满腹狐疑地回到二中队，如实把那张单据交到毛力申的手中，转述道："下岗嫂的老板娘让我把这个交给你，喊你有空去她店里结下欠账。"

"毛队你吃早点忘带钱啊？几块钱一碗的馄饨她至于吗？下回去吃早点一起给不就完事了，都是老顾客，还特地催一趟，真是……"

姜飞的话还没说完，毛力申就皱了眉。

他神情严肃地放下了边小槐捎来的那张单据，站起来冲着大伙道："下岗嫂遇到麻烦了，大家准备一下，立刻过去。"

巧合之事

下岗嫂让边小槐捎来的单据上，写的根本不是应结账款，而是潦草的几个字：店里有人持刀。

也不知道她是遇到了什么危险状况，没法直接报警，才选用这么婉转曲折的方式。

大伙也顾不上喝汤了，立刻出警，火速赶到下岗嫂馄饨店。

当毛力申带着人全副武装冲进店门的时候，下岗嫂的老板娘正心不在焉地坐在小厨房里。见警察来了，她才小心翼翼地露出半个头，拼命朝着毛力申使眼色。毛力申看懂了她的意思，虎着一张脸，冲着店里仅有的两个食客走去。

"你们两个干什么的？"

"干吗？"那两人一见警察，馄饨也不吃了，推碗站了起来，警惕道，"打工仔，吃碗馄饨不行吗？"

"打什么工？在哪儿打工？姓什么名什么？身份证拿出来。"

"我们又没做犯法的事，你们警察也管太宽了吧……"其中一个年轻些的并不作答，反而气呼呼地顶了回去，转头冲着馄饨店老板娘道，"老板娘，一共多少钱？买单！"

老板娘战战兢兢地探出脑袋，似乎有些害怕："二十四，你放桌上就行了。"说完，她又将脑袋缩了回去。

年轻些的那个食客放下二十五块钱就急着走，被毛力申拦了下来。

以毛力申丰富的刑侦经验来说，这种人，就算没老板娘通风报信，也能看出来绝对有鬼。

他不慌不忙找托词道："市里创建文明城市，排查可疑人士，都配合点，把身份证交出来。"

"吃碗馄饨而已，哪里不文明了？"

还没等年轻食客和毛力申争执完，另一个面相老成的食客就伸手劝阻，配合地从口袋里掏出身份证，递到毛力申手里："警官，不好意思，我弟年轻，说话有点冲，担待下。这是我的身份证，您看看，我们就是路过饿了吃碗馄饨，都是正经人。"

毛力申接过身份证，打量了他一番，总觉得在哪里见过他。

不过这都不是重点，既然老板娘举报他们持刀，那这两人身上肯定有刀具，毛力申冲着下属打了个眼色，也不客气，径直道："搜身。"

这令一下，两个食客立刻变了脸色，倒退一步，本能地背靠背摆出防御姿态，不让他们靠近。

老成稳重的那个食客周旋道："警官这不合适吧？你们搞文明城

市要查身份证，我们也给了，还要搜身是什么意思？过分了吧？"

有泼油漆和其他一些糟心事的经验教训在前，毛力申怕通风报信的老板娘事后被人打击报复，才会以"创建文明城市"作为托词，但甭管这理由是什么，他的目的都是搜身，找出危险的刀具。

"象征性地搜一搜，你紧张什么？"毛力申不慌不忙反驳他，"莫非你们心里有鬼，随身带了什么不该带的？"

"你！"年轻食客脾气火爆，按捺不住，手突然就伸到腰后，作势要拔出什么东西，却被那个稳重老成的食客按住了手，摇头制止。

孰轻孰重，他还分得清。

毛力申见他们并不准备抵抗，火速对几个下属打了眼色，很快将两人分别按在墙上并搜了身。

其实都不用找，人往墙上一按，两把锋利的匕首就从两人后腰上露了出来。

老板娘再一次探出了半个脑袋，默不作声地看着店里的情况，大气都不敢出。

那两把匕首是老板娘端馄饨上桌的时候眼尖瞄到的，其实也只看到后腰露出来的一点刀柄，并不清楚他们到底带的是什么刀，有什么目的。她怕这两人是想打劫馄饨店，又怕这两人吃完馄饨是要出去打架甚至杀人，想报警又不敢当着他们的面打电话，万一给她来一刀就完蛋了。碰巧边小槐来借盐，她就灵机一动，把情况写在纸条上让边小槐带给常来吃馄饨的毛力申，向他通风报信。

宁泰市公安局离下岗嫂馄饨店并不太远，就算是个瞎姑娘，走几分钟也就到了。

果然不出老板娘所料，毛力申很快就带人来了，而且相当顺利地从那两人的身上搜出了匕首。

"正经人会带刀出门吃馄饨？"

"看做工漂亮，买回去玩的，没别的想法。"

"别狡辩，铁证如山，有什么话进公安局再说。"毛力申懒得听他们狡辩。这两个家伙葫芦里卖的是什么药虽然眼下他还不清楚，但他很肯定不会是什么好药。

对于这两人的身份，他还有点疑惑，不过这都不要紧，回局里盘问一遭，再查查身份，也许就能想起来到底是在哪儿见过了。

扣人回到公安局之前，毛力申特地发了个短信，提醒姜飞，让他安排边小槐避一避嫌，免得被非法持刀的家伙认出来是她通风报信的。

姜飞秒回了一条消息：好的，嫂子已经转移到机房里了，放心吧！

毛力申看着屏幕上那句"嫂子"，觉得又好气又好笑，无奈地摇摇头，然后才铁下脸来，冲着同事们道："走，带人回局子里。"

边小槐一语成谶，这火腿冬瓜汤还真成了给姜飞和付勤勤践行的汤，除了姜飞和付勤勤，谁也没喝上。

毛力申和陆老六忙着盘查那两个持刀的家伙，又突然有人报警遭窃，大家忙活了好一阵子。躲在机房里避嫌的边小槐和她那一壶炖了好久的火腿冬瓜汤就被遗忘了，连她什么时候走的都没人知道。

此时在审讯室里的毛力申，面对这两个家伙，总感觉怪怪的，可又说不上来哪里不对劲。无论怎么盘查，那个老成稳重的家伙都能滴水不漏地回答他的问题，看似老实，实则狡黠，什么话都问不出来。年轻点的倒是相对容易冲动，一问就乱发脾气，相当不配合，也是什么有价值的线索都没问出来。

毛力申又查了一下他们两人的身份信息，也没看出什么异常，仅非法持刀，就只能按治安管理条例处罚他们，况且他们认罪态度还行，又一口咬定刀只是觉得好看买来做纪念，没有别的用意。按常规来说，警告一下不能再犯，罚他们两百块钱，就差不多了。

当他们两人交完罚款，走完常规程序都出公安局大楼了，毛力申突然想起来那个老成稳重的食客像谁。

"拦住他们，别让他们走了！"

毛力申喊了一嗓子，其他同事不明就里地追了出去。那两人见势不妙，拔腿就跑，恨不得能长翅膀飞出去。

眼见着只剩最后一道大门就能跑掉，那两人拼了命地迈着双腿，生怕再被抓回去。

说时迟那时快，门卫室里突然冲出一个门卫大爷，大喝一声"小样"，一脚熟练的飞腿踢出，就将两人中的一人扫倒在地，另一人伸手去拉，也被门卫大爷娴熟地耍了手擒拿，按倒在地。

队里的小伙子赶了上来，火速将那两人铐上手铐，这才回头冲着秦大爷竖起大拇指。秦大爷不以为然地挥挥袖，低调地回到自己的工作岗位上去了。

当姜飞举着那张陆老六手绘的毒贩画像，与刚刚拍摄的老成稳重食客的照片仔细对比又对比之后，摇了摇头下了结论："不像，哪里像啊？你看这脸形，这五官，出入很大啊，毒贩有胡子，这人没胡子，一个是圆脸，一个是方脸。要说像，也就眉眼有点像，再就是身高。可长得高的人多了去了，总不能因为身高就判断这是同一个人吧？"

毛力申一声不吭。

刑侦破案，本就没百分之百精准的判断，都是要不断推敲，不断质疑，才能抽丝剥茧还原案件的真相。

光这眉眼身高有些相似，他就宁可看错也不能放过，必须顺藤摸瓜，再仔细排查一二。

再说了，这日子好巧不巧跟之前断掉线索的毒品案中往常毒贩来访的时间重合了。若是那接头的毒贩没有暴毙身亡，此刻他们应该顺手收了些可以制毒的感冒药，住进那家装修得很少女的民宿里，做些不可见人的勾当。

还有几点细节，毛力申在下岗嫂馄饨店里抓人的时候，老成稳重的那个食客面前放了三四个碗，都是吃剩的空碗，刚巧和那个毒贩饭量很大的判断吻合。而且空碗和餐具都摆得整整齐齐，桌上还垫有两张餐纸，上面密密麻麻全是从馄饨里挑出来的香葱，可见此人不爱吃香葱而且强迫症极重，再加上心细的处事作风，让毛力申隐隐约约感觉这两人或许就是同一个人。

　　"是不是同一个人，让药店的店员过来看看不就清楚了？"毛力申冷静道。

　　"对哦！"姜飞一拍大腿，"我怎么就没想到这茬呢？毛队你等着，我这就给药店打电话，让他们过来指认。"

　　"药店那边我已经通知过了，这会儿应该已经在来的路上了。"毛力申拦住了他，"你把他们两个带去指认室，方便等下指认。"

　　"好嘞！毛队，你什么时候通知的啊？我怎么都没注意到……"

　　毛力申白了姜飞一眼："少废话，赶紧去做事。"

　　"遵命！"

　　二十分钟后，药店的店员隔着单面可见的指认玻璃，指认了那个老成稳重的食客就是之前买五盒感冒药的男人。

　　去药店买药的时候，他留着厚厚的胡碴，一来显得面相凶狠，二来让下巴在视觉上更圆润宽厚了一些。现在的他胡子剃得干干净净，下巴露出原本的线条，成了一个方脸，气质也更加沉稳低调。

　　不过见过本人的药店店员，自然还是认得出的。

　　姜飞举着那张人脸画像埋汰陆老六："老六你这画得不准啊，差别也太大了，简直就是误导。幸亏毛队察觉及时，不然咱们这次肯定要放跑大鱼了。"

　　"那是以前没办法，只能用手绘这些土法子。"陆老六被说画得不像，一点也不气恼，反而很是感慨，"要是能早有天网系统，早有各式各样先进的刑侦设备，破案就容易多了，也不至于牺牲那么多的兄弟……"

人会受主观因素影响，但机器不会。

科技发展到如今，刑侦设备越来越多，从人像识别到大数据排查，每一种尖端设备都越做越普及，使得基层的公安局也能渐渐配置起来，给破案带来了极大的便利。连一贯念旧的陆老六都经常摇头晃脑，赞一声："时代不一样了。"

不过谁也没想到这世上会有这么戏剧化的事，馄饨店老板娘举报人非法持刀，竟然把公安局苦寻未果的毒贩送上门来。

不过巧合也并不仅仅是巧合，贩毒是条铤而走险的歪路，涉毒必定涉黑，就算这次持刀没被人举报，只要他们还做着这门生意，只要他们还来宁泰市，也迟早会露出其他马脚。

姜飞一遇到大案子就兴奋，嘿嘿一笑，摩拳擦掌凑到毛力申面前请示："毛队，下一步怎么办？要不我先拷问拷问他们？"

毒贩不同于寻常的罪犯，更何况这两人在刚才的审问中就表现出了嘴严的特性，没那么好套话，证据也没那么好拿。更何况，那两人并不清楚自己为什么被放了却又抓回来，更不知道自己被药店的店员指认过，不妨另辟蹊径，试试别的刑侦手法，或许可以放长线钓大鱼。

沉思片刻，毛力申冲着姜飞比画了一个先缓缓的手势，转头进了里间相对安静的办公室，向局长打电话请示。

他有一个想法，也不知道可行不可行……

新型犯罪

半个小时后，两个嫌疑人再度被放出了宁泰市公安局。临走前，毛力申还亲自向他们道歉，说办公室里丢了一副手铐，方才误以为是他们顺手牵羊拿了，才会把他们又抓回来。现在手铐找到了，实在是抱歉。

这番莫名其妙的"误会"让两个嫌疑人气愤不已，但是他们又不敢明目张胆地再折腾，尤其是在警察诚恳道歉之后，只能顺着台阶下了。

两人刚刚走出宁泰市公安局的大门，姜飞就盯好了机房中的天网监控，只待他们挥手上了出租车，就把出租车车牌号输入布控系统。

在接下来的一个小时里，电脑不断提示着：布控车辆已过××卡口，布控车辆已过×××卡口……

正盯着两人的离开路线呢，就听毛力申推门进了机房。

姜飞见毛力申进来，伸个懒腰活动了一下筋骨，感慨道："这俩人可真有钱，出门就打计程车，车都开两小时了，还在高速上，也不知道他们是要去哪儿。毛队，我有种不祥的预感，感觉他们要往外省跑……这要是开个一天一夜都不停，那我就搞不好又得通宵加班……"

"别懈怠，盯好他们，累了就换我。"毛力申拍拍姜飞的肩膀，"毒品这东西，害人不浅，好不容易才挖出他们，这次绝不能放过！"

"明白！"

"放虎归山"是毛力申根据眼前的情况，深思熟虑向领导请示后才做出的决定。这种狡猾的嫌疑人，正面交锋收获必然不大，与其在没有什么有力证据的情况下严刑拷问，不如先别打草惊蛇，放回去盯死，伺机寻找证据，放长线钓大鱼。

领导对他的想法表示支持。

根据以往的经验，涉及毒品制造、贩卖的案件，往往都是大案要案，涉案人员也多半是亡命之徒，缉毒风险极高，警员受伤或牺牲是常态。能做好万全的准备，直接一网打尽自然是最好。

待毛力申从机房里出来，好巧不巧又撞上了付勤勤。

这是她离职前的最后一班岗了，再上一周的班，她就要回老家了。她怎么都没有想到，在离职之前，还能经手处理这个大案，满脸都是抑制不住的兴奋劲儿："毛队，你是不是想学诸葛亮，来个七擒七放？"

"拿我跟诸葛亮比啊……"

付勤勤嘻嘻一笑："不是拍马屁，是真的佩服你。毛队，我有个不情之请，能不能让我跟这个案子？我知道，我还有几天就要走了，跟这个案子不合适，但是我，真的很想跟个大案子，我一定……"

毛力申立马打断了她："你自己也知道，你现在的情况跟这个案子不合适。当警察不是过家家，大案不是谁想跟就可以跟的，都挑挑拣拣的，那小案子谁破？"

付勤勤的一腔热血被他拒绝，有些不甘心，还想再尝试尝试说服毛力申，可她那点倔强被毛力申看穿，还没说出口就又让一番长篇大论给堵了回去。

"你看了那么多的卷宗，也知道缉毒案有多危险，怎么可能派你这样的新人去跟？你刑侦经验不足，实战经验也够呛，就不说你可能跟丢线索了，最基本的人身安全你都不能保证。"

付勤勤被他这么一说，有点伤心，耷拉着脑袋，好半天才挤出一句："毛队，你说话也太直接、太伤人了些……"

"好大喜功不是什么好习惯。"

"我知道。"

"案子不分大小，荣耀不分高低。"毛力申淡淡地扫了她一眼，依旧是往日那份严格，丝毫不因她快离职便徇私好说话，"好好站好最后一班岗，明白吗？"

"明白。"

"说大点声，我听不见。"

"明白！"

"走了，付勤勤，轮到咱们俩出去巡逻了，走起了！"陆老六知道年轻人脸皮子薄，凡事都容易往心里去，见付勤勤挨了毛力申一顿训，便打着圆场拉她出去巡逻，顺便也陪她散散心。

付勤勤欲言又止，本想再跟毛力申聊几句，却被陆老六连拖带拽地拉出门去。

冰冷的室外空气让人格外清醒。上了警车，点了火，开了空调，付勤勤有些沉默地看着窗外这半年来巡逻了一遍又一遍的街道，依依不舍地在心中跟它们一一道别。

陆老六误以为她还在跟毛力申置气，便开导她道："毛队这人就这样，办案的时候六亲不认，你可别往心里去。"

付勤勤目不转睛地盯着窗外："毛队说的也没错，我刑侦和实战经验都不足，还好大喜功，小案子都没破几个，就想着破大案重案了。"

陆老六回道："嗨，经验都是一点一点积累来的，也没谁天生就会破案，慢慢来，你做得已经很好了。上回你在街头抓小偷，事后不是还收到感谢信了？"

陆老六又道："上上回你跟姜飞出警处理的车后备厢被撬的案子，不也被表扬破案神速了？"

付勤勤低头道："那是姜飞聪明……"

陆老六正要再列举一二，力证付勤勤这段时间以来是有成绩的，只见付勤勤弹了弹制服上的浮尘，昂首挺胸，斗志满满地说："嗯！不想了，反正一定要站好最后一班岗，走，老六，巡逻去！"

陆老六笑着摇了摇头。

几天后，边小槐怀着复杂的心情向警方提供了一条线报。

那个参与地下赌坊被抓的王姓邻居又找上了边小槐，也亏边小槐机灵，见面先倒打一耙，问姓王那小子为何那次送饭后就不联系她了，手机怎么打也打不通。姓王那小子也没怀疑边小槐，只说是时运不济，场子被掀了，人被抓进公安局去劳教了一些日子。他说又有个赚快钱的路子，问边小槐想不想挣。

边小槐一听他那猥琐的语气，便知肯定又是些歪门邪道的路子。

她小心翼翼地试探他是什么路子。

姓王那小子倒不避讳，直言朋友搞了个画室，专门邀请一些"艺术家"过来交流写生，需要一些模特。

边小槐困惑，听这口气，难道是要请她去当模特？

她这一米六的个头离模特的标准还很遥远吧？

姓王那小子笑她不懂艺术。

"画画又不是选美，要你个子高做什么？他们要有特点、与众不同的女人，你懂吗？"

"我……我有啥特点？"边小槐一脸茫然。

"你看不见，这多有特点啊。我跟你说，你可别觉得你瞎是缺点，这在他们艺术家的眼里，那就是灵感的缪斯，缪斯你懂吗？算了跟你说你也不懂，反正吧他们就好这一口。"姓王那小子也不知道哪里学来的词，一副高深莫测的样子，一本正经地忽悠着边小槐。

"能给多少钱？"

"一千块一天。"

"一千块一天？"边小槐下巴都要惊掉了，直觉告诉她这钱不可能好挣，这小子绝不可能带人挣正经钱，"是不是有什么特殊要求啊？"

果不其然，姓王那小子甜头放在前面，坑挖在后面。

"要求肯定是有的，不过也不是多为难的事。他们要画的是人体艺术。"

"裸……"边小槐难以启齿，"裸模？"

"你别想歪了，都是些画家，搞艺术的，正经人。他们看你跟看石膏没什么区别。"

"那他们为什么不直接画石膏？"

"石膏跟人哪能一样？"

"你刚刚还说没什么区别……"

姓王那小子讲不过她，白眼不耐烦地翻着："反正一千块一天的活，你就说你想不想挣？"说罢，他又打一棍子给一颗糖，"我的好妹妹，这可真是个轻巧活，哥哥何时坑过你了？你就只管脱了衣服往那一坐就行了，哥哥用人头给你担保，特别容易，什么风险都没有，你坐着就把钱给挣了。"

边小槐道："你让我先想想。"

姓王那小子一走，边小槐拔腿就去公安局了。

"无利不起早，这群家伙有问题。"付勤勤笃定道。

"傻子也知道有问题啊。"姜飞吐槽，"就他那个混混样，去搞艺术？忽悠谁呢？"

"这不是重点。"陆老六皱眉，"重点是他们如果只是画画，那也不违法，怎么查？"

"唉……"

"要不，我答应他，先去探探底？"边小槐提出了一个办法。

"不行！这样太危险。"毛力申直接否决，"不管有没有诈，都不能让你以身涉险。"

"有什么危险我立刻通知你们来救我呗……"

"那也不行。"

许是觉得毛力申的态度过于强硬，陆老六好言好语向边小槐解释："就算换了别人，我们警方也不会让普通老百姓去做这种试探的。再说了，万一那是龙潭虎穴，你又是个柔弱的女娃，出意外了谁负责？"

"我……"边小槐话到嘴边还是守住了口风，她总觉得自己既然拿了线人费就有义务协助警方，"我谨慎一些就是了。不去试探下，怎么发现那里有什么猫腻？"

"这事我们会处理。"毛力申第三遍强调，"但你不能去。"

上次让她给警方带路去那个地下赌场，就够让毛力申心惊胆战的了，他不想体会第二回。

再说了，诚如陆老六所说，就算换了其他人，警方也不会让普通百姓随便涉险。

这个时候，付勤勤主动请缨："让我去吧！"

姜飞道："你都快离职了，还凑什么热闹？"

付勤勤拍拍肩膀上的肩章，白了姜飞一眼："当一天和尚敲一天钟，当一天警察管一天事，队里还能找出比我更适合去试探情况的人吗？"

边小槐手无缚鸡之力，眼睛还看不见，若是身处危险没有半点自保的能力。付勤勤就不一样了，作为一名实习警察，她受过专业的训练，懂得如何正确处理危险情况，身体素质也过硬，能打能踢，真要发生肢体冲突应付几个普通混混不在话下。

毛力申打量了一番付勤勤，看着她跃跃欲试的模样，点点头道："这事我们先计划一下再行动。"

当天晚上，边小槐回了姓王那小子，说自己不敢挣这个钱，但是有个小姐妹愿意挣，问可以不可以带小姐妹来试试？

姓王那小子很是戒备，查户口一般盘问了一番，末了还补了句长得丑的不要。

边小槐早有准备，推说是她在北城一号里认识的陪唱姑娘，扫黄打非把场子封了，闲着没事做，想谋点来钱快的营生。

姓王那小子一听是夜场姑娘，立马应允，让带去看看。

夜场姑娘放得开，身材好，再适合不过了。

待见到浓妆艳抹、脚踩细高跟的"莺莺姑娘"时，姓王那小子眼珠子都快看直了，气冲丹田，脑子一热，忍不住油腔滑调地调侃起来："是哪个 yīng 啊？"

化名作"莺莺"前来卧底的付勤勤压制住胃里不断翻滚的恶心劲儿，妩媚一笑："莺莺燕燕的莺莺。"

姓王那小子笑着说："那你肯定有个好妹妹叫燕燕。"

付勤勤也跟着笑："老板真聪明。"

姓王那小子嘿嘿一笑，嘴也不把门，黄腔跟着就开起来。

付勤勤忍住自己揍人的冲动，告诫自己，这是在执行任务，不是收拾人渣的时候，一切都要以大局为重，要专业，一定要专业。

"讨厌！"憋了半天，付勤勤暧昧地轻捶了姓王那小子一拳。

姓王那小子被她捶得那是心尖都开始痒痒了，自鸣得意地抖着肩膀笑了笑，毫不客气地伸手搂了付勤勤的肩膀，亲密无间地带她上车："走，上车，哥哥带你去画室转转。"

扶付勤勤上副驾驶的时候，他还揩了一把油，故意托了托付勤勤紧实的屁股，把她托上座。

右手，付勤勤暗暗记住了这只咸猪手。

哼！等完事了，她一定要这小子知道调戏女人的代价！

付勤勤翻开副驾驶上面的镜子，稍稍整理了一下妆容。镜子中的她一抹红唇衬托得肌肤雪白，女人味十足，完全就像是换了一个人似的，任谁都看不出来她其实是个英姿飒爽的女警察。

边小槐跟着也要上车，但姓王那小子哪肯多带一个拖油瓶？他丢给了边小槐十块钱，打发她打车回家。

边小槐不放心，紧紧攥着对方衣角不肯走。末了，还是付勤勤发了话："你先回去吧，我们去画室转转就回来。放心，这活谈成少不了你的好处费。"

说罢，付勤勤又风情万种地转向姓王那小子道："今儿咱们只是去转转吧？"

姓王那小子嘿嘿一笑："就转转。"

头一趟去画室，付勤勤倒没发现什么猫腻，那画室布置得有模有样，粉刷一新的房间里散落着不少石膏雕塑，看起来格调还挺高，尤其是顶上那几组射灯，将人的小脸照得格外白皙好看。

画室外面竟然还高标准配置了休息室、更衣间、卫生间，这房子一看就没少花钱布置。

姓王那小子得意地介绍："咱们这工作室，够可以的吧？"

付勤勤纠正道："不是画室吗？"

"对对对，是画室。"姓王那小子嘿嘿一笑，"在 KTV 里比的是谁俗，在我们这儿玩的那是雅。怎么样？来不来？"

付勤勤不动声色地附和："来啊，我喜欢这里。"

"那你明儿直接过来。记住了，明儿可别画这么浓的夜场妆，俗，整清纯点，老板们现在就好清纯这一口。"

第二天一大早，付勤勤便如约到了画室，二中队也在周围布置好了人手，潜伏在各种隐蔽的地方随时等待出击。

可付勤勤一进画室，随身的手机和化妆包就被拿走了，美其名曰画画期间必须静坐在那里，不允许任何干扰。

这下可麻烦大了。

原本付勤勤就做好了手机会被没收的准备，特地带了一个伪装成口红的信号发射器放在化妆包里，方便通知同事们进来搜查。没想到他们连化妆包都收，那她怎么联络同事？

付勤勤笑着讨要她的化妆包："化妆包里就几样口红眼影，收了我怎么化妆呀？"

"化妆间里什么都有。"

付勤勤又道："我皮肤容易过敏，不是大牌用不惯。"

"里面都是大牌。"

眼瞅着对方软硬不吃，付勤勤只得作罢，先看看形势再随机应变。

画家们还没来全，付勤勤先被带到画室正中心的座椅上试试光，付勤勤配合地坐了下去，心想这画画又不是拍戏，怎么还需要试光呢？

狐疑渐生，她索性趁着试光故意不断矫揉造作地换着角度，主动要求试一试自己是正脸好看还是侧脸更好看，实则借机从不同方位仔细观察画室，拼命寻找可能的疑点。

终于，她发现窗户下的绿植中插了一个不起眼的小东西，宽厚的树叶刚好起到隐蔽作用——那是个针眼摄像头。

果然这间画室有问题！

他们偷拍？

偷拍是犯法的！这背后指不定还有什么不可告人的勾当，难怪他们要试光。

付勤勤心中一喜，可马上又愁了起来，身边什么都没有，要怎么向毛队他们通风报信啊？

突然她脑子里冒出一个非常大胆的想法，歪着脑袋向姓王那小子勾了勾手："王哥，我想上厕所。"

"赶紧去，别耽误等下的开工干活。"

几分钟后，付勤勤在厕所里尖叫，姓王那小子闻声赶到敲门："怎么了？"

"王哥，我来月经了……"

"怎么这时候来月经？"姓王那小子头疼道，"你们女的哪天来月经自己心里没点儿数？"

付勤勤故作委屈："干我们这行的，容易月经不调。"

"晦气。人都到了，出这个岔子，搞什么东西？"

付勤勤讨好道："王哥，对不起啊，我也不想的。要不，咱们今天不画全裸，穿着画一天？"

"人家看的就是全裸，穿衣服谁稀罕看你了？"

"泳衣呗，三点不性感吗？"

付勤勤的提议倒是让姓王那小子回过味来，他觉得这办法行得通："先来次泳衣的也不是不可以，男人嘛，都喜欢看女人慢慢脱衣服。只是这酬劳……"

付勤勤主动降薪："今天只收一半。"

"成！"

两人谈妥之后，付勤勤又让他派人去给自己买内置棉条。

他一个大男人哪懂什么是内置棉条？付勤勤顺势提出让边小槐买了送来，城市小，跑趟腿也就是十分钟的事，姓王那小子没有怀疑，允了这事。

很快，边小槐就气喘吁吁带着内置棉条出现了。

付勤勤借口让边小槐帮自己换内置棉条将她拉进了卫生间，两人在卫生间里捣鼓了几分钟后，边小槐就出来先走了，看起来也没什么异常。付勤勤晚一步换完泳衣大大方方出来，气质逼人地往聚光灯那儿一坐，还真有些清纯佳人只可远观不可亵玩的意思。

"王哥，也快 10 点了，依我看不如讨个好彩头，9 点 58 分正式开始，如何？"

"行！"

现在都讲究个吉利，这主意倒合他们的心意。

出了画室的门，边小槐小心翼翼快速走着，走到拐角处突然那么一拐，拐进了一家不起眼的小卖部里。

毛力申一行人正在那里等着她。

"申哥。"边小槐压低声音汇报，"付勤勤在我手里写了个两组数字，左手是9：58，右手是10，还有个感叹号。"

毛力申估摸着这是向他传递行动时间。

说完，边小槐又道："里面至少八个人，一个人是守防盗大门的，六个人在画室里面，还有一个人在隔壁房间。"

姜飞讶异："付勤勤跟你说的？她能说话为啥还多此一举打哑谜啊？"

边小槐回答："不，是我靠听判断出来的。画室里面那六个人在交流绘画工具，应该确实是来画画的。隔壁房间的那个人是干吗的就不清楚了，只能听到键盘敲击声和说话声，应该是在上网，可隔着墙壁听不清到底在说些什么。你说一个人上网的时候自言自语什么，莫非是在跟网友语音聊天？"

在画室逗留的那短短几分钟，边小槐几乎是竖着耳朵在分析里面发出的各种声音，尽可能地收集更多的线索好传达给警队。

姜飞竖起拇指："厉害啊！"

毛力申安排下去："10点整准时行动，冲进去抓人。"

姜飞问："全队行动吗？"

毛力申翻了他一眼："里面有九个人，不全队行动怎么抓？"

姜飞又道："外面有防盗门呢，还得想个法子不打草惊蛇地进去……"

到了十点整，突然来个盲女敲门，说是里面的模特又让她买红糖水送来。

负责看管大门的人警惕性很高，里面人没交代过这个事，他就没有开门，进去问吧又怕里面已经开始忙活了，不敢打扰，索性让人把红糖水放在门外就走。

边小槐倒也听话，放下一杯红糖水便转身离开了。

等她背影消失，那防盗大门才缓缓打开，里头那守门的人一边弯腰去捡地上的红糖水，一边呸了一声："女人就是麻烦！"

突然之间，不知从哪冒出来一双有力的大手，直接将那防盗门拉到最大，另有一人迅速出手，将守门人的喉咙和嘴鼻都遏制住。守门人还没反应过来怎么回事，就有一行人趁机冲进屋去。

他拼命挣扎着，想呼叫提醒屋里的人，却怎么都发不出声来。

屋里原本气氛和谐，大家正热闹地画着交谈着，甚至还时不时调戏两句坐在正中央仅着三点式泳衣的模特付勤勤，突然有一大队警察闯入，他们立马就乱了套，爬窗的爬窗，夺门的夺门，各个都做贼心虚拔腿就跑。

付勤勤一见队友们准时抵达，两眼一亮，立马站起扫出一个漂亮的回旋踢，直接将准备带头逃跑的王姓小子踢倒在地："警察，都不许动！"

姜飞忍不住冲着付勤勤吹了个响亮的口哨："酷！"

其他同事也纷纷各寻目标，抓人的抓人，拦路的拦路，电光石火之间就将画室里的人全部控制住。

毛力申冲到另外一间房门紧闭的房间门口，一脚踹了下去，但门锁过于结实，并没有踹开。

一下，两下，三下……踹到第六下，门锁才被踹坏，拉出一道口子。

毛力申奋力一撞，将门彻底撞开来。待他们冲进去，却发现为时已晚，屋里早已空空如也，只有一张桌子一把椅子，桌上亮着电脑和来不及拆下的手机，人已经跳窗逃跑了。

"追！跑了一个！"毛力申冲着外面的兄弟叫了一嗓子。

付勤勤离门最近，她披上一件浴巾就冲了出去，没跑多远就追上了那条漏网之鱼：那人满头都是红糖水，腰部被人紧抱着，想跑也跑不掉，气得疯狂地打那个妨碍他跑路的女人——正是蹲在画室外面、听到有人逃出就上前招呼了一杯红糖水的边小槐。为了拖住逃跑的人，她死死扣住了他的腰，用自己瘦弱的身躯来拖人，挨了打也闷不吭声，一下一下生生受住了。她怕疼，但她也清楚，只需要拖上一会儿，毛力申他们肯定会追出来。

果不其然，付勤勤看到这一幕，气炸了，飞一般冲上前，一招擒拿拽住那人的肩膀，将那人和边小槐分开，然后直接一记重拳不客气地朝他脸上招呼："你找死！"

阳光照在她紧握的拳头上，像是给她的拳头镀上了一层金边，每一拳打下去都熠熠生辉。

边小槐有些后怕地退缩去了角落，本能地呜咽起来。

刚才挨打的时候她都忍着没哭……

挨打的部位就像被锥子扎了一般，隐隐作痛，哪哪都疼。她后知后觉，完全不知道自己当时哪来那么大的勇气冲上去用血肉之躯拖人。

付勤勤扯过浴巾当绳索，将那人的双手紧紧系牢。

"边小槐，你还好吧？"付勤勤见边小槐瑟瑟发抖不住地哭泣，担忧地问，"别怕，我在。"

那道洪亮的安慰像是给边小槐注入了一针镇静剂，使她有了主心骨，这才回过神来，明白自己很安全——有付勤勤在，她会保护自己的。

边小槐慢慢止住呜咽，努力回应付勤勤："嗯，我不怕。"

这年头，犯罪手法层出不穷，谁也没想到这个打着艺术招牌搞人体绘画的画室，真实目的是靠私密直播圈钱。这种离奇变态的玩法极大地刺激了观众的猎奇心，首播当日仅两分钟打赏收益就高达十几万。

直到这个伪艺术的色情直播窝点被宁泰市二中队顺利捣毁，付勤勤都还有些后怕，暗自庆幸自己机灵，没有依着他们裸体出镜，否则后果不堪设想……也幸亏他们捣毁了这个犯罪窝点，否则不知道有多少无知少女会被骗进来，从被摄像头拍下那一刻起，人生也许就要走向毁灭了。

在付勤勤离职前一天，上面将个人三等功的奖章给她颁发了下来。

这是付勤勤短暂警察职业生涯中最高光的一刻。

她捏着那块单属于自己的奖章，感慨无限又不知从何说起。千言万语到最后只汇成一个端庄的敬礼，向那所有一起奋斗过的队友们，一切尽在不言中。

让人意料不到的是，这个被查处的画室一共逮捕了六名"画家"，其中一人的随身包裹里还被搜出了假币的描版，意外牵出一条制假的线索……

当然这是后话了。

第八章
余 生

突袭收网

每个人都有自己的人生问题要解决。可对毛力申来说，入警队这几年，每天都忙着替别人解决问题，还真没时间停下来解决自己的"人生问题"。

没有人真的喜欢成天工作，一点私人的时间都没有，甚至连告白计划也屡屡告吹，不断往后推迟。可毛力申明白，他们做警察的，遇到案子就是争分夺秒与时间赛跑。接不完的报警，破不完的案子，每天睁开双眼都不知道会遇到什么突发状况，等着他们去解决。

毒品的案子是暂时搁浅了，但二中队从未放弃过盯梢特地"放虎归山"的毒贩。这一日，新的线索终于出现了，当初抓到的那两人并不是每个月只来宁泰市一趟，而是频繁地往返外省某小城市与宁泰市之间，但再也没有入住过那套很粉嫩的民宿，而是钻进了某套偏僻的郊区自建房，一住就是好几天。

这套自建房里，不仅仅住了他们两个人，还有一对夫妻。房子平时大门紧锁，窗帘紧拉，院子里养有几条狗，根本不好接近。

毛力申仔细摸查了这户的底细。

这户人家原本是那一片的贫困户，夫妻两个没生孩子，穷得响叮当。男的出去打工了，女的一个人留在家里。两年前男的突然回来，也没找工作，夫妻俩都在家里待着，名下却多了套市中心的新房子，但是他们依旧住在郊区这套破烂的自建房里。按照以往的刑侦经验来说，他们家的情况很可疑。

毛力申没有打草惊蛇，先把目前掌握的情况汇报了上去，付局长又报给了省里。省领导非常重视，再一次派了小侯警官与小毛警官来宁泰市协同破案，整个警局的气氛都紧张了起来。

随着线索逐渐清晰，大家心里都清楚，这是个重案。

临近年关，局里人事变动大，农历二十四之后，付勤勤就离职回了老家，姜飞也交接好了工作和调动文件，年后就直接去省厅报到上班了。

街上新年的气氛越来越浓厚，街头人潮涌动，仿佛整座城市的人都聚集在了一起。

越是人口密集，就越多偷鸡摸狗的小贼。

警局在原本就紧张的警力中抽调了一队，加强街区的巡逻和视察，而毛力申带着仅有的几个下属，外加省队的小侯警官与小毛警官，没日没夜地盯梢调查那桩毒品案。

他们发现，外省那对毒贩很有可能不是只靠在药店零散收购药品这一个渠道，还会接触一些医药公司的人，可能有别的门路。两位经验丰富的省厅警官笃定，这是通过贿赂医药公司，违规大批量地拿相关药品。

有缉毒经验不丰富的同事好奇地问他们，为何毒贩有这种大批量拿药的渠道，还要去药店买那限购的几盒药呢？

小侯警官告诉他们，药能变成毒品，毒品能变成钱，贪欲使人忘乎一切，在毒贩的眼里，那可不是几盒药，而是一摞钱。一摞钱就在身边，弯下腰就能捡到，又不费劲，谁会不捡呢？

还没等他们跟到毒贩和医药公司具体产生交易的证据，那两个毒贩就又来到了宁泰市——这一次，他们两手空空，背着一个不大的包就来了。

第一天，两个外地毒贩出去见了个人，喝了点茶，聊了会儿天，什么都没做。

毛力申迅速查明了那人的身份，是个无业游民，又或者说是个混混，成日里不是在酒吧晃荡，就是在麻将室里打麻将，不务正业，不知道以什么为生，警局倒是几进几出，都是打架斗殴这种事，多半关几天也就出来了。

第二天，两个毒贩和那对夫妻一齐上街买了些东西回了郊区那套自建房，顺便还买了点感冒药，量倒是不多。

小侯警官与小毛警官发现，他们买的东西，刚好可以凑成两套简易的提炼工具。

这种工具买回去很明显就是制毒用的。

地方有了，人有了，工具也有了。毛力申推断，他们有可能是要制作毒品，不过他的推论被小侯警官否定了。

"就那么几盒感冒药，提炼不出多少有效成分，拿来制毒并不科学。他们总不能千里迢迢冒风险来跑一趟，就为了制那么一点点毒品吧？这产出与风险不成正比。"

毛力申提出了一个可能性："如果他们有药呢？有非常多的药，只是警察不知道呢？"

小侯警官反问："药呢？药从哪来？总不能凭空变出来吧？"

守了这么多天，这栋屋子里的人有什么动静基本上都在他们的掌握之中——没见出门大批量弄药，也没见有什么东西送进来，就眼下的情况看，不像是搞到了药的样子。

小毛警官也点头："有一种可能是他们想把这对夫妻培养成制毒工，采购的工具和那点感冒药都只是让他们练练手，熟练下工艺流程罢了。"

这似乎是最合理的解释。

队里的其他人也赞同这个推断，合情且合理。

毛力申欲言又止。不对，这里面还是有太多的疑点，如果现在才着手培养这对夫妻当制毒工，那他们名下的新房是怎么赚到的？看他们那种老实巴交连买东西跟人还价都还不利落的样子，并不像是可以担任出去销赃任务的毒贩，与那两个外省的毒贩也没有亲戚关系。

大过年的不忙着过年，在这练习制毒，也太不合逻辑了吧？

疑点那么多，却找不到一个合理的突破口，毛力申很是头疼。

第三天，那四人没有出门，一整天都躲在那套自建房里，大门紧闭，不知道在做什么。也许就像小毛警官推断的那样，他们是躲在屋子里练手，熟悉制毒的工艺流程。

若是这种情况就有些尴尬了，趁机冲进去抓捕归案吧，万一他们只是在屋子里嗑瓜子看电视呢？就算在他们练习制毒的时候人赃俱获，就那几盒感冒药的量提炼出来的东西也不足以判多重的刑，只怕很快就放出来了，根本没有威慑力。

大家再三斟酌，没敢轻举妄动。

到了晚上的时候，毛力申突然眼前一亮，想通了此前一直想不通的点，提醒小侯警官道："他们一整天都没开门，有问题，这里面一定有问题。他们没有带药过来，不代表屋子里没有药，也许药先他们一步就到了这里呢？"

小侯警官为难地说："你的推断有一定的道理，但是也有很大的侥幸成分。如果我们按照你的推论，直接冲进去查，万一里面不是在制毒，也没有你说的非常多的毒品，那我们就会很被动。一旦他们警觉起来，后面想再跟出线索就更加困难了。"

狡兔三窟，那些毒贩子没一个不是精明又警惕的。

缉毒工作，向来讲究快准狠。如果一次没有人赃俱获，引起了对方的警觉，那想再继续排查就没那么简单了。

"我的意思是，不妨换个思路查查看。比如查查物流！看看近期是否有什么可疑快递发给他们。"毛力申沉着冷静地说，"如果真在里面制毒，大批量的药不可能随身携带，走物流的可能性很大。我始终觉得，药是比人先到的。"

"那就试试？"小侯警官觉得也不无道理，"年边了，物流公司现在放假了吧？方便查吗？"

"不方便创造条件也得查啊……"

"也是。"小侯警官笑笑，"我糊涂了，咱们当警察的就不能说什么方便不方便，刀山也得上，火海也得下。"

年关在即，物流公司果然都关了门，但毛力申带领的队伍执行力强，很快就将各物流公司的负责人召集回岗，为警方查询近三个月内所有有关这四个嫌疑人的快递与物流。

现代人的生活都离不开快递与物流，从大量明显可以排除嫌疑的快递信息中，毛力申兴奋地发现了好多单可疑的快递。

这些快递的面单上显示不光货物分量重，发货地址还全都是之前查到的那家和嫌疑人有往来的医药公司所在地，这么多件若是按照药品重量来估计，只怕他们早就在那屋子里藏了巨量的药品。

毛力申突然就明白他们为何要选在过年这个特殊时间点来宁泰市了——他们肯定是趁着过年大家都放假、警力相对松懈的时候，大批量制造毒品。

如果这个推论正确的话，毛力申代入毒贩的角度想了想，最佳的运毒时机就是大年三十了。那时人们都在欢度春节，相对于平时，警力紧张，仅有部分值班人员，运毒神不知鬼不觉。

当然了，这只是他个人的推断。

他迅速把这些线索整理汇报给队里，队里紧急开了个小会，分析一番之后，做出了一个相当重要的决定——突袭收网。

噩耗传来

那次送汤虽然无疾而终，可边小槐始终觉得自己是为警队做出贡献的，认为自己和毛力申之间的关系起码不算糟糕。

不算糟糕就是个不错的状态，总比讨人厌强。

边小槐没有谈过恋爱，准确说连对异性特别动心都没有过。她屈指可数的爱情经验，都是从身边八卦和电影电视剧中得来的。坊间传播的，没有什么参考价值，剧里描写的爱情故事又虚幻缥缈、脱离生活。毛力申这颗爱情果啊，边小槐是不舍得吐，却又不知该如何正确地吞下，卡在那里难受极了。

所谓"爱情中谁先动心谁就全盘皆输"，大抵就是这种滋味了。

边小槐恨不得冲动一把，直接缴械投降举白旗，告诉毛力申她喜欢他，而且喜欢惨了。可她又患得患失，生怕自己这样的下场是连朋友都做不成——即使付勤勤走之前又鼓励了她一番，她也没那个胆子往前迈一大步。

陷在这种复杂又纠结的情绪里久了，连厂里的大婶都看出来边小槐有心事。

厂里农历小年前一天就放了假，辛苦一整年的工人们各个都兴高采烈地领了奖金，带着家人上街大采购。只有边小槐揣着沉甸甸的现金一分都没花，悉数存进了银行里。

过怕了吃完上顿没下顿的紧巴日子，突然间得了安稳，总会担忧这好日子会不会哪天就到头了。只有尽可能地多存点钱傍身，才能让边小槐轻松一些。

她计算过了，付勤勤送来的火腿若是精打细算点吃，足够她吃一整个春节了。春节期间物价高，甭管肉还是蔬菜都很贵，吃单调点没关系，能不花钱就不花钱。

只是一个人过春节，那种滋味有点……

边小槐清清楚楚地记得，有一年过年，有户街坊看她孤苦伶仃，好心喊她去家里过年。吃好年夜饭，便是看春节联欢晚会，街坊家里不算宽敞，一家三口挤坐在一张沙发上，给边小槐单独搬了张小椅子坐在一旁。明明是舒服的靠背椅，边小槐却如坐针毡，她一个人坐在那里，一边听着电视里的欢声笑语，一边听着街坊家小孩在父母怀里撒娇嬉闹，心里难受极了。

她不喜欢过节，尤其不喜欢过团团圆圆的节日，别人阖家欢喜，于她反而是失落煎熬。

从银行回来之后，边小槐每天都躺在家里睡大觉，睡醒了就随便弄点吃的，根本不想出门——外界再热闹都与她无关，她孤零零一个人留在这个世界上，有的只可能是孤独与寂寞。

这一睡，就稀里糊涂地睡到了大年三十那一天。

房子隔音效果差，一大早，她就被震天的鞭炮吵醒了，迷迷糊糊揉眼起了身，掐着手算了半天，才想起来今天是个什么日子。

真快啊，眼瞅着一年就这么过去了，新的一年又要来了。

如果说父母车祸离世那一年，是她人生中最糟糕的一年，整个人生自此陷入了无边的黑暗，那即将过去的这一年，就是命运重新在她的人生里打亮了一束光。毛力申就是那束光。

那束光引着她，慢慢走出人生的低谷，离开命运的沼泽。

她不知道这束光会带着自己走向哪里，但她心甘情愿地跟在他的身后，做那个追光者。

给他拜个年不为过吧？

鬼使神差地，边小槐摸出睡觉前被她扔在枕头底下的手机，拨通了毛力申的电话。

　　连线音"嘟嘟"个没完没了，对面却始终没有人接听，边小槐忐忑不安，等得有些着急，纤瘦的手指紧紧握着手机，都握出汗来，给金属背壳染上了一层薄薄的汗渍。

　　就在她的期待快要被时间一点一点彻底磨完的时候，电话突然接通了。

　　"喂？"

　　那边信号似乎不是很好，声音听起来既缥缈又遥远，还夹杂着一大堆乱七八糟的说话声，很是嘈杂。边小槐把听筒紧紧贴在耳郭上，才能辨识出他那熟悉的声线，简简单单一个"喂"字，就抚平了她所有的不安与焦虑。

　　"有事吗？"

　　"没……没事……"真听到他的声音了，边小槐反而有些不知所措，结结巴巴地挤出一句话来，"就是想祝你新年快乐。"

　　"你也新年快乐。"

　　对方的祝福，明显比边小槐的敷衍一些，惹得边小槐又忍不住胡思乱想——申哥是不是不太方便，又或者他急着去做什么别的事？

　　这种时候，一定是忙着在家里做年夜饭，准备热热闹闹过年吧？

　　这么想着，边小槐的声音不禁也黯淡了下来，甚至还有些小委屈："你要是忙的话，我就不打扰了……"

　　她话说到一半，毛力申就简明扼要地说："是挺忙，今晚有个紧急任务要执行，忙完我再打给你。"

　　听到这个解释，边小槐有点蒙，原来他不是在家过年啊？

　　都大年三十了怎么还要执行任务？

　　边小槐心里想着什么，嘴上就脱口而出："申哥你不在家里啊？"

　　可她的问题都还没问完，那头毛力申就挂断了，只剩下忙音在手机听筒里不断地回响着。

边小槐失落地丢开了手机，有些茫然。

她像断了线的风筝，飘回床上，又陷入了瘫在那里不想动的状态。

这个电话不打还好，一打就像勾了她的魂似的，忍不住老去想毛力申，一会儿脑子里浮现毛力申忙忙碌碌的背影，一会儿又浮现毛力申抱着她的样子，没个消停。

边小槐伏在枕头上叹了口气——明明自己都不知道毛力申长什么样，也不知道在家里自作多情算个什么劲。

可她又做不到不去想他。

这两种矛盾的情绪反复在脑子里纠缠，让她半点起床做年夜饭的心思都没有，索性放任自己在床上瘫着。

这一瘫，便瘫到了第二天的清晨。

边小槐也不知道自己是饿醒的，还是被门外的鞭炮声吵醒的，当她再次烦躁不安地从床上爬起来时，才意识到自己又稀里糊涂睡过了一个大年夜。

又是新的一年了。

边小槐叹口气，听着肚子里的"咕咕"声，不情不愿地掀开被子下床，胡乱套了件衣服，去厨房弄点吃的。

她不喜欢冬天。

稍微穿少一点，刺骨的寒冷就会乘虚而入，刺进人的骨子里，将人刺得愈发清醒。

边小槐翻出前天的剩饭，添了点热水，放在灶台上，准备随便热点吃的凑合一顿算了。

灶台上的水慢吞吞地鼓着泡泡，等待的时间着实有些无聊，边小槐便冲客厅桌上的音响发号施令，让它播放音乐广播。

这个二手音响就是姜飞留给她的那台。

不过这年三十吧，音乐广播放的都是些喜庆热闹的歌曲，没听一会儿，边小槐就受不了那个嘈杂的音乐节奏，冲着音响叫了两声，让它换个本地的新闻广播来听听。

其实边小槐也不是真想听什么，就是觉得一个人太孤独了。

音响切换到本地的新闻广播：

"下面插播一条快讯。历时四个多月的侦查，今日我市成功破获一起重大制毒贩毒案件，斩断了一条跨多省市的贩毒通道，缴获制毒器具若干，毒品半成品9千克。执法过程中，多名警察英勇负伤，其中一位伤势较重，目前正在市医院抢救中。"

听到这则新闻，边小槐整个人像被雷劈过似的，傻站在那里动都不会动了。

多名警察英勇负伤……

申哥他会不会也……

边小槐不敢往下想了，昨夜毛力申的话反复出现在她脑子里，他说他有个紧急任务要执行……边小槐只感觉全身的血都慌慌张张涌进了脑子，疯了一般拿起探路的竹竿就朝门外冲去，人都冲到门外了才想起来灶上还点着火，又手忙脚乱跑回来灭了灶火，这才再一次惊慌失措地向门外冲去。

她本能地朝着市医院的方向跑去，也不管重伤抢救的警察是不是在那里，也不管毛力申究竟在不在其中。她一边跑一边哆嗦，心乱成了一团麻，两条细腿迎着刺骨的寒风跌跌撞撞……

边小槐在心里哀求着：别出事，可千万别出事啊！

致命一击

"下刀的人可真狠，连着三刀都往心窝子上捅。"

"据说全院最好的医生都赶来了，这也不知道能不能抢救回来……"

"这要是死了，得是烈士吧？"

"听说里头那个还挺年轻的，姓毛还是姓什么的，家属都回老家过年去了，赶都赶不过来。这要是走了，真是……唉……大过年的，白发人送黑发人，得多难受……"

手术室外围了不少住院病人和家属，都是听说缉毒时一位警察重伤，来看或探听的。

警方留了两个年轻的协警守在手术室外维持秩序，但无论他们怎么示意大家"安静"，围观的人还是你一言我一语说得火热。

谁也没有注意到，墙角里蹲着一个姑娘。

她单薄的身子裹在一件格子棉服里，袖口磨白，隐约露出一点棉絮，裤子也有些短，蹲在那露出两截光溜溜的小腿，止不住地瑟瑟发抖。她的头颓废地埋在双膝之间，只露出几缕乱糟糟的长发，一点存在感都没有。

她就这样一直屈膝埋头，直到手术室的大门突然拉开，她才猛地一抬头，眼沟里两道来不及擦拭的泪痕，风一吹就冻成线了。两个眼窟窿就像河面上被砸开的冰洞，深不见底，陷进去就是绝望。

"都不要吵，让条路出来。"开门的是个男医生，看了一眼围观者，大声问道，"家属呢？哪个是家属？"

大家依旧紧紧挤了上来，七嘴八舌地关心着："手术怎么样？人抢救过来了吗？"

医生扫了一眼这些人，又提高了几分音量："家属呢？没有家属吗？"

两位年轻的协警艰难地从人群中挤了进来，不等他们说话，那墙角的姑娘乍然站了起来，颤抖道："我是家属。"

那两个年轻的协警皆属别的中队，只是因为人手不够临时被调来帮忙的，见边小槐说自己是家属，相互看了一眼没作声，真以为她就是家属了。

医生冲着边小槐点点头，嘱咐道："人快不行了，想见最后一面的话就进来吧，他签了份捐赠协议，要告知一下你们家属。"

边小槐一听"不行了"，血液立马噌噌往脑子上冲，耳朵嗡嗡作响，好半天才稳住心神，急急忙忙跟着医生进去。

可终究还是晚了一步，刚刚赶到里面，伤者心跳就停止了。

医生虽然见多了生老病死，但是每次面对这种残忍的生离死别场面，都心有不忍，尤其是他们看到边小槐可怜兮兮的眼睛，更是有种说不上来的同情。

"他做手术之前签了器官捐赠协议，万一手术失败，他想把能用的器官都捐出来。"刚才引边小槐进来的那位医生递给边小槐一份协议，"这件事我们有义务通知家属。"

边小槐心如刀割，不想回答，也不知道该回答什么。

医生看着她的眼睛，好心地说："器官捐赠基本上都是有时间限制的，短时间内必须移植到相匹配的活人身上，如果你们家属有这方面的需求，我们可以优先安排。"

他看得出来，边小槐有眼疾，不出意外是个盲人。

没想到边小槐拒绝了："我不要。"

她不要他的眼睛，她只要他回来……

心不听使唤地开始抽动，她不知道该怎么形容那种痛，像是心上破土长出无数根尖刺，然后又调了个头统统扎了回去。

她爸死了，她妈死了，申哥也死了。

所有她爱的人都死了。

她只能独自一人苟活在这个世界上……

医生张了张嘴，本想再劝她两句，可看她那副魂飞魄散的伤心样，估摸着这会儿说什么也没用，只能叹了口气，好心地拍了拍她的肩膀，安慰她道："节哀顺变。"

边小槐是很悲哀，但她在手术室里并没有哭，那种痛彻心扉的疼痛感支配了她的全身，麻痹了她所有的感官。直到尸体推出手术室，窗外的寒风吹进她的脖子，狠狠刺激了一下她的知觉，她才突然软下身子，趴在推车一角放声哭了出来。这一哭，撕心裂肺，溃不成军。

人人皆以为边小槐是这不幸殉职的警察家属，自觉让出一条道来。

为了照顾边小槐的速度，两位协警连同护士一起推着担架推车，缓慢地朝通往太平间的电梯方向走着。

从手术室到电梯，短短三十来米的一小段路，边小槐仿佛将一生的眼泪都流尽了。

红色的楼层指示灯不断闪烁着。

等了很久，终于"叮"的一声，电梯门打开了。

"辛苦大家了，小毛警官的家属已经在外省赶过来的路上了，医院这边暂时还需要你们辛苦辛苦。"熟悉又久违的声音从电梯里传了出来，"小槐你怎么哭成这样？"

许是哭了太久，哭得太过用力，边小槐都分不清自己是不是哭出幻觉了。

可耳边的声音分明就是毛力申的。

那推车上躺的又是谁？

边小槐整个人都呆住了……幻觉，这一定是幻觉……

"幻觉"里，那人伸出了一只手，替她细心地抹去眼角的泪痕，搂她入怀，在她耳边好生安慰："节哀顺变，别太难过。"

边小槐不敢动，她怕自己一动，这"幻觉"就如泡沫一般消失不见了。

让她活在这"幻觉"里也挺好。

边小槐怎么都没想到，大年初一因公殉职的毛姓警官，是从省城里调过来协助破案的小毛警官。

得知真相的边小槐用着仅剩的力气，搂住了毛力申的腰，埋在他的胸口低声啜泣——失去他的感觉真是太痛苦了，她再也不想离开他了。

边小槐沙哑着喉咙，呜咽道："刚刚我好害怕，怕你不在了。"

失去深爱之人的痛楚，她再也不想体验了。

她可以接受被拒绝，被讨厌，被推开，这些总比她懦弱、她自卑、她胆小，不敢把心意捧出来让他知道要好。万一哪天悲剧重演，他真的突然离开了这个世界，却都不知道她爱他，那才是……

喜欢的话在嘴边打了个转，还是没能说出来。

不过毛力申已经感受到了她想表达却没能说出口的心意，伸手将边小槐护在自己宽厚温暖的臂弯里，轻轻摩挲着她的头发，暖暖回应着她："傻瓜，不会的。"

不会离开你的，永远都不会离开你。

小毛警官死前签署了遗体捐赠协议，在他死后，医院遵循他的遗愿，迅速将尚可移植的器官分别移植给了有需要的患者。边小槐在毛力申的鼓励下，接受了小毛警官的眼角膜。

拆线那天，是毛力申陪她去的。

随着纱布一层一层揭开，一缕让边小槐不太适应的光线慢慢照进了她的眼底。

无边的黑暗被光驱散，她看到了久违的色彩与世界，也看到了他。

她缓缓抬眼。

"小槐，看得见吗？"毛力申从未如此紧张过。

"嗯，看得见。"边小槐梨涡浅笑，"谢谢你，申哥。"

谢谢你出现在我的世界，谢谢你让我的世界有了光。

此后余生

阳光透过绿荫浅浅地洒了下来。

某栋刚封顶没多久的高层小区入口处，有一男一女对着门口那块巨石有说有笑。

女人认真辨认着上面的字，一个字一个字念道："心悦家园，军工建设。"

男人耐心纠正："是辉宏建设，不是军工建设，第一个字念辉，第二个字念宏，辉宏，辉煌宏大的意思。"

女人神情有些羞涩："念辉宏吗？又当白字先生了，晚上回去抄个一百遍，我就不信下回还能认错。"

男人宠溺地揉了揉她细软的头发："学东西讲究个循序渐进，你在这么短的时间里能识得这么多字，已经很不错了，慢慢来好了，莫要给自己压力。"

女人点头："自己家必须要认识。"

男人笑笑将她搂入怀中，轻声细语道："走了，跟售楼部约好了两点见，这都一点五十了。"

房子按揭批下来了，那两人正是请了半天假来办手续的毛力申和边小槐。

自打边小槐恢复视力之后，就开始重新学习认字——对她而言，文盲的感觉比瞎了还要可怕。毛力申向单位里有孩子的同事借了几本小学语文课本供边小槐学习用。每天下班之后，边小槐就专心致志地抱着语文课本抄抄写写，到了周末还会让毛力申出题考她，但凡答错了就自觉地罚抄一百遍，和小学生并无两样。

一段时间下来，一些简单的字边小槐基本都认识了，只是念字总爱念半边，闹了不少笑话。

不过她不怕闹笑话。

过去那些年，因为看不见，和别人相比她缺失了太多东西，比如上学。现在她复明了，她要把那些缺失的部分尽量都补回来。

错了就错了呗，错一次她就抄一百遍，还错她就抄一千遍、一万遍，直到自己认对了为止。

渐渐，公交站牌上的字她都认识了。

渐渐，食堂里的菜谱她也看得懂了。

渐渐，工厂里的产品信息册她也能认个大概了。

边小槐打算好了，等她把语文学完，就开始学数学，如果可以的话，她还想报个学校再考个成人文凭——她看过了，自己工作的这家工厂，除了像她这样受特殊照顾的几个残疾人，其他岗位的招聘标准要求都是高中生以上文凭。边小槐不想被同情、被可怜、被照顾一辈子，她想自食其力活在这个世界上。

售楼小姐与毛力申约好，早就笑靥如花地迎在了售楼部的门口，一见着毛力申和边小槐，就麻溜地引他们进去办理房子的相关手续。

与毛力申的淡定相比，边小槐就显得紧张了许多，等售楼小姐去拿文件的时候，她不停地卷着衣角，卷过来翻过去，又卷过来翻过去。毛力申看出了她的拘谨，温和地拍拍她的手背。边小槐也懂他的意思，冲他羞涩地笑了笑。

说不激动是不可能的。

虽说在边小槐恢复视力之后，毛母对她的态度也渐渐从反对变成了默许，两人正大光明地谈起了恋爱，但毛力申突然告诉她，会在房产证上添她的名字这事还是大大出乎了她的意料。

她也不是没有拒绝过。

且不说毛母那关能不能过，她自己心里那关也实在过意不去。

房价疯涨的今天，一套房子意味着什么她再清楚不过了。平时听人家长里短说八卦的时候，边小槐没少听人争论娶媳妇要不要在房产证上添女方名字……

不过毛力申很坚持这么做，边小槐也拗不过他。

坐在接待处，边小槐不自觉地舔了舔有些干燥的唇角，这落在了毛力申的眼里，他便体贴地起了身："我去给你倒杯水。"

待他向售楼小姐讨到一次性水杯，盛了满满一杯水回来时，边小槐正被一位头发花白的老大爷拉着问东问西。

边小槐为难地回过头来看了一眼毛力申，毛力申笑笑凑过来，把水杯放在她的面前，听他们在聊什么。原来这个老大爷年纪大了双眼昏花，看小字费劲，想买房子又不清楚这楼盘宣传单上写的都是什么。眼下售楼小姐都在忙，他见边小槐一人坐在接待处似乎没什么事，便向她求助，让她帮忙念念。

偏偏边小槐在识字方面还真没太多自信。

她递眼神给毛力申，想让他帮忙解围，偏偏毛力申又回递给她一个鼓励的眼神，示意她讲得不错。

边小槐只能硬着头皮继续给老大爷讲解传单。

等售楼小姐拿着一大摞文件过来时，边小槐已经把购房优惠政策给老大爷讲得大差不差了。老大爷是个爽快人，急急忙忙就要选房付款。白捡一个单，这可让售楼小姐笑开了花，一边安排人签单，一边连连感谢边小槐。

毛力申轻轻在边小槐耳边夸赞她道："刚刚你讲得很好，你要是来卖房子，一准也是优秀员工。"

边小槐得了夸奖，心里乐开了花，却又不好意思表现出来，只能默默端着杯子喝水，来遮掩脸上那一抹红晕。不光是因为帮到了别人，重点是刚才那张传单上的字她很自信基本上都认对了。

售楼小姐将那一大摞办妥后需要户主签名的文件递到毛力申和边小槐的面前，交代他们在哪些地方签字。

毛力申把签字笔郑重地放在边小槐的面前，让她先签。

边小槐翻到签名处，一笔一画认认真真签上了自己的大名，然后把笔递回给毛力申，全程偷笑着看他签完名。

毛力申抬头的一瞬间，刚好对上边小槐亮晶晶的双眼。

"你笑什么？"

"我们的名字，终于写在一起了。"

一年后，为了庆祝搬入新家，毛力申和边小槐相约一起去看梁朝伟的新电影。

边小槐期待了很久。

电影很好看，剧情很精彩，尤其是那个意犹未尽的结局，让边小槐兴致勃勃地拉着毛力申一起分析了无数种可能。

毛力申兴致不高，却又不想扫她的兴，尽可能地配合着她聊的话题，有一搭没一搭地应着。

心细敏感的边小槐自然察觉到了他的异样，担忧地关心起他来："申哥，你是不是有什么心事……遇到破不了的案子了？"

"倒也没有，只是有个事想告诉你……"

毛力申确实心中有事，但又不知从何说起。

从两人正式确定恋爱关系以来，他给她的陪伴就比普通情侣少了太多太多，三天两头放她"鸽子"不说，这回又要抽调出国协助破案，一走怕是就得两三个月，他实在是说不出口。

"你说吧。"边小槐隐隐约约猜到他要说什么，已经做好了心理准备，"难道是又要出差？"

吃饭失约、看电影失约、逛街失约……层出不穷的失约早就让她习以为常了。她理解毛力申的工作，更明白他的肩膀不可能只为她一人遮风挡雨。

　　果然，毛力申叹了口气，说："省里有个案子，需要跨国协作，要去 G 国，局长认为我对那边比较熟悉，就抽了我去。"

　　"去多久啊？什么时候走啊？"

　　"看多久能破案吧，我估计没两个月回不来。"

　　"哦。"果不其然是要出长差，边小槐想了想，道，"其实我有个事也在犹豫要不要干，想问问你意见。"

　　"什么事？"毛力申有些好奇，边小槐的工作一直挺稳定的，老板人好，也没有因为边小槐恢复视力，不算残疾人就开除她。边小槐没道理动跳槽的念头。

　　"我们厂子最近在开新的生产线，缺技术工，领导的意思是先派几个工人去学学技术，掌握了技术再回来教其他人……"

　　毛力申懂了："你想去学技术？"

　　边小槐点头："嗯！我现在的工种是全厂最没技术含量的。我听老工人说，我那个工种，外面有很多厂都上全自动流水生产线了，迟早会被淘汰的。我想学点技术，有一技傍身不怕失业，而且做新工种的话，工资肯定也能涨不少。"

　　"你愿意学自然是好事。厂里你问过了吗？具体什么时候走？要学多久？"

　　"现在已经在报名了，时间安排我还没问，但我猜应该马上就要派人去学了，因为最近厂里来了好些外国人，听说都是欧洲派来调试生产线的工程师。等生产线调试好了，那不就得投入生产了？派工人出去学习肯定迫在眉睫。"

　　边小槐有进修的想法，毛力申自然是举双手赞成。

　　她聪明、机灵，自然做什么都能做好。

更何况警嫂这个身份，诚然如他妈所说，是个不得不独当一面的身份，纵使他心中有万分怜爱，想将她永远地呵护在怀中，现实也不允许。更重要的是，他尊重她的想法，尊重她成为任何她想成为的人。

"行。如果要去，在外面照顾好自己。"

外头有些冷，但这句话是暖的。

边小槐高高兴兴搂住毛力申的腰，把自己冰凉的双手塞进他的外套口袋里："申哥，这一次咱们争取一起回来。"

毛力申跟着也将手伸进了口袋里，十指交错，替她暖手："好，如果是我先回来，就去接你。"

边小槐在他耳边浅笑："那得拉钩，可不许放我'鸽子'，再放我'鸽子'，我就……"

"就什么？"

"就咬你！"

言毕，她的脸就像是红透的虾子。

边小槐悄悄踮起双脚，仰起脸来，慢慢凑到他的唇边，轻轻覆了上去。

路灯将他们俩的影子拉长交错，渐渐重叠成一个整体，一颗小小的好运珠在毛力申脖子上微微发着光。

（正文完）

番外一
付勤勤 VS. 姜飞篇

某年某月某日，某家酒店宴会厅。

"这个海鲜盛宴新婚套餐不错，我们老家那片的人就喜欢吃海鲜，选它吧！经理，我们要这套，预订个一百桌。"

"嘿，你都不问下我的意见？"

"你能有啥意见？这天上飞的、地下跑的，就没见过你不喜欢吃的。对付你就四个字，好吃，管饱。经理，不用听他的意见，按我说的定就行了。我们家，我做主。"

"你在外面给我点面子好不好？"

"在外你是警察，我是老百姓，你的职责是为人民服务，而我就是你要服务的对象；在内你是丈夫，我是妻子，你的职责就是照顾好家庭，而我就是你要照顾的对象。懂了不？你还想要啥面子？"

酒店的经理听着这对新人夫妻一言不合就抬杠，忍不住暗自发笑，好久没见到这么欢脱能闹的新人了。

这对新人就是姜飞和付勤勤。

姜飞升职接管了重案支队，工作忙；付勤勤接了家族企业，工作更忙。他们两个大忙人是好不容易才抽出一点时间过来筹办婚宴。付勤勤恨不得速战速决，三下五除二立马就敲定。

只是这婚宴的细节总得商榷商榷。

姜飞白了付勤勤一眼："你这脱离警队还没几年呢，规矩统统都忘光了。摆一百桌？"

付勤勤愣了愣，一贯伶牙俐齿的她还真没反应过来。

不过她马上想起来了——该死，她怎么就忘了这茬，公职人员的喜宴规格有规定，不能超过二十桌。

这下付勤勤就头大了："那怎么办？我爸商场上的朋友那么多，一百桌我都有点担心不够坐的。"

"怎么办？凉拌！"

"唉……"

他们两个人，平时一个带队破案，一个驰骋商场，个个都有能耐有主见，偏偏在婚礼要怎么办的事情上，大眼瞪小眼，一时都没了主意。

好半天，付勤勤才戳戳姜飞，提议道："要不，咱们就只请亲属，婚礼从简？"

姜飞有些犹豫："从简会不会太委屈你了？"

付勤勤道："那还能怎么办？这不是为了支持你的工作吗？"

只要老婆没意见，姜飞当然愿意从简。他本来就是个不喜欢繁文缛节的人，这要真是摆上个一百来桌，办一场兴师动众的婚礼，他还真不一定招架得住。再说了，一百桌酒席可不是个小数目，把他卖了也不够请的啊。

"还是我老婆疼我！"姜飞欢欢喜喜嘬了一口付勤勤的脸，可又立马皱起了眉头，"不过，你爸你妈那边要怎么张口说啊？从简他们能同意吗？"

"你别管了，我来搞定他们。"

"辛苦老婆了。"

这个"从简"的大基调既然定了下来，两人又盘算了一遍要请哪些人，选多大的宴会厅，做什么风格的婚礼策划。姜飞素来是个心细的，所有的细节他都要推敲推敲，提点自己的想法和意见，可付勤勤是个急性子，就想速战速决。酒店经理站在一旁看着他们两个一会儿亲亲热热，一会儿吵得热火朝天，想笑又不敢笑，憋了又憋。

　　好不容易这所有的细节都敲定了下来，付勤勤满意地抽出一张卡，丢给酒店经理："开单，刷卡。"

　　付勤勤早就习惯了姜飞抠抠索索，再说了，警察有多少工资她还不清楚吗？又要养家又要还房贷，姜飞压力也挺大的。这种需要花大钱的时候，还是她这个"富婆"掏腰包吧！

　　没想到这次姜飞伸手拦下了她的卡，然后潇洒地丢出了自己的卡："刷我的。"

　　付勤勤笑他："都领证了还分什么你的我的……"

　　姜飞斜睨了她一眼："我们老姜家娶媳妇，怎能让女人花钱？"

　　当天下午，宁泰市公安局二中队的老同事们就接到了姜飞的电话，说是邀请他们去省城参加他的婚礼。

　　陆老六笑着在电话里头打趣他："你小子这么抠门，也有姑娘肯嫁你？是哪家的姑娘眼神这么不好，看上你了？"

　　姜飞嘿嘿一笑："人穷志短，'傍'了个富婆。"

　　陆老六开玩笑："哪家富婆这么好心，想不开要去扶贫？"

　　姜飞回道："这富婆吧，其实你们都认识……"

　　陆老六愣了一秒，马上就破案了："我们都认识的富婆？付勤勤？你小子什么时候暗度陈仓跟付勤勤好上了？"

　　姜飞笑而不语，好半天才悠悠地在电话那头卖了个关子："来吃酒那天，再慢慢给你们讲我们的故事。"

番外二
陆老六篇

　　单位新来的年轻实习警察听说陆老六会人工画像，缠着陆老六露一手。

　　陆老六推托不过，随手画了一张。

　　新来的实习警察看着那张几分钟就速成的画像，对比了一下自己的脸，还真像那么回事。

　　"陆老六，你真的 666 啊！"

　　"666？啥意思？"陆老六对年轻人时不时冒出来的新词总是一头雾水，不明就里。

　　"就是夸你厉害的意思，超级厉害。"

　　"不敢当啊，长江后浪推前浪，我们老杆子，慢慢就跟不上你们年轻人咯。单位里那些个电脑、仪器，都玩不利落，也该退休咯。"

　　"老六你又谦虚了。"新来的实习警察眼瞅着陆老六的保温杯里水不多了，赶紧给他续上，求他传授绝活，"你这要是放在武侠小说里，那就是扫地僧，不鸣则已，一鸣惊人。老六，你收徒不？教教我呗？"

这马屁倒是拍到陆老六的心坎里去了。

他抿了一口茶，摇摇头："学这个挺苦的，没点素描基本功很难的，我年轻的时候为了练这个，手腕都练出腱鞘炎了，提笔就疼。再说了，现在天网系统铺天盖地，哪哪都有监控，局里还有人脸对比的设备，人工画像这种过时的手段就算学会了用的机会也少。你有那个时间不如多研究研究怎么摆弄那些先进的仪器，对破案更有帮助一些。"

见陆老六不愿意教，新来的实习警察又换了个方式磨他："你当初为什么苦练这个啊？"

"往事就不再提啦，没什么好说的。"

"说说呗……"

"真想听啊？"

"想啊！"

陆老六又抿了一口茶，认认真真把杯盖给盖上，才慢悠悠地回忆起来："这事要从二十年前说起了。不对，好像是二十二年前……不对不对，应该是二十五年前的事了。唉，记不住了，先甭管它哪一年了，总之是很早之前的事了。那会儿全国上下都在支援西部建设，我年轻气盛，入职当警察还没两年，就主动申请去了……"

数十年前，西部某不知名小县城内，一位年轻潇洒的帅哥两手插袋走进了当地最火的迪斯科舞厅"夜莺"。

姑娘们看他打扮入时，举手投足都很洋气，纷纷围了过去。

"帅哥，跳舞吗？"

"帅哥，你是一个人来玩吗？"

这里有不少陪舞小姐，陪客人跳跳舞，开开酒，哄得客人开心来了兴致，还可以上去睡觉——楼上的租屋也全是舞厅老板的产业。

楼下暗中勾搭，楼上明着涉黄。

这个场子警方扫黄扫了好几次，却总是像烧不尽的野草一样，关进去一批，很快又会冒出来一批新的。偏偏那家迪斯科的老板，绝口不承认这些涉黄行为和他有利益关系，说她们只是他的租客，自己对她们在舞厅里做的勾当一无所知。

没有明面上的证据办他们，警队就转换思路，派人暗中寻找证据。

新调来不久的陆老六因为脸生，被派去卧底，装成客人暗中摸查一下舞厅里的情况。

这位潇洒的帅哥就是精心打扮一番后的陆老六。

陆老六吊儿郎当地看了一眼眼前的几个姑娘，从中选了个最腼腆最土气的，痞里痞气地逗她："贴面舞会跳吗？"

舞厅里五颜六色的灯球闪耀着，打造出一个光怪陆离的世界，姑娘有些傻里傻气地摇摇头："不会，我只会跳慢四。"

另一个看着时髦多了的姑娘嘲笑她道："慢四就是贴面舞的一种。"

傻姑娘发现自己闹笑话了，立马就羞得两颊通红。

没想到陆老六跳到她的身边，热情地拉起她的手，搂着她的腰跳进了舞池。

傻姑娘并不太会跳舞，连慢四都才学了没几天，人也比不得那些机灵的姑娘能说会道，这几天在舞厅里一直都无人问津，一个客人都没揽着。

短短一曲舞下来，她跳得是磕磕绊绊，好几次都走错舞步踩到陆老六的脚。

可一曲舞毕，陆老六没有算了的意思，拉着她又跳了一曲。

这种走昏暗暧昧风格的迪斯科舞厅，又是跳些搂搂抱抱的舞曲，男男女女很容易摩擦出一些别样的情愫——更何况，傻姑娘本来就是这里的托，她的收入得靠哄客人开酒，还有和客人睡觉。

眼瞅着陆老六拉着她跳了一曲又一曲，她也知道他对她是有兴趣的。

在跳了不知道多少曲舞之后，傻姑娘见夜也深了，气氛也差不多到位了，红着脸在陆老六耳边问道："你想不想一起那个？"

　　陆老六自然知道她是什么意思："在哪那个？"

　　傻姑娘指了指楼上："在上面。"

　　陆老六故意套她话："我带你去别的地方那个。"

　　傻姑娘摇摇头："不行。"

　　陆老六问："为什么？"

　　傻姑娘说："我们只能在上面那个。"

　　陆老六指着别的姑娘问她："什么意思？你们都是一伙的？还有人管着你们在哪那个？"

　　傻姑娘咬咬唇，转移话题道："上来吧，我会好好服侍你的。"

　　陆老六只是来摸查情况的，便随便找了个借口搪塞她："不愿意出去就算了，我洁癖，不在外面跟人那个。"

　　跳了一晚上舞，没想到最后落了个被拒绝的下场，傻姑娘有些难受。

　　第二天，陆老六又来找她跳舞。

　　场子里别的姑娘好心提点她，这种点一瓶啤酒就想搂姑娘跳一个晚上的穷瘪三没什么好浪费时间招呼的，脸帅又不能当饭吃，可傻姑娘还是跟他跳了。

　　一晚上跳下来，陆老六知道了她的名字叫婷婷，也知道了她是哪里人。

　　第三天晚上……

　　第四天晚上……

　　第五天晚上，陆老六一来"夜莺"就开了一瓶舞厅里最贵的酒，这让婷婷倍儿有面子，拉着他连跳了好几曲。

　　快到点的时候，陆老六又约了她："明天下午去我那儿玩呗？"

　　婷婷拒绝："真不行，我们不让出去。"

陆老六特地说："不干别的，就逛逛街。"

婷婷为难："逛街也不行。"

陆老六不解："为什么呀？"

他倒不是对婷婷有什么猥琐的想法，只是想找个机会哄她出去走走——外面比舞厅更适合聊天，他想好好套点猛料。

没想到婷婷没什么戒心，在舞厅里就把她们和舞厅老板之间的隐秘关系都一五一十告诉了陆老六，连她们的身份证扣在舞厅老板那里，不能随便出去这种事都说出来了。

陆老六想了想，改变了原有的计划。

婷婷本性不坏，她为什么自甘堕落跌进这个行当陆老六并不清楚，不过陆老六准备捞她一把，劝她别干此事。

人犯错不可怕，可怕的是迷途不知返。

在陆老六多番劝说之下，婷婷决定不干，也答应配合警方做污点证人，指证"夜莺"迪斯科舞厅组织涉黄。

在警方的精心布置下，夜夜笙歌的"夜莺"终于被一网打尽，再也扑腾不起来了。

婷婷指证了舞厅老板之后，很快就被放了出来。

那时候陆老六年轻，考虑问题不够全面，忙着处理局里的事，就没怎么关注婷婷的动态。彼时对他来说，婷婷只是个迷途知返的人，既然已经上岸，他的任务也就完成了。

第二天，婷婷跑来公安里告诉他，自己准备收拾东西回老家。放回来后她无处可去，只能住回舞厅楼上，这让她心里怕怕的——毕竟那么多在"夜莺"里干的，只有她一个人被放出来了。

陆老六随口答应送她一程，婷婷感激不已。

婷婷先回舞厅楼上收拾行李，陆老六忙完局里的事才往她的住所赶，他的计划是送婷婷到车站，亲眼看着她踏上返乡的大巴，他也就功成身退了。

没想到，等他赶到婷婷的住所，撞上的却是两个男人把婷婷按在墙角往死里揍的一幕。

那两个男人见了陆老六，立马警觉地跑了。

陆老六在追人和救婷婷之间选择了救婷婷，他抱起已经奄奄一息的婷婷疯狂地往医院里跑，可最终还是晚了一步。

一个如花的生命，就这样烟消云散了。

新来的实习警察听完这个意外的结局，不免有些唏嘘："婷婷就这样死了？那两个男人，就这样逃走了？他们为什么要揍婷婷啊？是跟踪了婷婷怀疑她出卖了舞厅老板所以打击报复？"

陆老六伤感地抿了一口茶："嗯。"

"这个婷婷命也太惨了点，造化弄人啊……但是这事和你学人工画像又有什么关联呢？"新来的实习警察感慨连连，不过他发现从始至终，陆老六都是在说一个与人工画像毫不相关的故事。

"那时候没有天网监控，也没有设备记录，我只能凭自己的记忆画下了那两个凶犯的脸，但是画得非常不像，给侦破造成了很大困扰。等摸索查出那两个男人的具体身份，人早都逃到外省去了。"

"就这么逍遥法外了？"

"哪能呢？"陆老六拧紧了保温杯，重重放在桌上，"后来我就拜了师，苦练人工画像，终于把那两个凶犯的样貌画了个七八分像。再后来我调回来了，那边的警方也一直都没放弃那桩命案，凭着我画的那两张画像，追踪了好些年，才终于把凶手捉拿归案。"

"最后竟然破案了？"新来的实习警察意外，"这种陈年旧案，没点毅力，挺难破的吧？"

"天网恢恢，疏而不漏……"

后 记

2018 年底的时候，我准备写一本特别的爱情小说，但迟迟没有动笔，因为涉及刑侦，需要大量的学习和更谨慎的态度。与此同时，基层刑警和底层盲女的人设也在我脑海里逐渐扎根成形，有个隐隐的声音一直在催促我把他们之间的故事写出来。

我一直觉得，文学创作者要有信念感，才能写出更有态度的作品。

于是，在 2019 年的春节，我做了决定——动笔。

为了作品能更贴近基层警察的真实工作以及生活状态，我先动手做素材收集。跟我的预期有些不同，在这一关上，我就遇到了不少困难——基层警察的工作时间长且极不稳定，答应帮我的几位警察朋友都是常常采访做到一半就有突发状况被调遣，随时被中断，遇到大案要案的话，多日都难联系上。我前前后后花了好几个月，才勉强将所需的素材收集完整。不得不说，警察同志们的辛苦远超小说里所呈现的那些。我不禁心生敬佩，也更加坚定了要把这本小说写好的决心。

将故事女主角设定为盲女的本意是希望大家能多多关注这个特殊群体。残疾人身有隐患，行动不便，是非常弱势的群体。国内鲜有小说以残疾人为主角，想塑造好这类人物其实非常有难度。为了更好地塑造出盲女的形象，我除了去真实地观摩盲人的生活状态，自己也在家反复模拟，试着不依靠视觉行动，真正深入角色中，去揣摩一个盲女该有的心理动态与行为举止。

有了这些扎实的准备工作，故事很快就落笔创作出来了。

这个故事的爱情线与我以往创作的很不一样，男主角毛力申一身正气且思虑周全，即使在发现自己爱上了盲女边小槐之后，也因为深知自己警察工作的危险性迟迟不敢表露心迹，害怕让本就困苦艰难的边小槐陷入更辛苦的生活。而盲女边小槐更是因为残疾而自卑，敏感又细腻，不敢进一步靠近喜欢的人。悬殊的身份让两人明明都渴望温暖却又总是退却……

而在刑侦方面，为了力求题材落地化，不漂浮、接地气，我参考了过去几年社会关注度较高、上过热搜的在小城市发生的疑案，又参照了本地公安系统破获的一些难案，做了些戏剧化的处理，穿插在小说中，一一抽丝剥茧呈现出来。

写到快结束的时候，恰逢疫情暴发，那阵子哪里都去不了，每天只能宅在家里。

那段时间，真是每天看新闻都能哭上几回。

隔三岔五就有医护人员和警察因公殉职的新闻出来，评论区都是一片整齐的致敬与心痛，因为大家心里清楚——大量的基层工作者不畏危险，冲上一线，是在用普通的血肉之躯为我们筑起"防护墙"。

很多"无名英雄"并没有留下名字，但在我的小说里，都有着他们的影子，他们事无巨细、有召必回；他们义无反顾、置生死于度外……那阵子我每天打开电脑，都觉得情绪丰沛，有太多想要写进小说的东西。

大约 2020 年初，这本小说顺利写完了初稿。

出版在即，我问了一个给我提供素材的警察朋友，问他有没有什么话想在书里对大家说的。他笑笑说就希望大家能对警察的工作多点理解、多点支持就好。这个小小的愿望，我代为表达进书里。

这位警察朋友和他的家属都很有意思，我去他家拜访的时候，他很自豪地将一摞表彰证书拿出来——一向我介绍，这个表彰是破获A案后颁发的，那个表彰是破获B案后颁发的……他老婆在一旁幽幽地补了一句："你怎么不说破获A案的时候你伤了腿，破获B案的时候你伤了腰？"原本还很和谐的画风突然就转变成由他老婆开始吐槽他在任何情况下都有案必归队，甚至连她生孩子时都归队抗洪救灾去了。我只好尴尬又真诚地赔笑："你们警嫂可真不容易。"

这些细节，我都悄悄写进了小说里。

我一开始创作这本书的初心，只是单纯想写一个刑侦爱情故事，可随着对警察这个职业的了解越来越深入，我想呈现的东西就越来越多，小说便慢慢写成了现在的样子，有刑侦，有爱情，也有友情、亲情，等等。那些书中的角色就像是活在了我的身边，他们有勇敢的一面，也有懦弱的一面，他们在为信念拼搏，也在为生活挣扎。

这或许不是我写得销量最好的小说，但绝对是我写得最细腻感人、最有烟火气的小说。

在后记的最后，我想感谢出版方，感谢一直耐心跟进这本书的言编辑，感谢两位细心帮我揪文中问题的毛伟、徐顶力警官，感谢所有人的付出。

书稿完结了，毛力申和边小槐的故事告一段落，但其他人的故事并没有结束，下一本书会不会是姜飞和付勤勤的故事？留个悬念，我们未来再见啦！

方飞飞

2021 年 6 月 23 日